Alexander Hartung
Am Ende des Lichts

Das Buch

Als Hauptkommissar Jan Tommen morgens zur Arbeit kommt, sind seine Kollegen alle am Computer und betrachten das Video eines festgeketteten Mannes, das im Internet kursiert. Eine Stimme im Hintergrund fordert den Tod eines gewissen Paul Wank aus Berlin-Steglitz, sonst wird das Entführungsopfer binnen 24 Stunden einen tödlichen Stromstoß erhalten.
Die Polizei macht Paul Wank ausfindig, doch er kennt weder das Opfer noch liefert er ein mögliches Motiv für die Todesdrohung. Trotz aller Bemühungen gelingt es dem Ermittlerteam nicht, das Entführungsopfer zu lokalisieren und zu befreien. Der Mann wird vor laufender Kamera ermordet. Dann kündigt der Entführer ein weiteres Video an …

Der Autor

Alexander Hartung wurde 1970 in Mannheim geboren. Schon während seines Volkswirtschaftsstudiums begann er mit dem Schreiben und entdeckte seine Liebe zu Krimis. Mit seinen beiden Serien um die Ermittler Jan Tommen und Nik Pohl eroberte er die Kindle-Bestsellerliste. Aktuell lebt Alexander Hartung mit Frau und Kindern in seiner Geburtsstadt Mannheim.

ALEXANDER HARTUNG

AM ENDE DES LICHTS

EIN JAN-TOMMEN-THRILLER

Deutsche Erstveröffentlichung bei
Edition M, Amazon Media EU S.à r.l.
38, avenue John F. Kennedy, L-1855 Luxembourg
September 2024

Umschlaggestaltung: bürosüd° München, www.buerosued.de
Umschlagmotiv: © connectgema/Shutterstock © vata/Shutterstock
© Flas100/Shutterstock © Nazario/Shutterstock © MaYcaL/Getty Images
1. Lektorat: Lektorat Kanut Kirches
2. Lektorat und Korrektorat: VLG Verlag & Agentur, Haar bei München,
www.vlg.de
Gedruckt durch:
Amazon Distribution GmbH, Amazonstraße 1, 04347 Leipzig /
CPI Druckdienstleistungen GmbH, Ferdinand-Jühlke-Straße 7, 99095
Erfurt /
CPI books GmbH, Birkstraße 10, 25917 Leck /
Libri Plureos GmbH, Friedensallee 273, 22763 Hamburg

ISBN: 978-2-49671-585-9
e-ISBN: 978-2-49671-586-6

www.edition-m-verlag.de

Für meinen Freund Marc Reisner, in Dankbarkeit für den ganzen Blödsinn, den wir zusammen erleben durften (und den, der noch kommen wird).

Prolog

Als Hans die Augen aufschlug, dauerte es nur einen Moment, bis er realisierte, dass er nicht zu Hause war. Es herrschte völlige Dunkelheit. Nicht die Dunkelheit der Nacht, die selbst bei bewölktem Himmel vom Mond oder einer Straßenlaterne noch etwas aufgehellt wurde, sondern jegliches Licht fehlte, sodass man nicht einmal die sprichwörtliche Hand vor Augen sehen konnte.

Hans spürte einen Druck auf seinen Augen und um die Schläfen, als hätte ihm jemand eine Binde um den Kopf gewickelt. Er wollte mit den Händen dorthin fassen, aber beide wurden von etwas zurückgehalten. Also versuchte er, ohne sie aus seiner sitzenden Position aufzustehen, aber irgendetwas war an den Füßen befestigt. Er wollte seine am Boden ausgestreckten Beine anziehen, aber etwas Metallisches hielt die Gelenke am Boden. Dabei klirrte es wie von einer Kette.

Obwohl es dunkel war, schloss Hans die Augen und versuchte, seinen Atem zu beruhigen. Dies tat er immer, wenn er seine ganze Konzentration benötigte. Das Ritual half. Drei Atemzüge später war sein Kopf klarer und er machte sich daran, seine Situation zu analysieren.

Er konnte weder die Füße anheben noch seine Arme ausstrecken, und in seinem Rücken spürte er etwas, das eine Wand sein mochte. Er war nicht mehr zu Hause, also war er entführt und gefangen genommen worden. Der Boden fühlte sich fest und kühl an, aber nicht so hart wie Beton oder auch Holz, daher lag er wahrscheinlich auf erdigem Untergrund. Er spürte keinen Wind und hörte auch keine Geräusche außer seinem eigenen Atmen, daher war er nicht im Freien, sondern vermutlich in einem Erdloch oder einer Höhle.

Erneut atmete er drei Mal ein und aus. »Konzentriere dich«, murmelte er zu sich. Es fiel ihm schwer, einen klaren Gedanken zu fassen. Der Entführer hatte ihm offenbar ein Betäubungsmittel verpasst, das die Wirkung nur langsam verlor. Das war die einzig schlüssige Erklärung.

Die Erinnerung stellte sich wieder ein. Er hatte vor dem Fernseher gesessen und das Fußball-Länderspiel gegen Polen verfolgt. In der Halbzeit war er aufgestanden und zur Toilette gegangen. Dann war nichts mehr.

Drei Atemzüge.

Ein kurzer Schmerz kam in sein Bewusstsein. Links hinten über der Hüfte hatte ihn etwas getroffen. Und es hatte sehr wehgetan. Wahrscheinlich ein Taser oder eine andere Waffe, mit der man jemanden kampfunfähig machen konnte. Hans versuchte, seine Konzentration zu vertiefen, vergaß die Ketten um seine Handgelenke und was immer seine Füße am Boden hielt, aber sosehr er sich anstrengte, der Moment des Schmerzes war die letzte Erinnerung.

Er ging weiter zurück, in sein Wohnzimmer, und versuchte, sich an die Zeit des Fußballspiels zu erinnern, aber ihm war nichts ungewöhnlich vorgekommen. Seine Tür war gut gesichert gewesen, ebenso seine Fenster mit dem einbruchssicheren Glas.

Wieder drei Atemzüge, aber auch sie brachten keine neuen Eindrücke.

Der Einbrecher musste also ein Profi gewesen sein. Hans hatte nur zwei Schlüssel und die ließen sich nicht einfach kopieren. Ein Multipick, Dietriche oder andere Dinge hätten bei seinem Türschloss nicht funktioniert und Gewaltanwendung hätte er bemerkt, obwohl sein Gehör nicht mehr das beste war und er den Fernseher mit jedem Jahr lauter drehen musste.

Hans stemmte sich wütend gegen die Ketten. Er verfluchte sein Alter und die damit verbundene Schwäche. Vor zwanzig Jahren hätte er sich nicht so leicht überwältigen lassen und jedem Einbrecher die Arme herausgerissen. Auch wäre er nicht so leicht in Ohnmacht gefallen.

Es dauerte lange, bis sein Zorn abgekühlt war und er sich wieder auf das Hier und Jetzt konzentrieren konnte. Er hatte keine Schwierigkeiten zu atmen, also war er nicht in ein kleines Loch verfrachtet worden, wo er in wenigen Stunden ersticken würde. Der Entführer hatte noch etwas mit ihm vor.

Hans suchte nach dem Motiv. In seinem Leben hatte er viele Dinge getan, die eine solche Behandlung gerechtfertigt hätten, aber seit er in den Ruhestand gegangen war, hatte er sich von allem Ärger ferngehalten. Hier und da Prügel für übereifrige Jugendliche auf einem Straßenfest, eine Meinungsverschiedenheit mit den Nachbarn oder Stress mit dem Ordnungsamt, wenn er sein Auto im Parkverbot abgestellt hatte, aber nichts davon verfrachtete ihn angekettet in eine dunkle Erdhöhle.

Solange sich der Entführer nicht zeigte, ergab es keinen Sinn, darüber nachzudenken, also verwendete er seine Konzentration auf die Befreiung.

Hans zog nacheinander an seinen Fesseln, indem er erst die Füße, dann die Handgelenke mit aller Kraft zu bewegen versuchte, musste aber feststellen, dass diese sehr fest an Wand und Boden fixiert waren. Er konnte die Hüfte leicht anheben und so mehr Druck auf die Fußgelenke ausüben, aber auch dadurch gaben die Fesseln kein Stück nach. Um sich zu befreien, würde er entweder sehr viel Zeit benötigen oder eine Gelegenheit nutzen müssen, wenn der Entführer bei ihm war.

Hans stemmte die Schultern nach vorne und spannte die Armmuskeln an, als ein Licht vor ihm angeschaltet wurde. Obwohl er eine Binde über den Augen trug, war es unangenehm hell, sodass er die Augen zusammenpresste und instinktiv den Kopf abwandte.

»Nicht so schüchtern«, hörte er einen Mann sagen. Hans konnte sich nicht nur gut Gesichter merken, sondern auch Stimmen, diese kannte er nicht. »Wir wollen dich doch der Öffentlichkeit in einem guten Zustand präsentieren.«

Der Mann wirkte fröhlich, fast euphorisch. Die Stimme war leicht verzerrt und künstlich, daher stammte sie aus einem Lautsprecher. Außerdem hatte Hans vorher kein Geräusch vernommen, also war auch keine Tür geöffnet worden. Und wäre der Mann schon von Anfang an im Raum gewesen, hätte Hans ihn wahrgenommen, selbst mit seiner beginnenden Schwerhörigkeit. »Was willst du?«, fragte er und spannte die Armmuskeln wieder an.

»Dass du lächelst.«

»Mit den Fesseln um Arme und Beine ist mir nicht danach«, antwortete Hans. »Aber wenn du sie abnimmst, können wir darüber reden.«

Der Unbekannte lachte. »Du machst niemandem mehr Angst, Hans«, fuhr der Mann fort. »Noch vierundzwanzig Stunden. Bis dahin solltest du mit dir und deinem Leben im Reinen sein, um deine letzte Reise anzutreten.«

»Das haben schon andere versucht«, erwiderte er trotzig.

Ein weiteres Lachen, dieses Mal mit einem gehässigen Unterton. »Lächeln«, sagte der Mann und ein weiteres Licht erhellte das Erdloch.

Kapitel 1

7.37 Uhr

Als sich Jan mit einer Gruppe Schulkids in die U-Bahn drängte, verfluchte er die gestrige Ausstandsfeier eines Kollegen. Er hatte mehr getrunken, als er vorgehabt hatte, denn das selbst gebraute Bier war wirklich süffig gewesen und wegen der eingelegten Früchte hatte er den Alkohol in der Bowle unterschätzt. Daher hatte er das Auto auf dem Parkplatz der Kripo stehen lassen müssen.

Da Lan sowieso lieber mit der U-Bahn zum Institut fuhr, war es eigentlich nicht der Rede wert, aber ein süffisantes Grinsen beim Frühstück hatte er von ihr ertragen müssen, wusste sie doch, wie sehr er öffentliche Verkehrsmittel hasste.

Obwohl Jan gut geschlafen hatte, machte ihm der Alkohol immer noch zu schaffen. Sehnsüchtig sah er auf die voll besetzten Sitze der U-Bahn, hätte er sich doch gerne etwas ausgeruht. Aber selbst dann wäre es kaum erholsam gewesen, denn die Kids unterhielten sich in einer Lautstärke, als wollten sie die ganze Bahn in ihr Gespräch einbeziehen. Dazu das Klingeln von

Handys, das Trällern irgendwelcher Musikvideos, immer wieder übertönt von ausgelassenem Gelächter.

»Boah, Alter!«, rief eines der Kids und winkte seine Freunde zu sich her. Vier Jungs stellten sich im Halbkreis hinter ihn und sahen gebannt auf dessen Handy.

»Ist das echt?«, fragte ein großer, schlaksiger Junge mit glitzernder Baseballkappe und deutete mit dem Finger.

»Laber nicht. Das ist Fake«, amüsierte sich sein Freund neben ihm und fuhr sich über den kleinen, dünn ausgeprägten Oberlippenbart.

»Nein, das ist echt«, sagte der Handybesitzer bestimmt.

Jan seufzte. Er sehnte sich in seine Schulzeit zurück, als man mit Telefonen nur telefonieren konnte, als Kurznachrichten teuer waren und die Kids mit Bügelkopfhörern auf den Ohren gelangweilt aus dem Fenster starrten.

Da piepste das Handy eines älteren Mannes neben ihm. Sichtlich verwundert nahm dieser das Gerät aus der Tasche und starrte auf den Bildschirm. Das Gleiche tat die Frau mit Rastalocken an der Tür, der Glatzkopf im Blaumann und das Mädchen mit den Pippi-Langstrumpf-Zöpfen.

»Mein Gott«, sagte der alte Mann schließlich.

Es dauerte nicht lange, bis die meisten Zuggäste ihr Handy in der Hand hatten. Jan griff nach seinem Telefon, das in dem Moment klingelte, als er es aus der Tasche zog. Es war Bergman.

»Hallo?«, fragte Jan verwundert, immerhin würden sie sich um neun Uhr bei der Lagebesprechung sowieso sehen.

»Bist du unterwegs zur Dienststelle?«, fragte der Kripochef.

»Die U-Bahn ist in vierzehn Minuten an der Station Pankstraße.«

»Spare dir den Besuch im Café und komme direkt zu mir ins Büro«, erklärte Bergman. »Zeit spielt heute eine wichtige Rolle.«

8.02 Uhr

Auf der Dienststelle war immer etwas los. Natürlich an einem Montagmorgen mehr als einem Sonntagabend, aber nur selten wirkte es wie in einem Ameisenhaufen. Die Kollegen hasteten durch die Gänge, die Unterhaltungen wurden hektisch geführt und die Küche war verwaist. Jeder war irgendwie in ein Gespräch verwickelt, entweder mit einem anderen Beamten oder er hing an einem Telefon. Keiner hielt eine Tasse in den Händen, löffelte sein Frühstück aus einer Müslischale oder biss in ein Wurstbrötchen. Als Patrick mit schlecht gekämmten Haaren und schief gebundener Krawatte auf ihn zugelaufen kam, wusste Jan, dass etwas Schlimmes passiert war, denn selbst in der größten Hektik schaffte es sein Kollege immer, akkurat auszusehen.

»Gut, dass du da bist«, begrüßte Patrick ihn und kratzte sich an der Wange seines unrasierten Gesichts, als wäre Bartwuchs etwas Neues für ihn. »Bergman erwartet uns.« Er deutete den Gang entlang und ging voran.

Eigentlich war das Büro des Kripochefs immer ein angenehmer Kontrast zum Rest der Dienststelle. Mit der großen Bücherwand, den Teppichen auf dem Boden und dem Gemälde hinter dem großen Eichenschreibtisch wirkte es mehr wie der Nebenraum einer Bibliothek als wie ein Zimmer in der Kripo. Doch heute war nichts davon zu spüren. Außer Jan und Patrick waren fünf weitere Kollegen im Raum, dazu noch ein junger Mann von der IT, der mit Max zusammenarbeitete, an dessen Namen Jan sich aber nicht erinnern konnte. Trotz der für den Tag zu erwartenden hohen Temperaturen trug er eine gefütterte schwarze Jeans und eine dicke Sweatjacke, auf der ein Logo aufgedruckt war, das Jan an eine rote Sonne mit sechs Strahlen erinnerte.

Jeder schien mit jedem zu reden, sodass Jan am Ende kein Wort verstand. Bergman saß am Schreibtisch, den Telefonhörer ans Ohr gedrückt, während er mit dem Handy eine SMS schrieb. Nach seinem Gesichtsausdruck zu schließen, war es kein angenehmes Gespräch.

Als Bergman Jan bemerkte, beendete er das Telefonat. »In Ordnung«, begann er und stand auf. Die Gespräche verstummten und alle Blicke wandten sich ihm zu. »Wir sind vollständig.«

»Was ist los?«, fragte Jan verwundert.

Bergman nickte dem jungen Mann aus der IT zu. »Fred gibt uns eine Zusammenfassung.«

Der Angesprochene trat einen Schritt vor und drehte seinen Laptop zu den Anwesenden um. »Heute Morgen um sieben Uhr wurde auf zahlreiche Plattformen folgendes Video hochgeladen.« Er drückte eine Taste und ein Video begann zu laufen. Man erkannte einen korpulenten Mann mit einer schwarzen Stoffbinde über den Augen. Seine Hände waren an eine schlecht verputzte Wand gekettet und er saß auf einem Lehmboden. Er hatte einen zotteligen schwarzen Bart, der von Weiß durchzogen war. Vom grellen Licht zu schließen, war ein Scheinwerfer auf ihn gerichtet.

»Mach mich los, du Drecksau«, schrie er zornig. Die Zähne im Mund waren schief und braun verfärbt. Die Nase war platt gedrückt und oberhalb der Lippe zog sich eine Narbe bis zur Wange nach rechts. »Hörst du mich?«, fuhr er fort. »Ich komme hier raus und dann mache ich dich kaputt.«

Es summte kurz und der Mann krümmte sich. Er presste die Lippen zusammen und die Hände verkrampften sich. Als das Summen aufhörte, erschlaffte er in den Ketten. Ein leises Stöhnen entwich seinen Lippen.

Dann stoppte die Aufnahme.

»Wer ist das?«, fragte Jan. »Und wo ist das?«

»Wissen wir nicht«, antwortete Fred. »Beides nicht.«

»Vielleicht ist das nur ein kranker Scherz. Oder ein Film von irgendwelchen Verrückten«, bemerkte Jan. »Oder ist der Stromstoß echt?«

»Die IT-Forensiker sind dran und halten das Video nicht für ein Fake«, erklärte Fred.

»Ich will das nicht abtun, aber mit so etwas haben die Videoplattformen doch ständig zu tun, seien es sadistische Pornos, Kindesmissbrauch, Darstellung brutaler Gewalt oder sogar Enthauptungsvideos.«

»Anfänglich sind wir auch ruhig geblieben, aber eine halbe Stunde später, um 7.30 Uhr, wurde das zweite Video hochgeladen.« Wieder begann ein Film. Er zeigte den gefesselten Mann, nur konnte man dieses Mal Schweiß auf Stirn und Wangen erkennen. Das Hemd war nass und er schien mit den Kräften am Ende zu sein. Offensichtlich war der Stromstoß um sieben Uhr nicht der einzige gewesen, denn von dem Trotz und der Wut aus dem ersten Video war nichts mehr zu sehen. Der Mann war in den Ketten zusammengesunken und atmete schwer.

Eine Minute lang hörte man nur sein Keuchen. Dann ertönte eine mechanisch klingende Stimme.

»Wir verlangen den Tod von Paul Wank aus Berlin-Steglitz«, sagte diese. »Sollte unseren Wünschen nicht bis morgen früh 7.00 Uhr nachgegangen werden, werden wir die Ketten unter tödlichen Strom setzen.«

»Wer ist Paul Wank?«, fragte Jan, als der Film zu Ende war.

»Niemand, der irgendwo auf dem Radar war«, erklärte Bergman. »Sein Vater Herrmann war bis zu seinem Tod ein erfolgreicher Unternehmer, aber Paul ist durch nichts in Erscheinung getreten. Weder im Positiven noch im Negativen. Ein völlig unbeschriebenes Blatt.«

»Vielleicht auf den ersten Blick«, widersprach Jan. »Aber da muss mehr sein. Wer betreibt einen solchen Aufwand, foltert einen Unschuldigen und fordert Wanks Tod, ohne einen Grund?«

»Wir bilden zwei Teams«, begann Bergman. »Das erste versucht, den Gefangenen zu identifizieren. Mit der Maske über den Augen wird das schwierig, aber die Narbe in seinem Gesicht müsste es leichter machen.« Er wandte sich an Fred, der dem Kripochef zunickte. »Die zweite Gruppe kümmert sich um Paul Wank«, fuhr er fort. »Wie Jan schon bemerkt hat, muss es einen Grund geben, warum jemand einen solchen Wahnsinn betreibt. Oberflächlich ist der Mann sauber, daher müssen wir tiefer graben.«

»Ich aktiviere meine Leute«, sagte Jan.

»Und du gehst zu Wank nach Hause«, wandte sich Bergman an Patrick. »Kläre ihn darüber auf, was hier passiert. Vielleicht kennt er das Opfer.« Er ließ den Blick über die Anwesenden schweifen. »Lasst uns hoffen, dass das alles nur ein dummer Scherz ist, aber solange wir das nicht mit Sicherheit sagen können, nehmen wir die Drohung ernst.«

Dann nickte er und alle verließen das Zimmer.

8.31 Uhr

Max rutschte auf den Knien einen engen Gang entlang und hinterließ dabei Schlieren auf dem Boden. Ein starker chemischer Geruch hing in der Luft, daher hielt er sich die Nase zu und atmete durch den Mund. Hinter ihm folgte Zoe, völlig in Schwarz gekleidet, mit einer dunklen Wollmütze auf dem Kopf, unter der sie ihre langen blonden Haare verborgen hatte. Max kannte die Rechtsmedizinerin schon viele Jahre, aber heute war das erste Mal, dass sie die hochhackigen Schuhe gegen Sneakers ausgetauscht hatte.

Irgendwo hinter ihnen erklangen Schritte, sodass Max in der Bewegung verharrte. Als diese verklungen waren, wandte er sich Zoe zu.

»Kannst du es mir noch einmal erklären?«, fragte er leise.

Sie verdrehte genervt die Augen.

»Warum brechen wir in das Rechtsmedizinische Institut ein, wenn du Schlüssel mit Zugang zu allen Räumen hast?«, wollte er wissen.

»Weil die Öffnung der Tür registriert wird. Deshalb nehmen wir auch den Lieferanteneingang über die Rückseite des Gebäudes, um genau das zu umgehen.«

»Aber wir sind drin. Warum sollen wir weiterhin die Köpfe unten halten? Schließlich ist das dein Arbeitsplatz.«

»Ich bin krankgeschrieben.« Sie hüstelte künstlich. »Das hat den Vorteil, dass ich heute nicht auf die Fortbildung muss. Daher können wir die deretwegen quasi leeren Räume nutzen, um die Bestellungen anzupassen. Deshalb bist du dabei.«

»Du weißt aber schon, dass ich für die Kripo in der IT arbeite und ein Einbruch sich nicht gut bei Gehaltsverhandlungen macht.«

»Sagt derjenige, der bei jedem Fall mindestens zehn Mal gegen das Gesetz verstößt, indem er sich illegal in irgendetwas einhackt.«

»Das ist nur, um den Fall zu lösen«, rechtfertigte er sich empört.

Zoe hielt einen Finger auf den Mund.

»Was soll ich denn anpassen?«, fragte er leise.

»Du sollst bestellte Dinge aus dem System verschwinden lassen.« Sie deutete nach vorne. »Die zweite Tür links hat noch ein altes elektronisches Schloss. Das dürfte kein Problem für dich sein.«

Max kroch vorsichtig weiter, nahm seinen Laptop aus dem Rucksack und schloss eine Plastikkarte an einem Kabel daran an. Die Karte befestigte er mit Industrieband an der klobigen Leseeinheit des Schlosses, während er ein Programm startete.

»Wieso dauert das so lange?«, fragte Zoe zehn Sekunden später.

»Ich muss erst die Technik auslesen, bevor ich die möglichen Öffnungssignale aussende.«

»Das Ding ist älter als die Pyramiden von Gizeh«, bemerkte sie. »So schwer kann das nicht sein.«

»Ab einem gewissen Punkt mit falschen Eingaben machen diese Dinger zu und dann geht nichts mehr«, erklärte er. »Das wussten sogar die alten Ägypter«, ergänzte er kichernd. Die letzte Bemerkung bescherte ihm einen Klaps auf den Hinterkopf, aber kurz darauf war das Schloss offen.

Zoe schob die Tür vorsichtig auf, bis sie in den Raum dahinter sehen konnte. »Dünne Besetzung, wie vermutet«, murmelte sie und ging geduckt hinein. »Der Rest wird im Sektionssaal sein.«

Sie trippelte weiter, bis sie ein nicht abgeschlossenes Büro gefunden hatte. Hektisch winkte sie Max zu sich und schloss die Tür, als sie beide drin waren.

»Tob dich aus.« Sie deutete auf den Computer.

Max steckte einen USB-Stick hinein und startete das Gerät. Dann tippte er etwas auf der Tastatur und startete das Programm auf seinem Stick.

»Ich bin drin«, sagte er eine Minute später. »Was soll ich tun?«

»Gehe auf den Bestellvorgang.« Sie deutete auf einen Button in der oberen rechten Ecke. »Dann lass ein paar Sachen davon verschwinden.«

»Das geht aber nur mit Admin-Rechten.«

»Von mir aus auch das.«

Max unterdrückte ein Seufzen. Wie immer stellte sich Zoe das Eindringen in ein Computersystem viel zu leicht vor, aber glücklicherweise kannte Max die Software. Außerdem waren sie im Inneren der Rechtsmedizin, was ihm die sonst auftretenden Probleme mit Firewalls ersparte.

Weitere fünf Minuten später hatte er den gewünschten Zugang. »Und jetzt?«

»Jetzt rufst du alle meine Bestellungen auf.« Sie stellte sich neben ihn.

Max tippte Zoes Namen ein und erhielt eine Liste. »Ich kenne mich ja in der Rechtsmedizin nicht aus, aber was macht ihr mit einer Fußbadewanne mit extra Massagegerät?«

»Wenn du nicht den ganzen Tag in einem Stuhl sitzen würdest, wüsstest du die Antwort«, erwiderte sie.

»Boah. Eine Handcreme für 130 Euro?«, entfuhr es ihm. »Und ein Maniküreset.«

»Du sollst nicht labern, sondern die Bestellungen aus der Übersicht löschen.«

»Und ihr könnt solche Sachen einfach bestellen?«

»Bis zweihundert Euro geht das ohne Zustimmung durch.« Sie zuckte die Achseln.

Max tippte eine Zeit lang auf dem Computer. Währenddessen stellte sich Zoe an die Tür und spähte verstohlen nach draußen. Noch war es ruhig.

»Ich nehme an, dass die zwei Kilo extra feine belgische Schokolade im Kristallschälchen nicht zur Standard-Ausrüstung dieses Instituts gehören«, sagte er nach einem Moment.

»Es gibt gleich zwei Kilo hinter die Ohren, wenn du weiter so dumme Fragen stellst«, antwortete sie mit zusammengekniffenen Augen.

»Danke, Max, dass du mir ständig mit solchen Sachen hilfst«, murmelte er zu sich und löschte die Bestellung. »Dass ich auch mitten in der Nacht bei dir anrufen kann, wenn mein Computer wieder nicht geht. Was würde ich bloß ohne dich machen?«

»Hör auf, dich mit deinen imaginären Freunden zu unterhalten, und tippe.« Zoe schloss eilig die Tür, als draußen Schritte erklangen. »Und bevor du fragst, die Flasche Campari muss auch weg.«

Max wollte etwas erwidern, als sein Handy in der Tasche brummte.

»Bist du bescheuert, dein Telefon bei einem Einbruch anzulassen?«, fuhr sie mit leiser Stimme auf.

»Das ist auf Favoriten eingestellt«, entgegnete er ebenso leise. »Also sind es Jan oder Chandu.« Er nahm das Gerät aus der Tasche und drehte es zu Zoe. Auf dem Display stand »Jan«.

»Guten Morgen«, begrüßte ihn Max.

»Ich weiß, es ist früh für dich«, begann sein Freund. »Hoffentlich habe ich dich nicht geweckt.«

»Ich musste noch etwas Dringendes erledigen, daher bin ich schon wach«, wandte er sich mit einem kurzen Lächeln zu Zoe.

»Heute ist es leider zeitkritisch«, fuhr Jan fort. »Ich versuche, die anderen noch zu erreichen, aber wir sollten uns um neun Uhr zu einer kurzen Besprechung treffen. Vorerst virtuell, da ich die Dienststelle nicht verlassen kann.«

»Ich bin dabei.«

»Perfekt. Bis später«, sagte Jan noch und beendete das Gespräch.

»Vielleicht solltest du dein Handy anschalten«, bemerkte Max, bevor er sich wieder den Bestellungen zuwandte.

Kurz darauf brummte Zoes Telefon.

9.12 Uhr

Auf dem Weg zu Paul Wank kämmte sich Patrick noch einmal die Haare und richtete seine Krawatte. Er hatte gerade unter die

Dusche gehen wollen, als Bergman ihn angerufen hatte. Bei dem Gedanken, ungeduscht in ein frisches Hemd geschlüpft zu sein, schüttelte er sich, aber dieser Fall war extrem zeitkritisch, also hatte er keine Wahl gehabt.

Wanks Haus in Steglitz lag in der Nähe des Teltowkanals. Die Straße davor war verkehrsberuhigt und ein Spazierweg mit hohen Kastanien führte am Ufer entlang. Das Haus hätte wegen der Lage viel Geld eingebracht, sah ansonsten aber nicht sonderlich spektakulär aus. Es war in dem gleichen langweiligen Weiß gestrichen wie die Nachbargebäude. Weder die Fenster noch das Dach oder der kleine Wintergarten waren von exklusiver Machart. Ein hüfthoher Metallzaun führte um den Vorgarten, in dem die ausladenden Äste einer großen Tanne den Blick auf die Hausfront weitgehend verdeckten. Links führte ein kleiner Weg nach hinten in den Garten. Rechts befand sich eine Einfahrt mit Garage, in der ein dunkelblauer BMW stand.

Patrick ging zu dem kleinen Eingangstor mit einem Schild, auf dem »P. Wank« aufgedruckt war. Nachdem er geklingelt hatte, dauerte es einen Moment, bis sich die Tür öffnete.

Ein Mann um die sechzig trat heraus. Trotz des bevorstehenden warmen Tags trug er eine lange Hose, ein weißes Hemd und einen Burberry-Pullover. Die Füße steckten in gestrickten Schuhen eines italienischen Designers. Seine schwarzgrauen Haare waren akkurat geschnitten, ebenso wie sein Vollbart. Patrick erkannte ein altes Rolexmodell an seinem Handgelenk und einen goldenen Siegelring am kleinen Finger der rechten Hand.

»Ja, bitte?«, fragte der Mann mit dunkler Stimme. Dabei nahm er eine randlose Lesebrille von der Nase.

»Stein von der Kripo Berlin«, stellte Patrick sich vor und zeigte seinen Ausweis. »Sind Sie Herr Paul Wank?« Er ähnelte dem Foto, das sich Patrick von der Zulassungsstelle heruntergeladen hatte, aber Patrick wollte sichergehen, dass er nicht einen Bruder oder anderen Verwandten vor sich hatte.

»Ist etwas passiert?« Wank stellte sich ihm gegenüber an den Zaun.

»Hier draußen ist kein Ort, um das zu besprechen«, antwortete Patrick und deutete auf eine Gruppe Bauarbeiter, die gerade mit Pylonen einen Teil der Straße absperrten.

Wank öffnete das Tor und deutete hinein.

Nach einem schmalen Vorraum kamen sie in ein ausladendes Wohnzimmer, das man von einem Mann wie dem Sohn eines wohlhabenden Unternehmers erwartete. Auf dem Boden lagen Perserteppiche, zu denen die dunkelbraune Stoffcouch und ein schwerer Holztisch in der gleichen Farbe gut passten. Von der Holzdecke hing ein großer Kristallleuchter fast bis zum Tisch nach unten. Ein offener Kamin war ebenso vorhanden wie ein Bücherregal, ein Klavier und mehrere Gemälde mit aufwendig verzierten Rahmen.

Wank deutete auf die Couch und nahm auf einem Sessel gegenüber Platz. Auf dem Tisch stand eine dampfende Tasse Kräutertee, daneben lag ein Buch über die Philosophie Wittgensteins.

»Haben Sie heute Morgen Nachrichten gesehen?«, begann Patrick.

»Nur was in der Zeitung stand.« Er deutete auf eine Ausgabe der *Morgenpost* neben der Couch.

»Im Internet kursiert ein Video eines entführten Mannes, der an einem unbekannten Ort festgehalten und dort gefoltert wird«, fasste Patrick die Geschehnisse des Morgens zusammen.

Wank schüttelte verständnislos den Kopf. »Deshalb halte ich mich von solchen Dingen fern.« Er nahm die Tasse in die Hand und trank einen Schluck. »Internet«, murmelte er noch.

»Der Entführer fordert Ihren Tod im Austausch gegen das Leben des Opfers.«

Wank hustete erschreckt. »Was bitte?«, entfuhr es ihm.

Patrick nahm sein Handy aus der Tasche und rief ein Bild des Entführten auf. »Kennen Sie diesen Mann?« Er reichte Wank das Telefon.

Er betrachtete das Bild aufmerksam. »Ist mir nicht bekannt«, antwortete er nach einem Moment. »Das Tuch über den Augen macht eine Identifizierung schwer.«

»Beachten Sie die Narbe oberhalb der Lippe bis zur Wange.«

Wank schüttelte den Kopf. »Ich habe nur einen kleinen Kreis an Freunden und Bekannten.« Er gab Patrick das Handy zurück. »Eine solche Verunstaltung wäre mir aufgefallen. Wer ist der Mann?«, wollte er wissen.

»Wir haben ihn noch nicht identifiziert.«

»Und wer will mich tot sehen?«

»Auch das kann ich Ihnen an diesem Punkt der Ermittlungen noch nicht sagen«, erwiderte Patrick. »Ich wollte Sie nur über die Bedrohungslage in Kenntnis setzen.«

»Und was soll ich jetzt machen?«

»Zuerst werden wir Ihnen eine Polizeistreife vor das Grundstück stellen. Dann sollten Sie die nächsten Tage zu Hause bleiben und niemanden hereinlassen.«

»Ich habe Termine, die ich wahrnehmen muss.«

»Wir halten dies für eine ernst zu nehmende Bedrohung«, mahnte Patrick. »Natürlich können wir Sie nicht zwingen, das Haus nicht zu verlassen, aber bis wir das Opfer und den Entführer identifiziert haben, rate ich Ihnen, die Öffentlichkeit zu meiden und wachsam zu bleiben.«

Wank warf Patrick einen zornigen Blick zu, zwar nur kurz, aber es war offensichtlich, dass er kein Mann war, der sich gerne Befehle geben ließ, auch wenn es gute Ratschläge waren.

»Wie lange soll ich hier gefangen bleiben?«

»Bis wir der Meinung sind, dass keine Gefahr mehr für Sie besteht«, antwortete Patrick vage.

Wank blies spöttisch die Luft aus. »Wegen eines Videos im Internet?«

»Haben Sie in letzter Zeit Morddrohungen erhalten«, ignorierte Patrick die Frage. »Oder hatten Sie kürzlich mit einer Person Streit?«

Wank schüttelte den Kopf. »Wenn ich aus dem Haus gehe, bewege ich mich nur unter Freunden oder Leuten, die ich seit vielen Jahren kenne. Keiner aus diesem Kreis will meinen Tod oder wäre skrupellos genug, jemanden zu entführen.«

»Hat sich sonst etwas in den letzten Tagen verändert? Wurde Ihr Auto zerkratzt oder Ihr Haus beschädigt? Erhielten Sie eigenartige Mitteilungen?«

»Nichts davon.« Er nahm wieder einen Schluck Tee.

Die meisten Menschen hätte eine solche Nachricht zutiefst schockiert, aber Wank wirkte eher genervt als verängstigt. Einen Augenblick spielte Patrick mit dem Gedanken, ihm das Video zu zeigen, in dem das unbekannte Opfer mit einem Elektroschock gefoltert wurde, aber dies hätte Wank nicht kooperativer gemacht. Vielleicht war ein Video im Internet zu abstrakt für ihn. Patrick legte eine Visitenkarte auf den Tisch. »Sie können mich jederzeit anrufen«, erklärte er und erhob sich. »Sollte Ihnen etwas ungewöhnlich vorkommen, wenden Sie sich bitte sofort an die Kollegen vor der Tür oder wählen Sie die 110.«

Wank stand auf und brachte Patrick zur Tür.

»Bitte nehmen Sie diese Bedrohung ernst«, bat er, als er sich mit einem Händeschütteln verabschiedete.

Wank antwortete nicht und verzog nur kurz das Gesicht. Dann ging er wieder hinein und schloss die Tür, während Patrick das Grundstück verließ.

Er winkte noch den Kollegen im Streifenwagen, die das Auto vor die Einfahrt gestellt hatten. Dann begab er sich auf den Weg zurück zur Dienststelle.

* * *

Das Fitnessstudio gehörte eigentlich zu den besseren in Berlin, mit dreistelligen Monatsbeiträgen, einem großen Saunabereich und einem Schwimmbad, aber der Besitzer nutzte das Studio nur zur Geldwäsche, daher waren die Mitglieder entsprechend handverlesen.

Neben den Männern des Waffenhändlers Kusmin, die mindestens zwanzig Stunden die Woche hier verbringen mussten, fanden sich hier auch Leibwächter von Zuhältern, Schutzgelderpressern, Motorradgangs, Waffenschiebern und Drogenhändlern. Manchmal auch die Drogenhändler selbst. Das alles störte Chandu nicht, aber heute bedauerte er es, dass er seine Fassade als Mann der Unterwelt aufrechterhalten musste. Eigentlich war er in das Fitnessstudio gegangen, um seine Bauchmuskeln zu stärken, die er die letzten Wochen vernachlässigt hatte, aber heute wurden seine Pläne von einer Meinungsverschiedenheit durchkreuzt, wobei Meinungsverschiedenheiten in seinen Kreisen sehr schnell sehr schlimm eskalierten.

Die meisten Auseinandersetzungen gingen auf die Russen zurück, die es mit dem Alkohol immer übertrieben, diesmal jedoch waren die Marokkaner am Zug. Chandu verstand kein Wort von der Schreierei, aber es fiel immer wieder der Name Rajana, daher hatte sich der Streit wohl wegen einer Frau entzündet. Wie so oft.

Während sich vier durchtrainierte Männer auf dem Boden vor den Beinpressen wälzten, steckten die Russen dahinter die Köpfe zusammen und schlossen Wetten ab, wer von den Marokkanern am Ende als Sieger hervorgehen würde. Sie waren im Gespräch mit Schwarte und Egon, zwei Bikern aus einer regionalen Gang, die den Russen ein paar Scheine zusteckten und auf einen der Kämpfer deuteten.

Neben ihnen stand eine drei Köpfe kleinere Frau mit Kopftuch, einen Wischmopp geschultert und einen Putzeimer in der linken Hand. Nach ihrem Gesichtsausdruck war sie von der Aussicht auf das bevorstehende Chaos nicht begeistert und hätte die prügelnden Männer am liebsten mit dem Mopp verhauen.

Die Bediensteten des Fitnessstudios waren klug genug, hinter der Empfangstheke zu bleiben, und verhielten sich, als wäre alles in bester Ordnung.

Im Gegensatz zu Kusmins Leuten konnte Chandu der Schlägerei nichts abgewinnen, daher wollte er eigentlich sein Training fortsetzen, als eine Zehnkilohantel an seinem Kopf vorbeiflog und in den dahinterliegenden Spiegel krachte.

»Vielleicht noch etwas Stretching zum Abschluss«, murmelte er und ging zu der freien Mattenfläche am anderen Ende des Fitnessstudios.

Er steckte gerade seine Kopfhörer wieder in die Ohren, als er einen Anruf von Jan bekam.

»Hi, Alter«, meldete sich Chandu.

»Hi, Kumpel«, sagte Jan. »Alles okay bei dir?«

Ein weiterer Spiegel ging zu Bruch und einer der Marokkaner schrie wieder etwas.

»Alles wie immer«, erwiderte Chandu. »Ich mache nur etwas Körperertüchtigung.« Es schepperte laut. »Rufst du wegen des Videos an?«

»Du hast davon gehört?«

»Meine Bekannten im Fitnessstudio haben es mir gezeigt.« Bevor sie sich danach die Köpfe einschlagen wollten, fügte er in Gedanken hinzu. »Ist es echt?«

»Ich fürchte, ja«, sagte Jan. »Und wenn der Entführer seine Drohung wahr macht, haben wir nicht viel Zeit.«

»Treffen wir uns heute Abend bei mir«, schlug Chandu vor. »Wenn du bis dahin schon etwas hast, worüber wir reden können.«

»Die ganze Dienststelle arbeitet mit Hochdruck daran«, erklärte Jan. »Heute Abend verfüge ich über ausreichend Informationen.«

»Dann bis später«, sagte Chandu.

»Vielen Dank, mein Freund«, erwiderte Jan noch.

Kurz darauf ging ein weiterer Spiegel zu Bruch.

»Vielleicht sollte ich mein Training morgen fortsetzen«, murmelte Chandu und machte sich auf den Weg zu den Duschen. Er musste sowieso noch für den Abend einkaufen.

18.45 Uhr

Als ihn sein großer Freund in seine Wohnung ließ, bedauerte Jan es wieder, dass sie sich seit drei Wochen nicht gesehen hatten, aber die Arbeit hatte ihn oft bis spätabends auf der Dienststelle gehalten. Chandu trug ein dunkelblaues T-Shirt, das sich über seinen muskulösen Oberkörper spannte. Seine schwarzen Haare trug er kurz geschoren und um den Mund hatte er sich einen Bart wachsen lassen. An dem Mehl auf der dunklen Jeans konnte Jan erkennen, dass sein Freund gekocht hatte, obwohl dieses Treffen sehr kurzfristig anberaumt gewesen war. Chandu legte viel Wert auf Gastfreundschaft, daher wunderte es Jan nicht, dass der große Tisch in seiner Wohnküche bereits gedeckt war, als er eintrat.

Max justierte gerade den Beamer mit seinem Laptop, während Zoe auf der Couch daneben Platz genommen hatte. In der Linken hielt sie ein bauchiges Glas mit Rotwein, in der rechten Hand eine Zigarette. Mit ihrem hellbeigen Kostüm und den hochhackigen Schuhen wirkte sie eher wie eine Moderedakteurin der *Vogue* als wie eine Frau, die ihren Lebensunterhalt mit dem Obduzieren von Leichen verdiente.

Der Hacker hob kurz den Daumen, als er Jan gewahr wurde, während Zoe ihm zuprostete.

»Zu Tisch, zu Tisch«, sagte Chandu, der eine Glasschüssel aus dem Backofen genommen hatte.

Der Geruch ließ Jan zufrieden seufzen, war sein Freund doch ein Meisterkoch und hätte seinen Lebensunterhalt auch als Restaurantbesitzer bestreiten können.

Max klappte seinen Laptop zu und Zoe drückte ihre Zigarette aus.

»Das sind Spaghetti Amatriciana«, erklärte Chandu, als er die Schüssel auf den Tisch gestellt hatte. »Den Namen haben sie von dem Dorf Amatrice.« Nachdem alle Platz genommen hatten, verteilte er mit einer Nudelzange die Spaghetti auf den Tellern. »Das Besondere an dem Rezept sind der herbe Speck und die roten Zwiebeln, die lange angeschwitzt werden.« Er reichte Jan einen Teller mit Nudeln. »Den Pecorino habe ich schon untergehoben.«

Jan unterdrückte ein weiteres wohliges Seufzen, als er den ersten Bissen gegessen hatte. Das Essen war wie immer perfekt, mit dem richtigen Maß an Schärfe und einer Würze, die so viel aufregender war als das Essen in der Kantine.

Obwohl dieses Mal die Zeit knapp war, sprach keiner seiner Freunde beim Essen. Es war eine Art stille Übereinkunft, diesen Moment zu genießen und die Arbeit ruhen zu lassen. Erst als die große Schüssel und alle Teller leer waren, erhob sich Chandu vom Tisch, ging zur Küchenzeile und schaltete die Kaffeemaschine an.

»Das Internet dreht wegen der Sache gerade durch«, sagte er von dort aus.

»Nicht nur das Internet«, bemerkte Jan und stand ebenfalls auf. »Auch die Berliner Presse hat den Fall für sich entdeckt. Außerdem wird Bergman permanent von Wichtigtuern angerufen, was er in diesem Fall denn zu unternehmen gedenkt und warum der Täter nicht schon längst gefasst ist.«

»Das ist leider nicht so leicht.« Max ging zum Laptop und schaltete den Beamer an. »Der Täter kennt sich gut mit Computern aus und weiß genau, wie er seine Uploads verbirgt. Diese wurden über mehrere VPNs und Proxys verschickt, die alle in öffentlichen Netzwerken enden. Von der Nutzung des Tor-Browsers und der darin vorhandenen Foren will ich gar nicht reden.«

Zoe gab ein mürrisches Brummen von sich, als sie sich wieder auf die Couch setzte und eine Zigarette anzündete. »Und für Nicht-Nerds?«

»Der Entführer kann seine Spuren gut verwischen«, wandte sich Max mit einem Lächeln an sie.

»Kann man ihn nicht aufspüren?«, fragte sie.

»Das würde nur bei einem Livestream funktionieren«, erklärte der Hacker. »Der Entführer dagegen lädt ausschließlich Videos hoch und bis diese bemerkt werden, ist er wieder offline.«

»Löschen die einschlägigen Plattformen diese Videos nicht?«, fragte Chandu.

»Machen sie, aber das Internet ist schneller«, antwortete Max. »Es genügt, dass eine Datei fünf Minuten online ist, und schon verbreitet sie sich rasend schnell.«

»Wie viele Videos gibt es aktuell?«, fragte Chandu.

»Nur die beiden von heute Morgen«, erklärte Max. »Aber da kurz nach dem Hochladen auch die Presse vom Täter informiert wurde, ist das schnell hochgekocht. Dann sind einige Foren darauf angesprungen, in denen die Echtheit des Videos diskutiert wird.«

»Ist es echt?«, fragte Chandu.

»Zumindest die Folter«, erwiderte Zoe. »Ich habe mir das erste Video angesehen, bei dem das Opfer mit einem Stromstoß malträtiert wird.« Sie nahm einen Zug von der Zigarette. »Vor der Folter ist die Haut des Opfers noch unversehrt, danach sind deutliche Strommarken zu sehen. In dem Fall braun verfärbte Verbrennungen, was auf thermische Einschmelzungen oder partielle Verbrennungen der Oberhaut hindeutet.« Sie zog erneut an der Zigarette und blies den Rauch aus. »Das passt auch zur Verkrampfung der Muskulatur und zu den Atembeschwerden danach.«

»Die IT-Forensiker der Kripo haben bestätigt, dass die Datei nicht manipuliert ist, also wurden die Verbrennungen nicht nachträglich eingefügt.«

»Die Loslassgrenze liegt bei ungefähr 25 Milliampere«, fuhr die Rechtsmedizinerin fort. »Ohnmächtig wird ein Mann dieser Statur etwa bei 50 Milliampere. Und vom zweiten Video zu schließen, scheint er kurz davor gewesen zu sein, das Bewusstsein verloren zu haben.«

»50 Milliampere ist eine Menge«, bemerkte Chandu, während er den Tisch abräumte.

»Ein verdammter Ritt auf der Rasierklinge«, erklärte Zoe. »In dieser Stärke führt das zu Herzrhythmusstörungen und Blutdrucksteigerung. Irgendwann zu Kammerflimmern und Herzstillstand.«

»Also ist unser Opfer in akuter Lebensgefahr«, schloss Jan. »Noch bevor die Vierundzwanzig-Stunden-Frist abgelaufen ist.«

»Sein Zustand im zweiten Video war besorgniserregend«, stimmte sie zu. »Er überlebt vielleicht noch zwei Stromstöße in der gezeigten Stärke. Höchstens drei.«

»Und das Opfer konnte trotz der markanten Narbe noch immer nicht identifiziert werden?«, fragte Chandu.

Jan schüttelte den Kopf. »Die Gesichtserkennungs-Software sucht noch, aber wenn er kein bekannter Straftäter ist, geht diese ins Leere«, erklärte er. »Die Kripo hat in den sozialen Medien eine Hilfesuche mit Hinweis auf die Narbe gestartet, aber wegen der Maske über den Augen ist eine Gesichtsrekonstruktion schwer.«

»Dann müssen wir zum Motiv dieser Tat«, schlug Chandu vor. »Wer ist Paul Wank und warum soll er sterben?«

»Diesbezüglich war die Recherche wenig ergiebig.« Max tippte etwas auf dem Computer und ein Bild von Wank erschien an der Wand.

»Wank ist einundsechzig Jahre alt, stammt aus Steglitz und ist eigentlich nie in Erscheinung getreten«, begann Max. »Wank selbst ist Einzelkind und kinderlos, seit vierzehn Jahren geschieden und hat auch nicht mehr geheiratet. Er verwaltet die Stiftung seines Vaters, die sich für den Erhalt und die Restaurierung historischer Gebäude einsetzt. Sie hat ein Eigenkapital von 80 Millionen und investiert etwa 1,5 Millionen im Jahr.«

»Klingt harmlos«, bemerkte Chandu.

»Bezüglich des Motivs wird es auch nicht besser«, fuhr Max fort. »Was man so liest, scheint Wank ein arroganter Kerl mit Elitedünkel zu sein, aber meine Recherche in der einschlägigen Presse ergab genau null Skandale.«

»Was unter diesen Umständen sehr unwahrscheinlich ist«, bemerkte Zoe.

»Patricks Gespräch mit ihm war ebenso ergebnislos«, fügte Jan hinzu. »Wank scheint sich keiner Schuld bewusst zu sein, kennt das Entführungsopfer nicht und wirkte eher genervt, weil er die nächste Zeit zu Hause bleiben soll.«

»Vielleicht findet sich das Motiv in Kreisen, in denen sich Chandu herumtreibt«, sprach Zoe ihre Vermutung aus.

»Unmöglich ist nichts, aber in diesem Fall ergibt die Vorgehensweise des Täters keinen Sinn«, sagte Chandu und kam ins Wohnzimmer. »Selbst wenn Wank in Drogengeschäfte, Prostitution oder Waffenhandel verwickelt ist und dort Ärger bekommen hat, würde kein Täter aus dem Milieu sich so exponieren, indem er ein Video mit dem Entführten hochlädt und das Ziel auch noch warnt, indem er seinen Tod fordert. Ganz abgesehen davon, dass diese Forderung sehr dumm ist«, fügte er noch hinzu.

»Das ist auch eine Sache, die ich überhaupt nicht einordnen kann«, erwiderte Jan verwundert. »Glaubt der Täter wirklich, dass irgendjemand Wank umbringt, um das Opfer zu retten?«

»Eine klassische Nebelkerze.« Chandu setzte sich neben Zoe auf die Couch.

»Zweifelsohne, aber sicherlich die schlechteste Ablenkung in meiner Karriere als Kripobeamter.«

»Die Forderung nach Wanks Tod soll die Aufmerksamkeit auf ihn lenken«, vermutete Max.

»Hätte man das nicht einfacher haben können?«, wandte sich Jan an den Hacker. »Wenn wir den Entführer fassen, wird er für sehr lange ins Gefängnis gehen. Bei einer Schmutzkampagne und Verleumdung wäre er mit einer Geldstrafe davongekommen.«

»Durch die Entführung hat er aber die uneingeschränkte Aufmerksamkeit der Öffentlichkeit und der Behörden«, warf Zoe ein. »Keine noch so schmutzige Kampagne hätte so etwas generieren können.«

»Wir kommen immer wieder zu dem gleichen Punkt zurück«, sagte Chandu. »Wer entführt und foltert einen Unbekannten, um Paul Wank tot zu sehen? Und aus welchem Grund?«

Jan wollte etwas erwidern, als sein Handy auf dem Tisch brummte. »Das ist Patrick«, sagte er mit Blick auf das Display. »Hallo?«, meldete er sich, nachdem er das Gespräch angenommen hatte.

»Ich bin bei Wank zu Hause«, sagte sein Kollege. »Hier geht es schlimmer zu als zu Zeiten der Osmanen vor Wien.«

Jan hatte keine Ahnung, was die Osmanen mit dem Fall zu tun hatten, allerdings hörte er im Hintergrund zahlreiche wütende Stimmen. »Was ist passiert?« Er schaltete sein Telefon auf Lautsprecher.

»Vor einer halben Stunde wurde eine Information geleakt, dass Wank über seine Stiftung Gelder an die katholische

Kirche im Bezirk Wilmersdorf bezahlt hat, um sie in einem Missbrauchsskandal zu unterstützen.«

»Meinst du die Vorfälle um die Gemeinde St. Ludwig am Ludwigkirchplatz?«

»Genau die.«

»Und warum erfahren wir erst jetzt davon?«

»Die Strafverfolgungsbehörden waren in dem Verteiler der Mail ausgenommen«, erklärte Patrick. »Hätten die Kollegen von der Polizei nicht sofort Verstärkung gerufen, nachdem die ersten Protestler und Presseleute zu Wank gekommen sind, wäre das Haus gestürmt worden.«

»Und was sagt Wank dazu?«

»Er bestreitet alles.«

»Ich komme gleich vorbei.« Jan beendete das Gespräch.

»Wir haben unser Motiv gefunden«, kommentierte Max und blendete eine Pressemitteilung ein. Die Überschrift lautete: »Paul Wank unterstützt Kinderschänder.«

»Ich fahre zu Wank und konfrontiere ihn mit den Vorwürfen«, sagte Jan. »Kannst du das durchlesen und mir auf der Fahrt nach Steglitz eine Zusammenfassung geben?«

Max nickte.

»Ich setze schon mal Kaffee auf.« Chandu erhob sich von der Couch. »Es könnte eine lange Nacht werden.«

19.44 Uhr

Als Louis die Tür öffnete, schlug ihm ein widerlicher Gestank entgegen. Ohne dass er Krügers Wohnung betreten hatte, wusste er, dass dieser Bier trank, fettige Speisen zu sich nahm und nur selten lüftete. Louis' Schwester hielt sich die Hand auf die Nase, huschte aber schnell hinein.

»Polizei und Presse sind beschäftigt, Elli«, beruhigte er sie, als er die Tür hinter ihnen schloss.

»Es wird nicht mehr lange dauern, bis Krüger identifiziert wird«, erklärte sie. »Bis dahin sollten wir wieder weg sein.«

»Werden wir«, erwiderte Louis und sah sich in der Wohnung um. Aus der Küche drang genug Tageslicht in den Flur, dass er alle Details sehen konnte. Neben einem unordentlichen Stapel dreckiger Schuhe stand ein leerer Bierkasten auf dem Linoleum. Daneben lagen eine fleckige schwarze Sweatjacke und ein Schal mit dem Logo von Hertha BSC. In der Küche scheuchten sie einen Schwarm Fliegen auf, die sich auf einem Teller mit Soßenresten niedergelassen hatten, der auf einem kleinen Tisch stand. Der Gestank nach Bier kam aus einem halb vollen Glas.

»Was hast du erwartet?«, wandte sich Louis an seine Schwester, die noch immer die Hand auf die Nase gepresst hielt. »Als wir Krüger auf dem Weg von seiner Lieblingskneipe ins Auto gezerrt haben, war er betrunken, sein Hemd voller Ketchup und er hatte sich in die Hosen gepisst.«

»Ist ja schon gut.« Sie nahm die Hand herunter. »Lass uns den Dreck ignorieren und mit der Suche anfangen. Ich gehe ins Schlafzimmer«, bemerkte sie noch und überprüfte den Sitz ihrer Handschuhe.

Louis unterdrückte ein Lächeln, denn von der Unordnung in der Küche zu schließen, konnte er sich nicht vorstellen, dass Krüger mit seiner Kleidung und seiner Bettwäsche besser umging, doch das würde Elli sicherlich bald selbst feststellen.

Wie zur Bestätigung ertönte ein kurzes Würgen aus dem Nebenraum.

Mit Handschuhen über den Fingern öffnete Louis die Schubladen. Küchenschränke wurden nur von älteren Damen als Versteck genutzt, aber sie würden sich die Zeit nehmen, auch den letzten Winkel von Krügers Wohnung zu durchsuchen, um sichergehen zu können, dass sie nichts übersehen hatten.

Zuerst nahm er alle Schubladen heraus, leuchtete in das Innere der Schränke und entfernte die Blende. Das Besteck und die Teller passten zu Krüger, stinkend, unsauber und kaputt, aber selbst hinter dem Kühlschrank und in der Abzugshaube fand Louis nichts. Er dachte gerade darüber nach, ob es notwendig war, den Mülleimer zu durchsuchen, als ihn seine Schwester rief.

»Bruder.« Dieses Wort genügte ihm, um zu wissen, dass sie etwas gefunden hatte. Ihre Stimme klang merklich angespannt und normalerweise nannte sie ihn Louis.

Im Schlafzimmer angekommen sah er sie neben einem Nachttisch, bei dem die Schublade ausgezogen war. Ihr ganzer Körper war angespannt, die behandschuhten Hände geballt. Ihre schmalen Lippen waren zusammengepresst, als müsste sie einen Schrei unterdrücken, und ihre Augen waren weit aufgerissen. Trotz der ernsten Situation konnte er nicht anders, als das Grün ihrer Augen zu bewundern. Sie waren heller als bei den meisten Menschen und von einer Klarheit, die an einen edlen Smaragd erinnerten.

»Was ist los?«, fragte er.

Sie deutete auf die Schublade, als wäre eine tödliche Schlange darin. Louis trat näher und sah ein Foto in einem Bilderrahmen, das trotz des Schutzglases schon verblichen war. Es zeigte zwei Männer vor einer Hauswand. Sie hatten die Arme jeweils um den anderen gelegt und lächelten in die Kamera wie zwei Freunde. Einer der beiden war Krüger, gut zwanzig Jahre jünger und nicht so verkommen wie der Mann, den sie entführt hatten. Er war rasiert, hatte einen akkuraten Haarschnitt und trug ein weißes Hemd, das nur am Kragen ein wenig vergilbt wirkte.

Der andere Mann war Louis ebenfalls bekannt. Seine dunkelblonden Haare waren kurz geschnitten. Die langen Koteletten gingen in einen bräunlichen Vollbart über, dessen Farbe zu gleichmäßig war, als dass er nicht gefärbt sein konnte. Er trug eine schwarze Brille mit eckigen Gläsern und seine ebenmäßigen Zähne strahlten weiß. In der linken Brusttasche seines Arztkittels steckte ein Stethoskop.

»Issendorff«, flüsterte Louis und ballte die Fäuste. »Wir hätten dieses Dreckschwein Krüger nicht entführen, sondern umbringen sollen«, fuhr er mit unterdrückter Wut fort.

»Zügle dich.« Elli legte ihm besänftigend eine Hand auf den Rücken. »Es geht nicht nur um uns. Wir haben eine Aufgabe.«

»Würde es nicht genügen, wenn wir sie qualvoll töten?«

»Sie werden sterben. Alle«, sagte sie bestimmt. »Aber die Welt soll sich an sie als die Monster erinnern, die sie waren. Und das braucht Zeit. Und Geduld. Außerdem wissen wir noch zu wenig.«

»Du hast recht, Elli.« Er zeigte ein kurzes Lächeln. »Wie immer.« Dann atmete er hörbar aus und zog die zweite Schublade des Nachttischs heraus. Darin lagen eine Pistole und ein vergilbter Umschlag.

»Eine Hege AP 66«, bemerkte Louis fachmännisch. »Kaliber 765. Wäre nicht meine erste Wahl, aber gut genug, um unerwünschte Einbrecher aufzuhalten.«

Elli sah mit Abscheu auf die Waffe.

»Und was ist das?« Er nahm ein Kuvert heraus und öffnete es vorsichtig. Darin lag ein Bündel Scheine. »D-Mark?«, stieß Louis verwundert hervor. Er zählte das Geld schnell durch. »Zwanzigtausend.«

»Das wird seine Bezahlung von Issendorff gewesen sein«, vermutete Elli laut.

»Warum bewahrt man noch Geld aus den alten Zeiten der Bundesrepublik auf?« Er betrachtete das Bündel interessiert.

»Vielleicht hatte er Angst vor Fragen über dessen Herkunft.« Sie nahm ihm das Geld ab. »Lass uns den Umschlag überprüfen. Vielleicht finden wir Fingerabdrücke darauf.«

»Das Foto ist Beweis genug«, erklärte er und deutete auf die Schublade.

»Ist es, trotzdem kann man nie genug Beweise haben.« Sie streichelte ihm lächelnd über die Wange. Dann wandte sie sich zu einem alten, schiefen Kleiderschrank um. »Lass uns die Wohnung bis in die letzte Ecke durchsuchen. Vielleicht finden sich noch andere Hinweise.«

»Was machen wir mit dem Foto?«

»Wir nehmen es mit«, erklärte sie. »Es darf von Krüger kein Hinweis zu Issendorff führen. Hast du die falschen Spuren?«

»Mit Krügers Fingerabdrücken«, bestätigte er. »Und das, obwohl ich Kirchen hasse.«

»Geht mir nicht anders, doch der Besuch war es wert.« Sie lächelte wieder. »Schließlich soll die Kripo beschäftigt bleiben.«

Louis nickte. »Für die habe ich mir noch etwas ganz Besonderes ausgedacht.«

Kapitel 2

20.18 Uhr

Vor Wanks Haus war es lauter als im Fußballstadion bei einem Tor. Eine Gruppe junger Leute versuchte, über einen von der Polizei errichteten Bauzaun zu klettern, um auf das Grundstück zu gelangen. Mit Helm und kugelsicherer Weste gerüstete Polizisten versuchten, das zu verhindern, und zogen die Demonstranten an den Füßen herunter, was zu Geschrei, gefolgt von ohrenbetäubendem Lärm aus zahllosen Trillerpfeifen führte.

Dahinter hatte sich eine Gruppe von Leuten versammelt, die ein Banner vor sich hertrugen. Auf diesem war »Gerechtigkeit für die Opfer sexuellen Missbrauchs« zu lesen. »Brennt die Hütte nieder«, schrie ein Mann um die vierzig und streckte seinen Mittelfinger in Richtung des Hauses.

Es dauerte fünf Minuten, bis sich Jan durch den Pulk an Menschen gekämpft hatte und an der Einfahrt angekommen war. Er zeigte seinen Ausweis und wurde unter einem lauten Pfeifkonzert hineingelassen. Kaum hatte er die Tür erreicht, wurde er schon vom Hausherrn empfangen.

»Das ist eine Unverschämtheit!«, empörte sich Wank, als sie zusammen ins Wohnzimmer gingen. Er trug eine blaue Anzughose, ein weißes Hemd, dessen zwei oberste Knöpfe geöffnet waren. Am Ringfinger seiner Rechten prangte ein protziger Goldring mit einem Siegel. »Was gedenken Sie, gegen diesen asozialen Pöbel zu tun?«

»Tommen von der Kripo Berlin.« Jan zeigte seinen Ausweis und versuchte sich mit einem freundlichen Lächeln. Für eine vernünftige Befragung musste er zuerst Wank beruhigen.

»Das habe ich nicht gefragt.«

»Meine Kollegen von der Polizei verhindern, dass die Demonstranten auf Ihr Grundstück kommen«, erklärte Jan. »Erfahrungsgemäß verläuft sich eine solche Zusammenkunft nach wenigen Stunden, wenn die Teilnehmer einsehen, dass sie keine Chance haben.«

»Wenige Stunden?«, fuhr er auf. »Sie erwarten, dass ich diesen Lärm noch weiter ertrage?« Er deutete mit dem Finger nach draußen. »Das Pack gehört ins Gefängnis. Ohne Aussicht auf Bewährung.«

Jan zwang sich wieder zu einem Lächeln. »Wollen wir uns nicht beruhigen und über die Vorwürfe sprechen?«

»Vorwürfe?« Er riss die Augen auf und sein Gesicht lief rot an. »Das sind Lügen und übelste Verleumdungen.«

»Herr Wank.« Jan versuchte, seine Stimme ruhig klingen zu lassen. »Ich bin auf Ihrer Seite und versuche, Ihnen zu helfen.« Jan deutete auf die Couch. »Bitte unterstützen Sie uns, um diese Behauptungen zu entkräften.« Einen Augenblick befürchtete er, dass ein weiterer Wutausbruch folgen würde, aber schließlich nahm Wank Platz. Jan setzte sich ihm gegenüber auf einen Sessel.

»Alles Verleumdungen«, wiederholte er murmelnd und sah aus dem Fenster.

»Fangen wir vorne an«, begann Jan. »Grund für diese Demonstration sind Vorwürfe gegenüber dem Erzbistum Berlin, speziell gegen Gemeinden in Charlottenburg-Wilmersdorf und Neukölln. Dort haben Priester und Schwestern aus zwei Orden über viele Jahre Kinder auf schreckliche Art und Weise missbraucht.«

»Wie Sie sehen, bin ich weder Priester noch eine Ordensschwester.«

Jan hob besänftigend die Hände. »Journalisten der Printmedien und vom Fernsehen erhielten eine Kopie eines Kontoauszugs, auf dem von Ihnen eine sechsstellige Summe an das Erzbistum Berlin überwiesen wurde mit dem Vermerk: ›Zur Begleichung der Anwaltskosten‹.«

»Das ist eine Lüge«, fuhr er wieder auf.

»Laut ersten Recherchen haben Sie aber ein gutes Verhältnis zu Verantwortlichen des Erzbistums Berlin und auch zu Geistlichen der Gemeinde Wilmersdorf«, sagte Jan. »Es gibt mehrere Fotos, auf denen Sie mit dem Erzbischof und anderen hochrangigen Geistlichen zu sehen sind.«

»Das ist kein Verbrechen.«

»Ist es nicht, aber es ist die Erklärung für den Aufruhr vor Ihrem Haus.«

»Eine Lüge«, wiederholte er.

»Was ist mit dem Kontoauszug, der momentan überall in den Presseportalen zu sehen ist? Haben Sie dem Erzbistum Geld für Anwaltskosten überwiesen?«

Wank presste die Lippen zusammen und sah Jan empört an.

»Ich muss das fragen«, entschuldigte er sich.

»Zunächst einmal wäre ich gar nicht in der Lage, eine größere sechsstellige Summe einfach so freizustellen«, erklärte er. »Und wenn ich dem Erzbistum Geld überwiesen habe, dann für Begegnungsfeste oder eine Altarweihe. Sicherlich nicht für Anwaltskosten die Missbrauchsfälle betreffend.«

»Haben Sie davon gehört? Also von den Missbrauchsfällen.«

»Dem konnte man sich in den letzten Jahren schwerlich entziehen.« Wank machte eine wegwerfende Geste, als würde ihn das Thema nicht interessieren.

Irgendetwas klatschte an die Scheibe und etwas Rotes lief an dem Glas hinunter. Jan vermutete, eine überreife Tomate oder ein kleiner Farbbeutel.

Wank sprang auf. »Ihr dreckigen Barbaren«, brüllte er ihnen entgegen. Er ging einen Schritt näher ans Fenster, war aber klug genug, es geschlossen zu lassen.

»Könnte dies der Grund sein, warum der Unbekannte jemanden entführt hat und Ihren Tod fordert?«

»Ich habe mit den Missbrauchsfällen nichts zu tun«, beharrte Wank.

Jan sah auf sein Handy. Es war halb neun. Eigentlich hätte er seine Energie der Befreiung der Geisel widmen müssen. »Vielen Dank für Ihre Zeit«, sagte Jan und erhob sich. Er schüttelte dem Mann die Hand. »Ich werde gleich mit meinen Kollegen reden, damit sie die Versammlung vor Ihrem Haus auflösen.« Natürlich würde Jan das nicht tun, aber so konnte er schneller wieder verschwinden, ohne dass Wank ihn unnötig aufhielt.

Draußen angekommen wandte er sich von den Demonstranten ab, nahm sein Handy aus der Tasche und wählte Max' Nummer.

»Ich glaube nicht, dass Wank etwas damit zu tun hat«, begann er.

»Das lässt sich leicht beweisen, indem wir seine Kontoauszüge aus diesem Zeitraum überprüfen«, erwiderte der Hacker.

»Das machen wir, wenn wir das Entführungsopfer befreit haben.«

»Aber ein gutes Motiv wäre es gewesen«, hörte er Chandus Stimme im Hintergrund. »Was die Priester und Ordensschwestern mit den Kindern gemacht haben, ist schwer zu ertragen und rechtfertigt jeden Zorn.«

»Aber dann wären diese Personen Ziel des Mordaufrufs gewesen«, erwiderte Jan. »Nicht ein Unterstützer.«

»Die Taten wurden überwiegend in den Sechzigerjahren begangen und die meisten Verbrecher sind bereits tot«, erklärte Chandu.

»Ich habe noch zu wenig, um mir ein Urteil zu bilden, aber aktuell halte ich Wanks Überweisung für eine Nebelkerze.«

»Wozu das?«, fragte Chandu.

»Um uns von der Suche nach dem Entführungsopfer abzuhalten.«

Max lachte kurz. »Dann unterschätzt der Täter aber die Größe der Kripo Berlin. Die Demonstration vor Wanks Haus macht keinen Unterschied.«

»Etwas Besseres fällt mir nicht ein oder warum …«

»Warte kurz«, unterbrach Max. Er schien etwas zu tippen. »Es gibt ein neues Video«, fuhr er dann fort. Im Hintergrund war eine mechanische Stimme zu hören. Wahrscheinlich ließ Max das Video auf seinem Laptop laufen. Jan konnte es durch das Telefon nicht richtig verstehen.

»Du kommst besser wieder zu uns«, sagte Chandu dann. »Der Entführer hat die Uhr nach vorne gedreht.«

21.02 Uhr

Das einzig Gute an dem Video war, dass der Mann offensichtlich seine Kraft zurückgewonnen hatte. Er stemmte sich fluchend gegen die Ketten, die ihn gefangen hielten, obwohl es völlig nutzlos war. Von den Bemühungen unbeeindruckt war wieder die mechanische Stimme zu hören.

»Wir sind mit den Entwicklungen zu Paul Wank unzufrieden«, begann sie. »Da man unsere Warnungen offensichtlich nicht ernst nimmt, verlegen wir den Todeszeitpunkt unseres Gefangenen auf Mitternacht vor.« Einen Moment blieb die Kamera noch auf dem Entführungsopfer. Dann brach die Aufnahme ab.

»Die Kollegen von der IT sind schon dran«, wandte sich Max an Jan. »Da wir bei den letzten Videos aber keine Spuren extrahieren konnten, bin ich bei dieser Aufnahme ebenfalls nicht optimistisch.«

»Weniger als drei Stunden«, sagte Jan mit Blick auf die Uhr.

»Das Bild des Opfers ist überall in der Presse und den sozialen Medien zu finden«, erklärte Chandu. »Ich wundere mich, dass ihn niemand erkennt.«

»Weil es in Paul Wank einen in Berlin lebenden Mann getroffen hat, gehen wir davon aus, dass die Entführung ebenfalls in Berlin geschehen ist«, gab Max zu bedenken. »Das Opfer könnte aber auch in Oberbayern wohnen oder vor zwanzig Jahren nach Thailand ausgewandert sein. Dann geht diese Suche ins Leere.«

»Von der Betonung der Wörter zu schließen, höre ich Berlinerisch heraus«, sagte Jan. »Aber du hast recht, trotzdem könnte der Mann ganz woanders sein.«

»Wir stehen völlig blank da.« Zoe zündete sich eine Zigarette an. »Der Hintergrund lässt keine Schlüsse auf den Ort ziehen, an dem das Opfer festgehalten wird. Die IT kann die Videos nicht zum Entführer zurückverfolgen und die Stimme ist künstlich erzeugt.«

»Und selbst wenn man das wahre Klangbild extrahieren könnte, würde uns das nur etwas nützen, wenn es ein einschlägig bekannter Krimineller ist«, fügte Max hinzu. »Denn eine Datenbank mit Stimmbildern haben wir nicht.«

Jan trank gerade einen Schluck Kaffee, als sein Handy brummte. »Das ist Patrick«, sagte er mit Blick auf das Display. »Gibt es etwas Neues?«, fragte er hoffnungsvoll, nachdem er das Gespräch angenommen hatte.

»Wir haben das Opfer identifiziert«, antwortete sein Kollege. »Es ist ein gewisser Hans Krüger aus Kreuzberg. Ich bin gerade auf dem Weg zu seiner Wohnung.«

»Schick mir die Adresse.« Jan stellte die Tasse auf den Tisch und griff nach seiner Jacke.

»Ist unterwegs.«

»Wir sehen uns dort.« Jan hob die Hand zum Abschied. Dann rannte er aus Chandus Wohnung hinaus und zu seinem Auto.

21.34 Uhr

Die Straße um das Mehrfamilienhaus war von Polizeifahrzeugen mit Blaulicht blockiert. Den Haupteingang hatten die Kollegen mit Absperrband markiert und auch vor Krügers Wohnung stand ein Polizist, der Jan kurz zunickte, als er eintrat.

Obwohl die Tür offen war, hing ein abstoßender Gestank von Fett und Bier in der Luft. Zwei Männer in weißen Schutzanzügen knieten im Flur. Die Kollegen vom kriminaltechnischen Institut nahmen Proben von einem Paar dreckiger Schuhe, die dort abgestellt waren. Ein anderer packte einen Fanschal der Hertha in eine Plastiktüte. Weiter hinten in der Küche wurde der Raum mit einem Laserscanner aufgenommen.

»Wir befragen gerade die Nachbarn, aber niemand hat etwas bemerkt«, sagte Patrick, der aus der Küche in den Flur kam. Mit seinem Anzug und seiner Krawatte wirkte er in der heruntergekommenen Wohnung etwas exotisch.

»Dem Aufruf in den Medien konnte man sich nur schwer entziehen«, antwortete Jan verwundert.

»Die Bewohner dieses Hauses bleiben gerne unter sich, und was ich mitbekommen habe, war Hans Krüger auch nicht gerade beliebt.«

»Was haben wir von dem Opfer?«

»Oberflächlich nur wenig. Krüger ist achtundsechzig Jahre alt, Rentner und war früher als Sicherheitsmann angestellt. Den Arbeitgeber ermitteln wir noch. Es gibt Einträge in der Strafakte wegen Körperverletzung und Sachbeschädigung, aber nichts wirklich Extremes, was Folter und Entführung erklären würde.«

»Sonst irgendetwas, das uns einen Hinweis geben könnte?«

Patrick schüttelte den Kopf. »Wir sind erst seit zwanzig Minuten hier. Zuerst scannen wir die Wohnung und kümmern uns um die offensichtlichen Dinge. Dann öffnen wir die Schubladen und drehen jedes Kleidungsstück um.« Er sah auf die Uhr. »Keine Ahnung, ob wir das bis Mitternacht schaffen.«

»Wer hat uns den Hinweis gegeben?«

»Der Wirt seiner Stammkneipe namens Gerhard Jesnita«, antwortete Patrick mit Blick auf sein Handy. »Dort war Krüger gestern Abend noch sein Gast.«

»Von welcher Kneipe?«

»Eine Spelunke zwei Querstraßen weiter.« Patrick beschrieb ihm den Weg. »Eine ausführliche Befragung des Wirts steht noch aus, aber ihm ist nichts Verdächtiges aufgefallen. Daher habe ich alle verfügbaren Einheiten auf die Nachbarschaft angesetzt.«

»Dann führe ich die Befragung bei Jesnita durch. Solange die Kriminaltechniker an der Arbeit sind, störe ich sowieso nur.« Jan deutete auf seine Kollegen, die gerade leere Flaschen in einem Bierkasten mit dunklem Puder bestrichen. Normalerweise arbeiteten die Leute vom KTI ruhig und gewissenhaft, aber auch sie wussten von der knappen Zeit, daher waren ihre Bewegungen schnell und hektisch.

Patrick hob den Daumen. »Sag Bescheid, wenn sich doch noch ein Hinweis auf die Entführung ergibt.«

»Werde ich«, bestätigte Jan und lief die Treppe wieder hinunter.

21.58 Uhr

Die Bezeichnung »Spelunke« traf gut auf Krügers Stammkneipe zu. Die massive Eingangstür war zerkratzt und quietschte beim Öffnen. Drinnen war es warm wie in einer Sauna und der Rauch in der Kneipe ließ Jan husten. Die Einrichtung war rustikal, mit schweren Holzmöbeln und dunklen Tischen, deren Oberfläche vor Fett glänzte. Zwei der fünf Lampen an der Decke waren kaputt, sodass nur wenig Licht durch die Rauchschwaden drang. Der Boden knarzte, als Jan an die Theke ging, hinter der ein Mann um die sechzig stand. Er hatte einen beachtlichen Bierbauch, ein aufgequollenes Gesicht und Schweinsäuglein. Der Wirt trug ein Holzfällerhemd ohne Ärmel, sodass man die Tätowierungen auf den kräftigen Armen sehen konnte. Sein langer Vollbart war ungepflegt und die ursprüngliche Farbe der klebrig wirkenden Schirmmütze auf seinem Kopf nicht mehr zu erkennen. Wahrscheinlich war es ein helles Grau gewesen.

Eine Bierflasche in der Hand, lehnte der Wirt lässig an der Theke und starrte zum Fernseher, auf dem gerade ein Dartwettkampf übertragen wurde. Dass einer seiner Stammkunden entführt worden war und gefoltert wurde, schien ihm nicht den Abend verdorben zu haben.

Die Kneipe war um diese Zeit schon fast leer. Nur drei Männer saßen noch an einem Tisch, ebenfalls eine Bierflasche in der Hand und den Blick zum Fernseher gerichtet.

»Kriminalpolizei Berlin«, sprach Jan den Wirt an und legte seine Marke auf den Tresen. »Sind Sie Gerhard Jesnita?«

Der Mann nickte und trank einen Schluck Bier. »Haben Sie Krüger gefunden?«, fragte er fast beiläufig.

Jan schüttelte den Kopf. »Bedauerlicherweise nicht. Deswegen bin ich hier.«

Jesnita rülpste und stellte die Flasche auf den Tresen. »Ich habe schon dem anderen Bullen gesagt, dass ich nichts gesehen habe. Dem mit dem schicken Anzug.«

»Wir müssen trotzdem den gestrigen Abend noch einmal durchgehen«, ignorierte Jan die Beleidigung und zwang sich zu einem Lächeln.

Jesnita zuckte teilnahmslos die Achseln.

»Wann hat Herr Krüger das Wirtshaus gestern verlassen?«

»Als ich den Laden zugemacht habe. So gegen dreiundzwanzig Uhr.« Er spuckte neben sich auf den Boden.

»Haben Sie ihn nach draußen gebracht?«

»Nur bis zur Tür. Dann habe ich abgeschlossen.«

»Ist Ihnen etwas aufgefallen? Eine andere Person oder ein Wagen, der dort geparkt hat?«

Der Wirt schüttelte den Kopf. »Hab ihn noch am Fenster vorbeigehen sehen. Da hat er mir noch zugewunken.«

»Wie betrunken war Herr Krüger?«

»Für seine Verhältnisse hatte er schon ordentlich gebechert, aber er war noch klar genug, dass er nach Hause gehen konnte.«

»Seine Reaktionsfähigkeit war also eingeschränkt?«

»Hä?« Jesnita hob sein Hemd ein Stück und kratzte sich am Bauch.

»Wir gehen davon aus, dass Herr Krüger mit Gewalt entführt wurde«, erklärte Jan. »Daher stellt sich die Frage, wie gut er sich dagegen hat wehren können.«

»Krüger war ein mieser Drecksack«, erklärte der Wirt. »Wenn es hart auf hart kommt, greift der nach allem und schlägt so lange auf seinen Gegner ein, bis der nicht mehr zuckt.«

»Also konnte er sich wehren, selbst wenn er betrunken war?«

»Verlassen Sie sich darauf.« Er griff nach der Flasche und trank wieder einen Schluck.

»Hatte Herr Krüger Feinde?«

»Den mochte eigentlich niemand. Man hat mal ein Schwätzchen mit ihm gehalten, aber jeder wusste, dass Krüger jederzeit austicken konnte.« Jesnita stellte die Flasche wieder ab. »Entführt hätte ihn jedoch keiner. Vielleicht mal was auf die Fresse gegeben, aber dann wäre es schon wieder erledigt gewesen.«

»Wenn ihn niemand mochte, wieso kam er dann hierher?«

»Hat sich wohl zu Hause alleine gefühlt«, erklärte er achselzuckend. »Wenn er gute Laune hatte, hat er auch mal was springen lassen.«

»Sie reden von einer Lokalrunde?«

»Genau. Kohle hatte er ja wohl genug, wenn man seine Karre ansieht.«

»Seine Karre?«, fragte Jan nach.

»Der rote Lancia«, erklärte Jesnita verwundert. »Haben Sie den noch nicht untersucht?«

Jan schüttelte den Kopf. »Wo steht der Wagen? Der wäre mir aufgefallen.« Gerade in einer solchen Gegend, fügte er in Gedanken hinzu.

»Krüger hat eine Garage gemietet.« Der Wirt winkte ab. »Vor seinem Haus wäre die Karre in einer Stunde weg gewesen.«

»Vielen Dank.« Jan verabschiedete sich und verließ die Kneipe. Draußen war die Luft eine regelrechte Erleichterung.

Er atmete tief ein, während er sein Handy aus der Tasche zog. Patrick nahm nach dem zweiten Klingeln ab.

»Krüger besaß einen teuren Lancia«, begann Jan. »Habt ihr einen Autoschlüssel gefunden?«

»Haben wir«, bestätigte sein Kollege. »Die IT überprüft gerade die Zulassung. Außerdem haben wir einen anonymen Drohbrief in einer Schublade entdeckt«, fuhr er fort. »In ausgeschnittenen Zeitungslettern steht dort: Geld her oder du wirst leiden.«

»Offensichtlich war Krüger nicht der nette Nachbar von nebenan«, bemerkte Jan. »Habt ihr eine Idee, wer der Verfasser sein könnte?«

»Noch nicht, aber die Kollegen vom KTI haben einen Teilabdruck auf einem der Buchstaben extrahieren können«, antwortete Patrick. »Und wenn er in der Datenbank ist, dann kennen wir den Erpresser in fünf Minuten.«

22.47 Uhr

Die Kollegen von der Polizei hatten nicht viel Zeit verloren, nachdem der Fingerabdruck einem gewissen Daniel Farcher zugeordnet werden konnte. Eine Streife hatte Farcher buchstäblich aus dem Bett geholt, in ein Dienstfahrzeug verfrachtet und direkt in ein Verhörzimmer bei der Kripo gebracht.

Der Mann wirkte verschlafen und verwirrt, als verstünde er nicht, was mit ihm passierte. Er trug eine graue Jogginghose und ein verwaschenes T-Shirt, über das er noch schnell eine Jeansjacke gezogen hatte. Seine schwarzen Haare waren ungekämmt und der Dreitagebart ließ ihn ungepflegt wirken. Ihm fehlten zwei Vorderzähne und sein linkes Auge war geschwollen, als hätte er vor Kurzem Prügel kassiert. Der Mann war klein gewachsen und von einer krankhaft dünnen Statur, die Jan so nur von Drogenabhängigen kannte.

»Wer ist das?« Bergman stellte sich neben Jan und betrachtete den neuen Gast durch das Glas.

»Daniel Farcher.« Jan reichte ihm die Akte. »Seine Fingerabdrücke waren auf dem Drohschreiben, das wir in Krügers Wohnung gefunden haben.«

»Diebstahl, Scheckbetrug, Hehlerei«, las der Kripochef vor. »Eher Kleinkram. Kein Eintrag zu Entführung oder Erpressung.« Er blätterte weiter. »Gelernter Dreher. Und nach seinem Geburtsjahr 1966 zu schließen ist er auch kein Digital Native.« Er klappte die Akte zu. »Auf den ersten Blick hätte ich ihn nicht zu den Verdächtigen gezählt.«

»Wir haben nur noch eine gute Stunde Zeit«, gab Jan zu bedenken. »Patrick nimmt mit den restlichen Kollegen Farchers Wohnung auseinander. Vielleicht gibt es einen Hinweis auf ein Versteck, in dem er Krüger angekettet hat.«

»Versuche dein Bestes.« Bergman deutete auf den Mann hinter dem Spiegel.

Als Jan den Verhörraum betrat, schien sich Farcher gefangen zu haben, denn er spuckte verächtlich vor ihm auf den Boden. »Drecksbullen«, schickte er murmelnd hinterher.

Die Zeit war knapp und Jan hatte diese Respektlosigkeiten satt, daher knallte er seine Unterlagen auf den Tisch, packte den Mann am Kragen der Jeansjacke und hob ihn aus dem Stuhl.

»Hör zu, Arschloch«, begann er zornig. »Ich habe keine Lust, meine Zeit mit Pennern wie dir zu vergeuden, daher reißt du dich jetzt zusammen und beantwortest meine Fragen.« Er stieß ihn auf den Stuhl zurück.

»Das ist Polizeigewalt, ihr dreckigen …«

Jan schlug mit der flachen Hand auf den Tisch, sodass Farcher zusammenzuckte.

»Spreche ich undeutlich?«, schrie er ihn an und packte ihn wieder am Kragen.

Der Mann riss die Augen weit auf. Die Angst war ihm anzusehen. Schließlich schüttelte er den Kopf.

Jan ließ Farcher los und setzte sich ihm gegenüber.

»Kennst du diesen Mann?« Er legte ein Bild von Krüger auf den Tisch.

»Nie gesehen«, antwortete Farcher, nachdem er das Bild betrachtet hatte.

»Verarsch mich nicht!«

»Das stimmt«, erwiderte er kleinlaut und hob die Hände, als müsste er sich vor einem Schlag schützen. »Wer ist das?«

»Ein gewisser Hans Krüger.«

»Den Namen höre ich zum ersten Mal.« Farcher wirkte unsicher. Entweder war er der perfekte Schauspieler oder er wusste wirklich nicht, wer Krüger war.

Jan atmete hörbar aus, um seinen Zorn zu bändigen. »Warum glaubst du, bist du hier?«

»Das weiß ich nicht«, jammerte der Mann. »Die B… Polizisten haben mich aus dem Bett geholt, mir Handschellen angelegt und mich hierhergebracht, ohne etwas zu sagen.«

»Dieser Mann wurde entführt.« Jan deutete auf Wanks Bild. »Und der Entführer droht, ihn heute um Mitternacht zu ermorden.«

»Mit so etwas habe ich nichts zu tun. Ich habe viel Scheiße im Leben gemacht, aber Entführung oder Mord gehört nicht dazu.«

»Woher kommt dann dieses Drohschreiben?« Jan nahm den in eine Plastiktüte verpackten Zettel aus seiner Akte und legte ihn auf den Tisch.

»Geld her oder du wirst leiden«, las Farcher vor. »Das ist nicht von mir.«

»Und warum ist dann dein Fingerabdruck auf einem der Buchstaben?«

»Das war ich nicht«, wiederholte Farcher.

Jan seufzte. »Nachdem dich die Polizei in ihr Auto gebracht hat, haben meine Kollegen deine Wohnung durchsucht und die neusten Ausgaben der *taz* gefunden. Und zufällig wurden aus dieser Zeitung die Worte ausgeschnitten. Das konnten wir überprüfen.«

»Die Zeitung ist nicht von mir«, erklärte er stotternd. »Also ich habe sie nicht abonniert.«

»Und woher stammen die Ausgaben in deiner Wohnung?«

»Die bekomme ich jeden Morgen in den Briefkasten. Keine Ahnung, warum und woher.«

Jan rieb sich müde über das Gesicht. »Daniel«, begann er hörbar genervt. »Wenn du mich schon für dumm verkaufen willst, kannst du dir dann nicht wenigstens etwas Mühe geben?«

»Das ging vor vier Wochen los.« Farcher wischte sich den Schweiß von der Stirn. »Da habe ich eine Ausgabe von der *taz* im Briefkasten gefunden. Erst dachte ich, dass der Träger sich geirrt hatte, aber dann war sie am nächsten Tag wieder drin. Und die ganzen Tage darauf auch.«

»Und das hat dich nicht gewundert?«

»Einem geschenkten Gaul …« Er ließ den Satz unbeendet und zuckte die Achseln. »Darum ist auch mein Fingerabdruck auf dem Papier«, führte er weiter aus. »Denn ich lese sie jeden Tag.«

»Und wie hat der Täter die Zeitung in die Hände bekommen?«

»Die Tür zu den Müllcontainern ist schon monatelang kaputt«, erklärte Farcher. »Jede Nacht durchwühlen irgendwelche Penner die Wertstofftonnen nach Pfandflaschen. Da kann man auch die Zeitungen mitgehen lassen.«

»Versuchen wir es anders. Wenn das Schreiben nicht von dir ist, von wem dann?«

»Weiß ich nicht.« Seine Antwort wirkte aufrichtig. »Ich habe es mit einigen verschissen, aber keiner von denen entführt und killt jemanden. Von so was halte ich mich fern.«

Jan unterdrückte einen Fluch, als er auf die Uhr sah. Unter anderen Umständen hätte er Farcher noch in die Mangel genommen, aber heute hatte er zu wenig Zeit.

»Du bleibst erst mal hier.« Jan stand auf und verließ den Verhörraum.

»Was hältst du davon?«, fragte er den Kripochef, als er wieder im Nebenzimmer war.

»Wir müssten noch tiefer nachhaken, aber spontan halte ich ihn nicht für den Entführer«, antwortete Bergman.

»Vielleicht hatten die Kollegen in Farchers Wohnung Erfolg.« Jan nahm sein Handy aus der Tasche und wählte Patricks Nummer. »Etwas Neues?«, fragte er sofort, nachdem dieser abgenommen hatte.

»Nirgends ein Hinweis auf Krüger«, begann Patrick. »Auch nicht im Keller oder in einer der angeschlossenen Garagen. Sollte Farcher hinter der Entführung stecken, hat er Krüger nicht hier versteckt.«

Jan sah auf die Uhr. »Was sagt dir dein Bauchgefühl?«

»Im Gegensatz zu dir lasse ich mich lieber von Fakten leiten, aber bis auf den Fingerabdruck des Drohbriefs gibt es keine Verbindung zu Krüger. Farcher hat auch keinen Computer, keine Kamera oder sonst etwas, mit denen er die Aufnahmen gemacht haben könnte. Entweder ist er sehr clever und hat noch ein Geheimversteck, zu dem es hier keine Hinweise gibt, oder der eigentliche Täter hat uns auf eine falsche Spur geschickt.«

Jan schlug zornig an die Wand. »Uns bleibt weniger als eine Stunde.«

»Wir haben alle verfügbaren Leute draußen auf der Straße«, erklärte Patrick. »Vielleicht haben wir noch einen Glückstreffer. Ansonsten können wir nur hoffen, dass der Entführer blufft.«

»Darauf sollten wir uns nicht verlassen.«

»Machen wir auch nicht, aber die Zeit ist zu knapp, um wirklich tiefgreifendere Ermittlungen durchführen zu können«, sagte Patrick. »Wir durchsuchen weiter Farchers Wohnung. Die Kollegen bleiben bei Krüger. Wenn sich etwas ergibt, melde ich mich sofort.«

Nach dem Gespräch browste Jan durch seine Kontakte und drückte dann auf Max' Eintrag.

»Gibt es etwas Neues?«, fragte der Hacker sofort.

»Alles Sackgassen«, antwortete Jan. »Wank behauptet, mit der angeblichen Überweisung an die katholische Kirche nichts zu tun zu haben, niemand hat einen Hinweis zu Krügers Entführer und ein mutmaßlicher Täter hat sich als falsche Spur herausgestellt.«

»Ich bin gerade mit der Suche nach Kameras beschäftigt, rund um den möglichen Entführungsort zwischen seiner Stammkneipe und Krügers Zuhause, aber da sieht es wirklich mau aus«, erklärte Max. »Diesbezüglich wurde der Tatort gut ausgewählt.«

»Ich kann noch nicht sagen, wie Wank und Farcher in den Fall passen, aber Krüger ist kein zufällig gewähltes Opfer.« Davon jedenfalls war Jan überzeugt. »Es gibt einen Grund für seine Entführung. Und wenn wir den herausfinden, ist der Weg zum Täter nicht mehr weit.«

»In der letzten Stunde haben wir wenigstens Krügers letzten Arbeitgeber ermitteln können.«

»Die Sicherheitsfirma?«

Max bejahte.

»Ist um diese Zeit noch jemand erreichbar?«

»Das kann ich dir nicht sagen, aber ich habe die Handynummer des Firmeninhabers«, erklärte Max. »Da die Firma nur knapp zwanzig Angestellte hat, wird er Krüger gekannt haben. Und vielleicht liefert er uns ein Motiv für dessen Entführung.«

23.32 Uhr

Eigentlich besuchte Jan gerne die Arminiusmarkthalle. Unzählige Male war er schon an den Ständen vorbeigeschlendert, hatte Käse im Feinkostladen erstanden, sich eine Bratwurst bei den »Drei Damen vom Grill« geben lassen und im »Brotkorb« das frische Baguette mitgenommen, das Lan so mochte. Als er vor dem alten Gebäude ankam, waren die Verkaufsflächen schon geschlossen, nur der angeschlossene Eventbereich schien für eine Veranstaltung gebucht worden zu sein. Rechts neben dem Gebäude war ein Stück des Gehwegs mit rotem Samtband abgesperrt worden. Zwei Scheinwerfer erhellten den Seiteneingang in der Nacht. Davor wartete eine attraktive junge Frau mit einem iPad in der Hand. Sie unterhielt sich mit einem älteren Mann, dessen graue Haare so kurz geschnitten waren, dass er wie ein US-Army-Soldat wirkte. Sein Gesicht war glatt rasiert und er trug einen maßgeschneiderten dunklen Anzug, der seine breiten Schultern noch betonte. Während des Gesprächs mit der Frau huschten seine Augen ständig hin und her, als versuche er, möglichen Ärger schon im Vorhinein zu unterbinden.

Der Mann ähnelte jenem, dessen Foto Max ihm aufs Handy geschickt hatte. Nur hatte er sich entweder einer Verjüngungskur unterzogen oder das Foto war nachbearbeitet worden, denn auf diesem wirkte er eher älter.

»Herr de Renzi?«, fragte Jan und zeigte seinen Kripoausweis. »Hauptkommissar Tommen. Wir haben telefoniert.«

Der Mann schüttelte ihm die Hand und ging mit ihm etwas vom Eingang weg.

»Ich habe kaum etwas mitbekommen, weil mich die Veranstaltung schon den ganzen Tag auf Trab hält.« Er nickte in Richtung der Markthalle. »Aber nach Ihrem Anruf habe ich mir das Video angesehen. Das könnte wirklich Hans sein.«

»Haben Sie eine Ahnung, wer ihn entführt hat?«

»Spontan fällt mir niemand ein«, erwiderte er kopfschüttelnd. »Natürlich gibt es auch unter den Angestellten einer Sicherheitsfirma Streit, aber bei uns ist nichts so sehr eskaliert. Die letzten Einsätze bei öffentlichen Veranstaltungen waren unauffällig. Eine Zeit lang war Hans am Wochenende für den Objektschutz auf einer Baustelle in Mitte eingesetzt. Auch dort kam es zu keinen Auffälligkeiten.«

»Und zwischen Ihren Angestellten?«

Er schüttelte den Kopf. »Wenn da etwas wäre, hätte ich es erfahren.«

»Als was für einen Menschen haben Sie Herrn Krüger erlebt?«

»Er war nicht einfach«, antwortete de Renzi nach einem Moment des Nachdenkens. »Ich konnte ihn nicht überall einsetzen, weil es ihm an Feingefühl gefehlt hat und er schnell beleidigt war. Aber wenn es Probleme gegeben hat, war er furchtlos und immer als Erster vor Ort.«

»Hat Herr Krüger auch unangemessen Gewalt ausgeübt?«

Wieder überlegte de Renzi, bevor er antwortete. »Aus meiner persönlichen Sicht nicht, nur hätte ich mir als Chef einer Sicherheitsfirma manchmal etwas mehr Besonnenheit gewünscht. Im Nachhinein konnten wir es jedoch immer klären, wenn es einmal Probleme gegeben hat.«

»Hat Herr Krüger gut verdient?«

»Er erhielt etwas mehr als den staatlich vorgeschriebenen Mindestlohn. Wie die meisten meiner Angestellten. Warum fragen Sie?«

»Herr Krüger fuhr ein sehr teures Auto und hat auch gerne Lokalrunden geschmissen.«

»Ich kenne seinen sonstigen Lebensstandard nicht, möglicherweise hat er mit seinen Nebenjobs mehr verdient. Vieles wird dort schwarz bezahlt.«

»Herr Krüger hat nebenher gearbeitet?«

»Das ist Teil unserer Vertragsvereinbarung. Solange meine Angestellten bei mir gute Arbeit leisten, können sie in ihrer Freizeit machen, was sie wollen.«

»Und Nebenjobs sind in Ihrer Branche üblich?«

De Renzi nickte.

»Haben Sie eine Ahnung, für wen Herr Krüger noch gearbeitet hat?«

»Er war diesbezüglich sehr verschwiegen«, antwortete der Sicherheitsmann. »Einmal hat er sich allerdings verplappert, als ich ihn gefragt habe, wie er seinen Urlaub verbracht hat. Da hat er nur geschnaubt und gesagt, dass es kein Urlaub, sondern Arbeit war.«

»Hatte Herr Krüger Freunde in der Belegschaft?«

»Wenn es hart auf hart kommt, halten die Jungs zusammen, aber außerhalb der Arbeit haben sie gerne ihre Ruhe und bleiben für sich. Doch mit Sicherheit kann ich das nicht sagen.«

Der Alarm von Jans Handy ertönte. Es war fünfzehn Minuten vor Mitternacht. Er musste zurück zu seinen Freunden, sollte um null Uhr etwas passieren.

»Vielen Dank für Ihre Zeit«, beendete Jan das Gespräch und schüttelte de Renzi die Hand. »Hier sind meine Kontaktdaten für den Fall, dass Ihnen noch etwas einfällt.« Er reichte ihm eine Visitenkarte und ging dann zurück zum Auto.

Drinnen wählte er Max' Nummer. »Gibt es etwas Neues?«, fragte er, als sein Freund abgenommen hatte.

»Noch nicht«, erwiderte dieser. »Wie läuft es mit den Ermittlungen?«

»Keine Spur zu dem Entführer und dem Versteck«, antwortete Jan. »Auf dem Rückweg telefoniere ich noch mit Patrick, aber Farcher ist eine falsche Spur.« Er sah wieder auf die Uhr. »Bis Mitternacht bin ich wieder bei euch. Hoffentlich war die ganze Sache nur ein schlechter Scherz.«

»Mag sein«, bemerkte Max. »Aber ich habe kein gutes Gefühl.«

23.58 Uhr

Zoe hatte sich an das Fenster gestellt und sah auf die Straße, als könnte dieser Anblick sie auf einen neuen Gedanken bringen. Sie hatte eine Zigarette zwischen den Fingern, an der sie geistesabwesend zog. Chandu saß vornübergebeugt auf der Couch, die Hände zu Fäusten geballt. Dabei sah er Max über die Schulter auf den Laptop-Bildschirm.

»Noch nichts«, murmelte dieser und aktualisierte immer wieder Fenster auf den einschlägigen Videoportalen.

»Wir haben alles getan, was in dieser kurzen Zeit möglich war«, erklärte Jan. »Doch weder Krügers Wohnung noch Wanks Aussagen haben uns einen Hinweis auf den Entführer und das Motiv gegeben.«

»Wir müssen warten und hoffen, dass der Entführer seine Ankündigung nicht in die Tat umsetzt«, sagte Max. »Irgendwann wird er uns ins Netz gehen.«

»Mitternacht«, sagte Chandu mit Blick auf die Uhr im Wohnzimmer. Er erhob sich von der Couch. »Irgendetwas Neues?«

»Da der Täter nicht live streamt, wird ein weiteres Video erst in einigen Minuten veröffentlicht.« Er klickte immer wieder auf »Aktualisieren«.

Zoe stellte sich neben die Couch und drückte ihre Zigarette im Aschenbecher aus. Auch sie wandte den Blick zum Bildschirm.

»Verflucht!«, sagte Chandu, als es 0.05 Uhr wurde. Keiner von ihnen redete. Alle Augen waren unvermindert zum Laptop gerichtet.

»Jede Sekunde, in der nichts passiert, ist gut«, bemerkte Jan.

Weitere drei Minuten verstrichen.

Dann begann Max hektisch auf der Tastatur zu tippen. »Es gibt ein neues Video.« Er schaltete den Beamer an. »Auf einem Forum wird gerade ein Link geteilt.« Er klickte mit der Maus darauf.

Ein Film begann zu laufen. Krüger hing in den Ketten. Seine Augenbinde war abgenommen. Er wirkte müde und erschöpft. Wahrscheinlich hatte er den ganzen Tag versucht, sich von den Fesseln zu befreien. Seine Lippen waren spröde, die Haare hingen ihm schweißnass über die Stirn und sein Blick war zu Boden gerichtet. Von dem anfänglich wütenden Trotz war nichts mehr zu sehen.

»Wir haben den Tod von Paul Wank gefordert und es ist nichts geschehen«, erklang die mechanische Stimme. »Ihr wurdet gewarnt.« Ein weiteres Licht ging an. Krüger kniff die Augen zusammen. »Bezeugt die Konsequenzen.« In seinem Gesicht zeigte sich das erste Mal Angst. Dann ertönte ein Summen und

Krügers Körper spannte sich an. Er riss seine Augen weit auf und presste die Lippen zusammen. Ein Stöhnen entrang sich seinem Mund.

Das Summen wurde lauter und Krügers Arme begann zu zucken. Der Kopf ruckelte hin und her wie bei einem Anfall. Blut lief von seiner Unterlippe über das Kinn. Der Körper wehrte sich ein letztes Mal gegen die Fesseln. Dann hörte das Summen auf und Krüger erschlaffte. Sein Kopf fiel auf die Brust und seine Augen schlossen sich. Es war still. Ein leises Tropfen erklang, als das Blut von seinem Kinn zu Boden fiel.

Einen Augenblick blieb die Kamera noch auf der schrecklichen Szenerie, als wäre das Bild eingefroren. Dann ging das Licht aus und der Film endete.

Jan sah zu Zoe. Diese schüttelte nur den Kopf, als wollte sie ihm zu verstehen geben, dass dies keine Show gewesen war.

»Verdammtes Dreckschwein«, fluchte Chandu.

Nach einem Moment der Starre begann Max wieder auf der Tastatur zu tippen. »Das Tracking läuft«, sagt er dann. »Wir versuchen, den Ort herauszufinden, von dem das Video hochgeladen wurde.«

»Er hat es tatsächlich getan.« Jan ließ sich auf die Couch fallen und schlug die Hände vors Gesicht.

»Der Tod durch Starkstrom ist äußerst schmerzhaft«, bemerkte Zoe. »Wie kaputt muss man sein, jemanden auf diese Art umzubringen und das Ganze noch im Internet zu veröffentlichen?«

»Das war nicht nur ein Mord«, sagte Chandu. »Das war eine Botschaft.«

»Eine Botschaft an wen?«, fragte sie.

»An Wank, an die Kripo, an die Welt.« Er zuckte die Achseln, als wüsste er es auch nicht genau. »Die Zeit war zu knapp, um die Motivation des Täters verstehen zu können. Aber wir haben einige kranke Bastarde zur Strecke gebracht. Das wird uns auch mit diesem gelingen.«

»Vielleicht solltet ihr euch etwas Ruhe gönnen«, schlug Jan vor. »Ich gehe auf die Dienststelle und bespreche mit den Kollegen, wie wir weitermachen sollen.«

»Wer kann nach einem solchen Video zur Ruhe kommen?«, fragte Zoe. »Keiner von uns wird heute Schlaf finden.«

Chandu nickte ihm bestätigend zu. Auch Max hob die Augenbrauen, als könnte er sich ebenfalls nicht vorstellen, mit der Arbeit aufzuhören.

»In Ordnung«, sagte Jan schließlich. »Ich gönne mir schnell einen Kaffee. Dann legen wir alles auf den Tisch, was wir haben.«

Kapitel 3

»Womit fangen wir an?«, fragte Jan in die Runde. Er stellte die leere Tasse auf den Couchtisch. »Wir haben einen unbekannten Mörder, in Krüger ein Mordopfer und in Wank ein mögliches Ziel.«

»Warum hat der Mörder nicht gleich Wank getötet?«, warf Chandu ein. »Laut deinem Bericht wohnt er in einem nicht sonderlich gesicherten Haus. Er hat keine Leibwächter und keine besonderen Kampffertigkeiten. Da Krüger in der Sicherheitsbranche gearbeitet hat, war seine Entführung riskanter, als sich Wank zu schnappen. Selbst wenn Krüger betrunken war.«

»Es geht darum, Wank zu demütigen«, schloss Zoe. »Vor dem ersten Video wäre der Mörder leicht an Wank herangekommen. Jetzt wird er rund um die Uhr überwacht, daher kann das Ziel nicht dessen Tod sein.«

»Also rollen wir den Fall von hinten auf«, schlug Max vor. »Kennen wir Wanks Leben und seine Leichen im Keller, kommen wir auf den Mörder.«

»Ich bin da nicht so optimistisch«, widersprach Jan. »Ich habe Wank die Bilder von Krüger gezeigt und er hat mir glaubhaft versichert, dass er ihn nicht kennt.«

»Es muss einen Zusammenhang geben, sonst wäre Krüger nicht entführt worden«, beharrte Zoe.

»Vielleicht war Krüger nur ein schlechter Mensch, der nach Meinung des Mörders den Tod sowieso verdient hatte«, warf Max ein.

Jan rieb sich über das Gesicht. »Es war ein langer Tag und vielleicht ist es schon zu spät für komplizierte Ermittlungen. Egal wie wir es drehen, es ergibt nur wenig Sinn. Wank und Krüger hätte man leichter töten können. Und Krügers Tod so zu inszenieren ist eher dumm von dem Mörder, denn es gibt uns mehr Möglichkeiten, ihn zu fassen.«

»Dafür könnte er zu clever sein«, bemerkte Max.

Die Köpfe der anderen drei wandten sich zu ihm.

»Wie gut kennt ihr euch mit der Jagd nach Cyberkriminellen aus?«, fragte der Hacker.

»Es gibt interessantere Dinge im Leben.« Zoe zündete sich eine Zigarette an.

»Wenn jemand Hassmails verschickt oder illegal etwas herunterlädt, kann die Kripo bei einem Internetdienstanbieter eine Anfrage stellen, um den Kunden einer bestimmten IP-Adresse zuzuordnen. Das geht schnell und sehr effizient.« Max nahm eine Flasche Cola und füllte sich ein großes Glas damit. »Schwieriger wird es, wenn Kriminelle sich eines sogenannten VPN bedienen. Damit nutzen sie den VPN-Anbieter als eine Art Zwischenstation, von wo aus man weitersurfen kann.« Max öffnete eine Dose mit Ovomaltine und rührte einen großen Löffel des Pulvers in die Cola. »Wenn die Kripo die Surfgewohnheiten nachvollziehen will, dann muss sie an den VPN-Anbieter heran. Dieser unterliegt aber nicht dem Telekommunikationsgesetz, daher speichern die wenigsten Anbieter den Surfverlauf. Das sind die sogenannten No-Logs-Richtlinien.«

»Damit ist nicht nachvollziehbar, wohin der Kriminelle gesurft ist«, schloss Jan.

Max nickte. »Es gibt trotzdem ein paar Tricks, mit denen man Benutzern von VPN-Anbietern hinterherspionieren kann, aber die Grenzen sind bei einer Kaskadierung erreicht.« Er trank einen Schluck Ovomaltine-Cola. »Dabei werden mehrere VPN-Server hintereinandergeschaltet und das über die ganze Welt verteilt.«

»Das hat unser Mörder getan?«, fragte Chandu.

Max nickte wieder. »Dazu muss man sich gut mit der Materie auskennen.«

»Was willst du uns damit sagen?«, fragte Zoe.

»Dass es uns nicht gelingen wird, den Mörder über das Internet aufzuspüren«, erklärte er. »Wir wissen nur, dass er einen Groll gegen Wank hegt und vielleicht auch gegen Krüger, aber selbst Letzteres nicht mit Sicherheit. Wenn wir den Täter enttarnen wollen, werden wir das nur indirekt über die beiden anderen Beteiligten erreichen.«

»Dann sollten wir uns zuerst mit Krüger befassen«, schlug Chandu vor. »Auf den ersten Blick könnte seine Vergangenheit … ergiebiger sein.«

»Wir kennen ihn erst seit gestern, aber ein paar Sachen konnte ich zusammenstellen.« Max blendete ein Foto des Mannes ein. Darauf wirkte er jünger, mit mehr Haaren und weniger grauen Strähnen. Jan schätzte ihn auf Mitte fünfzig.

»Das Bild ist von seinem Führerschein«, erklärte Max. »Zum Zeitpunkt seines Todes war Krüger achtundsechzig Jahre alt und seit fünf Jahren Rentner. Er war unverheiratet, kinderlos und lebte in einer sechsundsiebzig Quadratmeter großen Mietwohnung.«

»In dieser fand sich ein Bündel mit zwanzigtausend D-Mark, das ist ein Betrag, den er unter normalen Umständen nicht hätte ansparen können, denn sein Verdienst in der Sicherheitsbranche war nicht gerade üppig.«

»Wobei man bemerken muss, dass Krüger nur elf Jahre für de Renzis Firma gearbeitet hat, also von 2007 bis 2018«, sagte Max. »Den Arbeitgeber davor kennen wir nicht.«

»Außerdem besaß er einen Oldtimer.« Jan nahm sein Handy aus der Tasche. »Das hat mir Patrick vorhin geschickt.« Er zeigte ihnen ein Foto eines roten Zweisitzers.

»Ein Lancia Stratos«, bemerkte Zoe anerkennend.

»Baujahr 1974, mit einem V6-Motor aus dem Hause Ferrari«, schwärmte Chandu. »Von null auf hundert in 6,8 Sekunden, was für die damalige Zeit ziemlich gut war. Gebaut wurden nur ein paar Hundert Fahrzeuge davon.«

»Was muss man dafür hinlegen?«, fragte Max.

»Ich kenne die aktuellen Preise nicht, aber unter hunderttausend Euro kriegst du keinen«, antwortete Chandu.

»Laut seinem letzten Chef hat Krüger nebenher gearbeitet«, sagte Jan.

»Selbst mit einem Nebenjob verdient man in der Sicherheitsbranche nicht so viel dazu«, erläuterte Chandu. »Dazu ist das Angebot an Arbeitskräften zu groß. Außer man lässt sich zu weniger legalen Jobs hinreißen.«

»Welche meinst du?«, fragte Jan.

»Erpressung, Schulden eintreiben und Bewachung von Drogen- oder Waffentransporten«, antwortete dieser.

»Hast du noch Kontakte zu solchen Leuten?«, fragte Jan.

Chandu nickte. »Wenn Krüger für einen von denen gearbeitet hat, bekomme ich es heraus.«

»Sonst noch irgendetwas zu ihm?«, wandte sich Jan an Max.

Der Hacker schüttelte den Kopf.

»Und wie kriegen wir das mit Wank zusammen?«, wollte Zoe wissen. »Er wirkt eher wie ein arroganter Schnösel, der sein Leben damit verbringt, das Geld seines verstorbenen Vaters durchzubringen.«

»Vielleicht ist an der Kirchengeschichte doch etwas dran«, bemerkte Chandu.

»Auch wenn der letzte Beweis noch aussteht, ist das ebenso eine Nebelkerze wie das Drohschreiben von Daniel Farcher«, widersprach Jan.

»Was für uns kein gutes Zeichen ist«, fügte Max hinzu.

»Worauf willst du hinaus?«, wollte Jan wissen.

»Es wurde eine Menge Bohei um Krügers Ermordung gemacht«, fuhr Max fort. »Die Präsentation im Internet, die falschen Spuren mit Kirche und Drohschreiben und dann die lächerliche Forderung, dass Wank ermordet werden soll, als wären wir hier bei Dürrenmatt.«

»Er ist noch nicht fertig«, schloss Chandu.

»Wie du schon bemerkt hast, sind diese Videos ein immenses Risiko«, wandte sich Max an Jan. »Wenn mit Krügers Tod alles vorbei ist, wird sich diese Aufregung wieder legen und auch Wanks Leben wird sich wieder normalisieren.«

»Uns steht also ein weiterer Mord bevor?«, fragte Chandu.

»Das ist nur ein Bauchgefühl«, erwiderte Jan. »Ich befürchte allerdings, dass noch irgendetwas passieren wird. Wenn kein Mord, dann etwas anderes.«

* * *

Seit er Fedor Kusmin einen großen Dienst erwiesen hatte, gehörte Chandu quasi zur erweiterten Familie des russischen Waffenhändlers. Ihr geheimer Unterschlupf war eine heruntergekommene Stripbar, die nur wenige Besucher zählte, schließlich gab es in Berlin mindestens hundert bessere Etablissements. Hinter den Kulissen bot die Lokalität jedoch zahlreiche Räume, in denen Kusmin seine Geschäfte erledigte und auch unliebsame Gäste befragte. Sowohl der Eingangsbereich als auch die Bar waren von zahllosen gut versteckten Kameras dauerüberwacht.

Wie immer saß Kusmins oberster Schläger Andrej Sidorow am Tresen und beobachtete die Gäste. Alleine seine kräftige Gestalt sorgte dafür, dass keiner der Tänzerin zu nahe kam, die sich gerade nackt an einer Stange rekelte. Sidorow war zwei Meter groß, mit breitem Kreuz und kräftigen Oberarmen. Er hatte sich ein Stern-Tattoo oberhalb der Augenbraue stechen lassen. Die edelsteinbesetzten Ringe an seinen Fingern dienten nicht nur als Schmuck, sie erzeugten auch üble Risswunden, wenn der Russe zuschlug.

Als er Chandu sah, stand Sidorow auf und umarmte ihn herzlich. Auf ein Zeichen von ihm stellte die Barkeeperin ein Glas Wodka auf den Tresen, das der Ruander dankend annahm. Er prostete dem Russen zu und leerte das Glas in einem Zug.

»Was kann ich zu so später Stunde für dich tun, mein Freund?«, fragte Sidorow mit starkem osteuropäischem Akzent. »Der Boss ist unterwegs und wird erst morgen Abend wieder hier sein.«

»Tatsächlich kannst du mir dieses Mal helfen«, antwortete Chandu und knallte das Glas zurück auf den Tresen. »Du hast sicher von dem Verrückten gehört, der einen Typen entführt und Videos von ihm ins Internet gestellt hat.«

Sidorow nickte. »Habe schon Schlimmeres gesehen«, bemerkte er beiläufig.

»Den gegrillten Typen suche ich schon ein halbes Jahr.« Chandu zog ein Foto von Krüger heraus und zeigte es dem Russen. »Er schuldet einem Freund von mir eine Menge Geld«, log er.

»Wenn er tot ist, kann er nicht mehr bezahlen«, sagte Kusmin, während er das Bild kurz betrachtete.

»Mein Kunde hat vor drei Tagen mit ihm geredet und da hatte er angeblich das meiste davon zusammen.«

»Du glaubst, das liegt noch irgendwo herum?«

Chandu nickte. »Mein Kontakt bei der Kripo hat gesagt, dass nur kleinere Summen in der Wohnung gefunden wurden. Also hatte er noch irgendwo ein Versteck.«

»Oder er hat deinen Auftraggeber angelogen«, vermutete Sidorow.

»Das ist auch eine Möglichkeit, aber ich will nichts unversucht lassen, um die Kohle zu finden.«

Der Russe ließ sich sein Glas nachfüllen. »Ich kenne diesen Mann nicht. Wie soll ich dir helfen?«

»Kannst du bei deinen Freunden nachfragen, ob Krüger in einer Bar, einem Club oder einem anderen Ort gearbeitet hat?«

»Das ist kein Problem.« Sidorow schnipste mit den Fingern und rief einen Mann zu sich, der ebenso groß und kräftig wie er war. Er trug einen Anzug ohne Krawatte und ein glitzerndes schwarzes Seidenhemd. Chandu hatte ihn noch nie gesehen.

Sidorow sagte etwas auf Russisch zu ihm, nahm das Foto und reichte es dem Mann. Dann winkte er ihn weg.

»Spätestens morgen Abend weiß ich etwas«, wandte er sich wieder an Chandu.

»Du bist der Beste.« Er klopfte ihm freundschaftlich auf die Schulter.

»Die Bar schließt erst in einer Stunde«, bemerkte Sidorow. »Also genug Zeit zum Saufen.« Er winkte der Frau hinter der Theke.

Chandu unterdrückte ein Stöhnen. Erstens war ihm nicht nach Trinken zumute und zweitens mochte er keinen puren Wodka. Doch eine solche Einladung abzulehnen, wäre einer Beleidigung gleichgekommen. Daher trank er sein frisch gefülltes Glas wieder leer. Währenddessen brummte sein Handy in der Tasche. Als er auf das Display sah, erkannte er, dass Jan ihm eine SMS geschrieben hatte. Es war nur eine kurze Nachricht.

Die Leiche wurde gefunden.

* * *

Als Jan um diese frühe Morgenstunde den Feldweg bei Wartenberg entlangfuhr, hatte er mit ein paar Dienstfahrzeugen und dem Kleintransporter des KTI gerechnet, aber nicht mit einem Verkehrschaos, kaum dass er die Umgehungsstraße verlassen hatte. Die Wege waren zugeparkt. Menschen liefen kreuz und quer umher. Manche hatten sogar versucht, über das Feld zu fahren, waren aber in der tiefen Erde des Landschaftsparks stecken geblieben. Die Kollegen von der Polizei hatten Teile des Gebiets mit rotem Band abgesperrt, was die Besucher jedoch nicht abzuhalten schien. Stattdessen umgingen sie die Absperrung weiträumig und versuchten, von hinten an den Fundort zu gelangen. Jan erkannte einige Journalisten, die mit hochwertigen Kameras in der Hand Anstalten machten, sich an den Polizisten vorbeizudrängeln. Andere hatten ihr Handy an einem Selfiestick befestigt und schossen damit Fotos, obwohl es dunkle Nacht war. Dabei wurde rücksichtslos gestoßen, geschoben und geschrien. Irgendwo flog sirrend eine Drohne über das Gebiet.

Jan hatte Angst, in dem Chaos jemanden anzufahren, daher ließ er das Auto in einer schmalen Einbuchtung stehen und ging zu Fuß weiter. Patrick hatte ihm den Weg gut beschrieben. Die Fundstelle lag westlich des Wäldchens, nahe der Grenze zu Brandenburg. Von seiner Position aus konnte er die Sichtschutzwände schon sehen. Grelle LED-Leuchten erhellten den Fundort und gaben den Kriminaltechnikern genug Licht, damit sie die Gegend um die Leiche untersuchen konnten.

»Verflucht noch einmal!« Genervt kam Patrick auf ihn zu, nachdem er von den Polizisten, die die Schutzwände vor den Neugierigen abschirmten, vorbeigelassen worden war. Jans Kollege trug einen weißen Schutzanzug, der nur sein Gesicht frei ließ. »Dieses verdammte, sensationsgeile Pack.« Jans Kollege war eigentlich ein Vorbild an Ruhe und Gelassenheit. Wenn er seine Fassung verlor, musste etwas Gravierendes vorgefallen sein.

»Bitte die Polizei, noch mehr Einheiten zusammenzuziehen«, schlug Jan vor. »Die können die Gegend räumen.« Eine weitere Drohne flog über sie hinweg. »Das ist ja das reinste Chaos.«

»Dazu ist es zu spät«, erwiderte Patrick. »Die Journalisten und Social-Media-Irren waren schon da, bevor die erste Streife am Fundort angekommen ist.«

»Was, bitte?«, entfuhr es Jan. »Ich dachte, die Kripo hat einen anonymen Tipp bekommen, wo der Tote zu finden ist.«

»Die Kripo, die Presse, die Medienanstalten und weiß der Himmel, wer noch.« Patrick deutete auf die gaffende Menge. »Bis der Tatort abgesperrt war, sind mindestens zehn Personen hier herumgetrampelt. Die Ermittlungen rund um den Tatort können wir uns eigentlich sparen. Weder Fußspuren noch Reifenspuren lassen sich noch feststellen. Und bei so vielen Fotos, die von der Leiche gemacht worden sind, werden wir keine Information zurückhalten können.« Er kickte frustriert einen Erdklumpen weg.

»Das war Absicht«, bemerkte Jan nach einem Moment. »Die Leiche in dem Versteck zu behalten wäre ein Risiko gewesen, also wollte der Mörder sie schnell loswerden. Und wegen der Bekanntheit des Falls wusste der Täter, dass sich Hunderte Leute auf den Weg machen würden, wenn er den Fundort irgendwo postete.«

»Und genau das ist geschehen.« Patrick deutete auf einen Polizisten, der einem aufdringlichen Gaffer den Arm verdrehte und ihn zurück hinter die Absperrung führte. Weiter hinten ging ein grelles Licht an und ein Fernsehteam versuchte, sich durch die Leute zu drängen. Jan drehte sich weg und ging mit Patrick hinter die Schutzwand. Ein Kollege vom KTI machte gerade Fotos von der Leiche.

Der Mörder hatte Krüger vollständig ausgezogen. Die Leiche lag auf dem Rücken, die Augen geöffnet, als wollte sie den Sternenhimmel betrachten. Am Kinn war das Blut getrocknet. An den Hand- und Fußgelenken hoben sich die Verbrennungen von der sonst hellen Haut ab. Die Beine waren gespreizt und die Arme zur Seite gelegt, als würde der Tote entspannt schlafen. Er hatte einen haarigen Bierbauch, auf dem eine Tätowierung zu sehen war. Wahrscheinlich eine Art Sonne, diese wirkte aber sehr gedehnt, da sie vermutlich auf seinem Körper angebracht worden war, als Krüger deutlich schlanker gewesen war. Auf der Schulter konnte Jan links einen schlecht gestochenen Totenkopf und rechts eine Schwalbe ausmachen.

Ein stechender Gestank ging von der Leiche aus.

»Was ist das für ein chemischer Geruch?«, wollte Jan wissen.

»Bleiche«, antwortete Patrick. »Überwiegend in den Haaren.«

Jan fluchte. Das würde die Suche nach DNS erschweren.

»Der Täter hat gute Arbeit geleistet«, erklärte sein Kollege, als hätte er Jans Gedanken erahnt. »Kleidung und Schuhe sind weg. Dadurch verlieren wir wesentliche Spurenträger und können auch keine Rückschlüsse auf das Versteck ziehen.«

»Die Bleiche macht es uns noch schwerer.«

»Dazu noch das Chaos wegen der Gaffer.« Jan deutete auf den zertrampelten Boden.

»Es benötigt ein mittleres Wunder, wenn wir hier auf Spuren stoßen wollen, die uns einen Hinweis auf den Täter geben.« Mit einer ausladenden Armbewegung wies Patrick auf die abgelegene Gegend. »Das nördlich liegende Lindenberg ist viel zu weit weg, ebenso wie das südliche Wartenberg, als dass irgendein Zeuge etwas gesehen haben könnte.« Er drehte sich nach links. »Westlich ist der Kleingartenverein größtenteils von dem Waldstück verborgen, ebenso die östlichen Ausläufer von

Wartenberg. Außerdem kann man von allen Himmelsrichtungen mit einem Auto hierher gelangen.«

»Bis auf das letzte Stück sind die Zufahrtswege betoniert, sodass man keine Fahrspuren identifizieren kann«, schloss Jan die Analyse. »Wenn wir keinen schlaflosen Hundespaziergänger finden, werden wir nie erfahren, wie die Leiche hierhergekommen ist. Die nächste Kamera ist mindestens zwei Kilometer weg.«

»Lass uns erst einmal abwarten, was die Kollegen von der KTI herausfinden«, sagte Patrick. »Momentan können wir hier nicht viel tun. Vielleicht solltest du dir ein paar Stunden Schlaf gönnen. Das wird ein hektischer Tag. Wieder einmal«, ergänzte er.

»Etwas Schlaf wäre wirklich gut«, stimmte Jan zu und unterdrückte ein Gähnen.

»Ich schreibe dir eine Mail mit den Ergebnissen. Die liegt morgen früh in deinem Posteingang.« Patrick hob den Daumen. »Gute Nacht«, fügte er noch lächelnd hinzu.

Jan schlug seinem Kollegen freundschaftlich auf die Schulter und verließ den Fundort, wobei er einen weiten Bogen um die immer größer werdende Menge an Journalisten und Gaffern machte, obwohl er dafür über das unbeleuchtete Feld laufen musste.

Es war ein verrückter Tag gewesen, daher holte ihn die Müdigkeit auf der Heimfahrt ein. Es kostete ihn seine ganze Konzentration, nicht vor dem Lenkrad einzunicken. Als er schließlich zu Hause war, zog er seine Schuhe aus und legte sich auf die Couch, um Lan nicht zu wecken. Er schaffte es, sich die Decke über die Schultern zu ziehen. Dann war er eingeschlafen.

* * *

Das laute Geräusch des elektrischen Mahlwerks weckte Jan. Kurz darauf kam Lan mit einer Tasse dampfendem Kaffee ins Wohnzimmer. Ihre schwarzen Haare waren zu einem aufwendigen Zopf gebunden, der ihr lang über die linke Schulter fiel. Sie trug eine weiße Bluse und ein dunkelblaues Businesskostüm, dessen knielanger Rock ihre sportliche Figur betonte. Wegen ihrer makellosen Haut war sie kaum geschminkt. Einzig etwas Mascara betonte ihre strahlend grünen, mandelförmigen Augen.

»Guten Morgen, Herr Hauptkommissar«, begrüßte sie ihn mit einem Lächeln und gab ihm einen Kuss.

»Wie spät ist es?«, fragte er und streckte sich müde.

»Halb acht«, erklärte Lan, was ihm ein Stöhnen entlockte. Obwohl er fünf Stunden geschlafen hatte, war er immer noch müde, als hätte er durchgearbeitet. »Eigentlich hätte ich dich noch weiterschlafen lassen, aber wenn man die Nachrichtenportale durchblättert, scheinst du viel Arbeit zu haben.« Sie setzte sich neben ihn auf den Rand der Couch und reichte ihm den Kaffee.

»Was für ein irrer Fall!«, murmelte er und trank einen Schluck.

»Wie geisteskrank muss man sein, wenn man einen Mord auf Video aufnimmt und ins Internet hochlädt?«, fragte sie.

»Extrem geisteskrank.« Jan richtete sich etwas auf. »Leider ist der Täter auch sehr clever, denn gestern Nacht war die Spurenlage sehr mau.«

»Hast du deine Freunde einbezogen?«

Jan nickte. »Alleine schaffe ich das nicht.«

Sie sah auf die silberfarbene Uhr an ihrem Handgelenk, ein Geschenk von Jan zu ihrem ersten Hochzeitstag.

»Ich muss ins Institut«, bemerkte sie. »Aber ich dehne heute meine Mittagspause etwas aus und bringe dir etwas zu essen vorbei.«

»Mach dir wegen mir keine Umstände.«

»Doch, mache ich«, erwiderte sie mit einem Lächeln. »Erfolgreiche Jagd!« Sie küsste ihn noch einmal, stand auf und verließ die Wohnung.

Jan seufzte, als er sich von der Couch erhob. Etwas mehr Schlaf hätte ihm gutgetan, aber er wollte wissen, was die Untersuchung des Fundorts von Krügers Leiche ergeben hatte.

* * *

Der Tag neigte sich dem Ende zu und Frust über die wenigen Spuren machte sich in der Abteilung breit. Bergman hielt die Presse mit Floskeln hin und stärkte ihnen den Rücken, der Fall hatte weit über die Grenzen von Berlin hinaus Aufmerksamkeit erregt. Selbst außerhalb von Deutschland war der Mord an Krüger wahrgenommen worden und mit jedem Tag, den man dem Täter nicht auf die Spur kam, stieg das Risiko für einen Nachahmer, der auf ähnlich viel Aufmerksamkeit hoffte.

Es war achtzehn Uhr. Als sich Jan von seinem Büro aus in die Besprechung einloggte, bedauerte er es, dass sie heute keine Zeit hatten, sich bei seinem Freund zu treffen. Er vermisste die heimelige Atmosphäre von Chandus Wohnzimmer und die damit verbundene Gastfreundschaft. Wenigstens hatte Lan ihr Versprechen wahr gemacht und ihm etwas zum Mittagessen mitgebracht, sodass ihm heute die Kantine erspart geblieben war, die in den letzten Monaten doch erheblich an Qualität eingebüßt hatte.

»Guten Abend, Leute«, begrüßte Jan seine Freunde. »Danke für eure Zeit.«

Nach den Hintergründen zu schließen befand sich Zoe in der Rechtsmedizin, Max noch im Büro und Chandu bei sich zu Hause. Hinter dessen Couch kam seine Freundin Marie kurz ins Bild. Sie trug eine Uniform, daher war sie wahrscheinlich auf dem Weg zu ihrer nächsten Schicht.

Jan unterdrückte ein Lächeln, wenn er daran dachte, dass ein Mann, der tief in der Berliner Unterwelt verwurzelt war, eine Beziehung mit einer Polizistin hatte. Eigentlich gingen die beiden ein enormes Risiko ein, aber Chandu war ein Meister der Diskretion, der genau wusste, wie er seine Spuren verwischen konnte.

»Ich bin gerade mit der Obduktion fertig.« Zoe steckte sich eine Zigarette an. »Körperlich war Krüger ein Wrack. Kaputte Knie, eine geteerte Lunge und eine Leber, die es nicht mehr lange gemacht hätte. Seine Handknochen sind im Laufe seines Lebens mehrfach gebrochen worden. Ebenso der Kiefer, der rechte Ellenbogen und vier Zehen seines linken Fußes.« Sie zog an der Zigarette und atmete hörbar den Rauch aus.

»Die Knochenbrüche sind für einen Mann aus der Sicherheitsbranche keine Überraschung«, bemerkte Chandu.

»Die Todesursache war Herzversagen aufgrund des Stromstoßes, den wir auf dem Video gesehen haben. Die Totenflecken haben sich am Rücken gebildet, sodass der Mörder Krüger kurz nach seinem Versterben von den Ketten befreit und auf den Boden gelegt hat.« Sie zog wieder an der Zigarette. »Wie zu erwarten war die Sache spurentechnisch wenig ergiebig. Krüger wurde ausgezogen und seine Haare wurden mit Bleiche gewaschen.«

»Die Kollegen von der KTI haben nur Spuren vom Fundort gesichert und konnten keine Schlüsse auf den Tatort ziehen«, ergänzte Jan.

»Das einzig Außergewöhnliche war noch eine Verbrennung an der linken Hüfte, die wahrscheinlich von einem Taser stammt«, fuhr Zoe fort. »Wir wissen, wie Krüger überwältigt wurde, nur lässt das keine Schlüsse auf den Mörder zu.«

»Also war die Obduktion verlorene Liebesmühe«, schloss Chandu.

»Könnte man denken, doch auf dem Rücken des Toten hat sich etwas Interessantes gefunden.« Man hörte eine Maus klicken und ein Bild erschien auf dem Monitor. Krüger lag mit dem Gesicht nach unten auf einer chromfarbenen Bahre. Auf seinem Rücken prangte das Tattoo eines Bärenkopfes mit zornig aufgerissenem Maul, sodass man die Reißzähne sehen konnte. Die Zeichnung war jedoch von einem Messer zerschnitten worden. Der Riss zog sich von der Hüfte bis fast zum Hals hoch.

»Ist das eine Eins?«, fragte Chandu und drehte den Kopf.

Zoe nickte. »Postmortal mit einem Messer eingeritzt«, bestätigte sie. »Keine übermäßig scharfe Klinge. Ich vermute ein Teppichmesser.«

»Das ist schlecht«, bemerkte Chandu.

»Damit können wir sicher sein, dass Krüger nur unser erstes Opfer war«, ergänzte Jan.

»Der Typ wird mir immer unheimlicher«, sagte Max. »Erst die Videos, und jetzt schneidet er noch an dem Toten herum.«

»Es könnte auch zu unserem Vorteil sein, denn je mehr Hinweise uns der Täter gibt, umso höher sind die Chancen auf Spuren«, ergänzte Chandu.

»Prinzipiell bin ich bei dir«, sagte Jan. »Bedauerlicherweise arbeitet der Mörder sehr gewissenhaft, sodass ich hinter dem Wahnsinn eine kluge und vorsichtige Person vermute. Und wenn die Zahl auf Krügers Rücken der Beginn einer Nummerierung ist, schwant mir Schlimmes.«

»Man benötigt nicht viel Fantasie, um zu erahnen, wer das nächste Opfer sein wird«, sagte Chandu.

»Obwohl mein erster Impuls auch Wank ist, wird er jemand anderen im Blick haben«, erklärte Jan. »Wank wird jetzt schon gut bewacht und durch die Vermutung eines Serientäters werden die Sicherheitsmaßnahmen erhöht. Die nächste Zeit kommt niemand an ihn heran.«

»Wir haben aber keinen Hinweis auf einen dritten Beteiligten«, sagte Max.

»Genau das ist das Problem«, schloss Jan. »Und solange wir diese Person nicht kennen, hat Krügers Mörder nichts zu befürchten.«

»Also müssen wir zurück zur Verbindung zwischen Krüger und Wank«, sagte Chandu.

»Zu der unsere Erkenntnisse aktuell bei null sind«, wandte Max ein. »Wobei zugegebenermaßen die Zeit für eine umfassende Suche sehr knapp war.«

»Ich treffe mich heute Abend noch mit einem Kontakt aus der Türsteherszene«, sagte Chandu. »Vielleicht erfahre ich mehr über Krügers Nebenjob.«

»Die Gegend um den möglichen Entführungsort ist sicherlich einen zweiten Blick wert«, sagte Max. »Mit etwas mehr Zeit und Sorgfalt entdecke ich vielleicht doch eine Kamera, die etwas aufgezeichnet haben könnte.«

»Wir haben in dreißig Minuten einen weiteren Jour fixe auf der Dienststelle«, erklärte Jan. »Vielleicht haben die Befragungen der Anwohner um die Fundstelle bei Wartenberg etwas gebracht.«

»Und ich habe gleich ein Tinder-Date bei einem Italiener mit All-you-can-eat-Büfett«, ergänzte Zoe und blies den Rauch zur Decke. »Wenn die Alte nix taugt, gibt es wenigstens genug zu essen.«

»Dann haben wir heute Abend ja noch einiges vor«, schloss Jan das Gespräch. »Lasst uns für morgen ein weiteres Meeting verabreden.« Seine drei Freunde nickten. »Bis dann«, sagte er noch. Er hob die Hand zum Abschied und beendete das Gespräch.

Als er das Headset vom Kopf zog, aktualisierte er den Ordner des Kriposervers, auf den die neusten Berichte hochgeladen wurden. In den letzten fünfzehn Minuten waren drei hinzugekommen. Er trank noch einen Schluck des längst kalt gewordenen Kaffees.

Dann öffnete er das erste Dokument.

* * *

Als er Bernhard Issendorff dabei beobachtete, wie er aus dem Taxi stieg und die wenigen Meter zu seinem Haus lief, hätte Louis fast Mitleid mit dem alten Mann gehabt. Issendorff schlich mehr, als dass er lief. Er war vornübergebeugt und sein rechter Arm hing wie tot hinunter. Er hatte kaum noch Haare auf dem Kopf und die Glatze war voller Altersflecken. Die graue Jogginghose war fleckig und die blaue Übergangsjacke zerschlissen. Einzig seine schwarzen Budapester ließen ihn nicht wie einen Obdachlosen aussehen. Die Brille auf der Nase hatte dicke Gläser, sodass er wahrscheinlich hilflos wie ein neugeborener Welpe war, wenn man ihm diese abnahm.

Doch dann erinnerte sich Louis daran, was Issendorff getan hatte, welche Grausamkeiten er zu verantworten hatte und wie viele Leben wegen ihm zerstört worden waren. Augenblicklich spürte er ihn wieder, den Zorn, der in seinem Herzen brannte und eine unbändige Wut entfachte. Es kostete ihn all seine Disziplin, nicht auf die andere Straßenseite zu wechseln und auf den Mann einzuschlagen, bis er sich nicht mehr rührte.

»Ruhig, Bruder«, sagte Elli und legte ihm sanft die Hand auf die Schulter. »Denk an unseren Plan.«

Louis ballte die Fäuste und nickte dann schließlich. Er atmete tief durch. »Ich kann seinen schweißigen Gestank bis zu uns riechen«, bemerkte er zu seiner Schwester. Ohne den Blick von Issendorff zu nehmen, nahm sie die Hand von seiner Schulter. Schweigend beobachteten sie, wie der alte Mann mühsam einen Hausschlüssel aus der Jackentasche zog und in die Wohnung ging.

»Ihn mitzunehmen, wird kein Problem sein«, sagte Louis, nachdem Issendorff die Tür geschlossen hatte. Die Wut in seinem Herzen wich der Vorfreude auf die Entführung. »Wie willst du es anstellen?«

»Issendorff setzt sich bei gutem Wetter gerne auf die Veranda und genießt die Sonne«, begann sie zu erklären. »Das Grundstück links neben dem Garten ist verwaist, niemand kann uns von dort aus sehen, daher ist das unser Weg hinein. Schlösser von Verandatüren sind vergleichsweise minderwertig. Die kann ich aufmachen, ohne dass ich Spuren für die Kripo hinterlasse.«

»Was ist mit den Nachbarn?«

»Issendorff hat seinen Gartenzaun mit einer Sichtschutzfolie umgeben, sodass niemand auf das Grundstück blicken kann«, fuhr sie fort. »Einzig der Nachbar rechts könnte vom Balkon im ersten Stock auf Issendorffs Terrasse sehen. Doch in der Zeit meiner Beobachtung konnte ich ihn nicht dort bemerken, daher halte ich das Risiko für gering.«

»Wie bekommen wir ihn aus dem Haus?«

»Über die Garage«, antwortete Elli. »Issendorff wird von einer Pflegerin betreut und hat einen Essens-Lieferdienst. Meist stellen sie sich in die Garageneinfahrt, weil der Rest der Straße zugeparkt ist. Wenn eines der Autos etwas näher am Haus steht, wird das keinem Nachbarn seltsam vorkommen.« Sie deutete auf die Garage. »Leider handelt es sich um ein großes Tor, das wir vollständig öffnen werden müssen, um Issendorff rauszuschaffen. Daher warten wir bis zum Abend.«

»Das stellt kein Problem dar«, bemerkte Louis. »Was stört dich daran?«

»Der Pflegedienst war noch nie abends bei Issendorff«, antwortete sie. »Das könnte einen Nachbarn verwundern.«

»In einer Stadt wie Berlin interessiert sich niemand für seine Mitmenschen.«

»Es sei denn, der Nachbar ist in ein Verbrechen verwickelt«, widersprach Elli. »Und unterschätze die Kripo nicht.«

Louis lachte kurz. »Bei Krüger haben wir mit ihnen gespielt wie Kinder und sie mit falschen Spuren durch die ganze Stadt gehetzt. Sie haben noch keine Idee, wer ihn getötet hat und warum wir das gemacht haben.«

»Bei Krüger bestand auch noch keine Gefahr, jetzt dagegen werden sie alarmiert sein.«

Eigentlich wollte Louis ihr widersprechen, aber Elli war klug und überlegt, ganz im Gegensatz zu ihm. Also sagte er schließlich: »Wir werden vorsichtig sein.«

Sie lächelte ihn an. »Über Issendorff und sein Haus weiß ich alles, was wir benötigen«, erklärte sie dann. »Wir müssen uns als Nächstes ein Auto des Pflegedienstes besorgen. Ich kenne einen Sammelparkplatz von Fahrzeugen.«

»Und wann willst du Issendorff entführen?«

»Morgen Abend.«

»Gut«, sagte er mit zufriedenem Lächeln. »Ich kann es kaum erwarten, ihn büßen zu lassen.«

Kapitel 4

Als Andrej von der Bartheke auf ihn zugewankt kam, wusste Chandu, dass Kusmin noch auf Reisen war, denn der Waffenschmuggler hätte ein solches Verhalten niemals toleriert, obwohl er selbst gerne trank. Vor allem nicht am späten Nachmittag.

Der Russe umarmte Chandu. »Mein Freund.« Andrejs Akzent war alkoholisiert stärker ausgeprägt und sein Atem stank abstoßend, sodass Chandu sich beherrschen musste, nicht den Kopf abzuwenden. Trotzdem erwiderte er die Umarmung.

Andrej deutete zurück zur Theke, wo sie beide zuerst ein Glas Wodka tranken.

»Du hast Informationen für mich?«

Der Russe nickte. »Nicht viel, aber vielleicht bringt es dich weiter.« Er gab der Frau hinter der Theke ein Zeichen, sein Glas wieder zu füllen. »Dieser Krüger hat für keinen uns bekannten Mann gearbeitet.«

Chandu unterdrückte ein Stöhnen. Er hatte gehofft, wenigstens hier eine neue Spur zu finden. Alle anderen seiner Kontakte aus der Unterwelt hatten bereits abgewunken.

»Aber einer meiner Zulieferer hat ihn erkannt«, fuhr er fort.

»Krüger war in Waffenschmuggel verwickelt?«

Andrej schüttelte den Kopf und leerte das Glas in einem Zug. »Er hat das Foto erkannt, auf dem Krüger noch jünger aussieht.« Er klopfte seine Jacke ab, schien aber nicht zu finden, was er suchte.

»Das hat mir ein Bekannter von der Verwaltung besorgt«, erklärte Chandu. »Es ist von seinem Führerschein.«

»Der Typ hat gesagt, dass Krüger öfters mit diesem Zuhälter von der Bülowstraße rumgehangen hat.«

»Auf dem Ost-Strich sind einige Luden zugange«, erklärte Chandu. »Welcher von denen?«

»Dieser Bocker oder so.« Er gestikulierte mit der Hand.

»Adrian Bocher?«

Andrej nickte. »Die Glatze mit den Tattoos in der Fresse.«

»Den haben ein paar Albaner vor drei Jahren abgestochen«, erklärte Chandu.

Andrej erstarrte und blinzelte verwirrt. »Das wusste ich nicht«, sagte er. Dann wandte er sich ein weiteres Mal an die Frau hinter der Theke und ließ sich das Glas wieder auffüllen. Nachdem er es geleert hatte, schwankte er, sodass er sich am Barhocker abstützen musste. Dabei fluchte er auf Russisch. »Aber das war's«, lallte er. »Sonst kennt ihn keiner. Weder das Gesicht noch den Namen.«

Chandu ließ sich seinen Frust nicht ansehen und umarmte Andrej stattdessen. Er setzte sich zu ihm an die Theke und unterhielt sich eine Zeit lang mit ihm über Belangloses. In dem betrunkenen Zustand hätte er sowieso nichts mehr aus ihm herausbekommen. Nachdem Andrej müde seinen Kopf auf die Theke gelegt hatte, verabschiedete sich Chandu und verließ die Bar.

Draußen ging er kopfschüttelnd zu seinem Auto zurück. Er war nicht optimistisch, dass ihn eine Spur zu einem toten Zuhälter weiterbringen würde, doch heute Abend würden er und seine Freunde sich wieder treffen. Es blieb nur zu hoffen, dass die anderen mehr Erfolg hatten.

* * *

Jan seufzte zufrieden, als er das Besteck auf den Teller legte und sich auf seinem Stuhl zurücklehnte. »Eigentlich bin ich nicht so ein Knödelesser, aber das war außergewöhnlich gut«, sagte er zu seinem Freund.

Chandu nickte ihm dankbar zu. »Die Knödel werden nach dem Kochen nochmals in Butter angebraten, bis sie goldbraun sind«, erklärte er. »Das macht sie herzhafter und nicht so matschig.«

»Und die Soße?«, fragte Max, während er kleine Champignonstücke auf seine Gabel pickte und in sich hineinschlang.

»Die ist Jäger-Art, nur ohne Speck, dafür mit einem ordentlichen Schuss Worcestersoße, was dem Ganzen einen Kick gibt.«

»Hervorragend.« Jan trank noch einen Schluck Bier. Eigentlich nahm er während der Ermittlungen keinen Alkohol zu sich, aber die letzten beiden Tage waren so stressig gewesen, dass er sich an diesem Abend eine kleine Freude gönnen wollte.

Zoe nahm den letzten Knödel aus der Schüssel und legte ihn auf ihren Teller. Wie immer war Jan überrascht, wie viel seine schlanke Kollegin essen konnte und vor allem in welcher Geschwindigkeit. Nachdem sie fertig gegessen hatte, stand sie auf und streckte sich. Kurz zeigte sie ein zufriedenes Lächeln. Als ihr bewusst wurde, dass sie nicht alleine war, wurde sie schlagartig wieder ernst und wandte sich zur Couch um.

Auf dem Weg dorthin zog sie ihr silbernes Etui aus der Hosentasche und entnahm ihm eine Zigarette. Währenddessen leerte Max sein Glas mit Ovomaltine-Cola, stand ebenfalls auf und schaltete den Beamer ein.

»Eigentlich ist der Abend zu gut für schlechte Nachrichten, aber das kann ich euch nicht ersparen.« Jan erhob sich und setzte sich neben Zoe auf die Couch. »Tatsächlich haben wir nichts. Nichts zum Mörder, nichts zum Tatort und nichts zum Motiv.«

»Das ist wenig«, bemerkte Zoe.

»Und wir haben die letzten beiden Tage mit Hochdruck ermittelt«, fügte Jan noch hinzu.

»Ich habe mir die Umgebung von Krügers Entführung angesehen und keine Kamera entdeckt«, erläuterte Max. »Nicht einmal ansatzweise in der Nähe, sodass wir vielleicht die Autos hätten überprüfen können, die in der Zeit dort herumgefahren sind. Wenn ich ungesehen ein Verbrechen vollbringen wollte, käme diese Gegend in meine engere Wahl.«

»Deswegen haben wir sämtliche Anwohner befragt, aber niemand hat etwas Verdächtiges gehört oder gesehen«, ergänzte Jan. »Entweder ist der Täter sehr leise vorgegangen oder es interessiert einfach niemanden.«

»Krüger wurde mit einem Taser überwältigt und in ein Auto geschafft«, sagte Zoe. »Das ist nicht laut und geht schnell.«

»Da die Leiche nackt und mit Bleiche übergossen aufgefunden wurde, hat das KTI keine Fasern oder andere Spuren gefunden, von denen man auf das Innere eines Fahrzeugtyps schließen könnte.«

»Krüger war ein ziemlicher Brocken«, warf Chandu ein. »Ein durchschnittlich kräftiger Mensch hievt einen Ohnmächtigen mit solchem Gewicht nicht ins Auto.«

»Obwohl es keine Hinweise auf einen Komplizen gibt, will ich nicht ausschließen, dass mehrere Personen beteiligt waren«, stimmte Jan zu. »Doch wenn der Täter ihn irgendwie zu dem Auto gelockt hat und die Distanz nicht groß war, geht das auch mit einer Person.«

»Ich habe beim Finanzamt Einblick in die entsprechenden Daten bekommen, ohne Hinweise auf einen zweiten Arbeitgeber zu finden«, fuhr Max fort. »Für wen Krüger auch immer gearbeitet hat, es war keine legale Anstellung.«

»Da waren meine Kontakte ebenfalls nicht ergiebig«, warf Chandu ein. »Die meisten kannten weder Krügers Gesicht noch seinen Namen. Einzig die Russen von Kusmin konnten mir einen Tipp geben.« Er wischte sich mit einem Handtuch die Hände ab und kam von der Küchenzeile ins Wohnzimmer. »Krüger wurde mehrfach mit einem gewissen Adrian Bocher gesehen.«

»Der Zuhälter, den wir vor Jahren abgestochen in Schöneberg gefunden haben?«, erkundigte sich Jan.

Chandu nickte.

»Der ist doch mindestens schon drei Jahre tot«, bemerkte Jan.

»Keine Ahnung, was die beiden zusammen gemacht haben«, sagte Chandu. »Bocher hat seine Frauen auf den Ost-Strich geschickt. Natürlich hatte er auch Kerle fürs Grobe, aber dazu hat es keine ausgebildeten Security-Leute wie Krüger gebraucht. Wenn er ein Bordell betrieben hätte, dann hätte diese Verbindung Sinn ergeben, denn solche Sicherheitsleute gehen diskreter vor, aber Bochers Frauen schafften auf dem Straßenstrich in der Bülowstraße an.«

»Ich schaue mir die Akten zu Bocher und seinem Tod noch mal an, denn spontan tue ich mich schwer, etwas für unseren Fall abzuleiten.«

»Das mit Wanks Überweisung an die katholische Kirche entpuppte sich ebenso als Sackgasse«, sagte Max. »Der angebliche Beweis war eine Fälschung, genau wie Wank es gesagt hat.«

»Was genügte, um die Leute gegen ihn aufzuhetzen«, erwähnte Chandu.

»Hatte Krüger was mit der Kirche zu tun?«, wollte Zoe wissen.

»Jetzt wird es eigenartig«, sagte Jan. »In Krügers Wohnung haben wir ein Gesangsbuch gefunden. Ein offensichtlich geklautes, denn es trug den Stempel der St.-Ludwigs-Kirche in Wilmersdorf, ebenjener Gemeinde, in der es zu den Missbrauchsfällen gekommen ist und an die Wank angeblich Geld überwiesen hat.«

»Ich verstehe gar nichts mehr«, sagte Chandu sichtlich verwirrt.

»Ging mir genauso, daher bin ich zum Pastor gegangen und habe mich über Krüger erkundigt«, fuhr Jan fort. »Weder er noch seine Mitarbeiter kannten ihn oder haben sein Gesicht auf den Fotos identifiziert.«

»Gab es noch andere Hinweise, dass Krüger ein religiöser Mensch war?«, fragte Zoe.

»Nichts.« Jan schüttelte den Kopf. »Keine entsprechende Literatur, keine kreuzförmigen Anhänger oder sonst irgendetwas dieser Art.«

»Er hat noch nicht einmal Kirchensteuer gezahlt«, ergänzte Max.

»Und wie kommt das Gesangsbuch in seine Wohnung?«, wollte Zoe wissen.

»Wenn ich raten müsste, dann ist das eine weitere falsche Spur, ähnlich wie der Drohbrief von Daniel Farcher.«

»Das ergibt keinen Sinn«, entfuhr es Chandu. »Auf der einen Seite lädt der Mörder Krügers Leiche ab, ohne eine Spur zu hinterlassen. Andererseits schafft er mit den Videos, dem Gesangsbuch und dem Drohbrief selbst Spuren, die ihm vielleicht zum Verhängnis werden könnten. Warum macht er das?«

»Um uns zu beschäftigen«, erklärte Jan. »Er weiß genau, dass wir jedem Hinweis nachgehen müssen, und je eigenartiger dieser ist, umso mehr Kollegen werden dafür gebunden und umso mehr Zeit vergeht.« Er lief nachdenklich umher. »Ich bin davon überzeugt, dass die Sache mit den Missbrauchsfällen der

Gemeinde in Wilmersdorf nichts mit den Morden zu tun hat, aber eine solche Sache bietet natürlich das perfekte Motiv für Gewalttaten aller Art. Und da sich die katholische Kirche auch in diesem Fall alles andere als kooperativ gezeigt hat, müssen wir dem entsprechend nachgehen, weil wir nur über wenige Informationen verfügen.«

»Also heckt der Täter schon seinen nächsten Mord aus und will dabei ungestört sein«, schloss Zoe.

Jan nickte. »Und wir haben nicht den winzigsten Hinweis, wer das nächste Opfer sein könnte.«

»Deshalb können wir nur auf unserem Hintern sitzen und warten, dass der Mörder wieder zuschlägt«, sagte sie.

Jan nickte.

Sie zog an ihrer Zigarette und blies den Rauch zur Decke. »Keine guten Aussichten.«

»Wir müssen nicht mehr warten«, warf Max ein. »Denn in einem Forum explodiert gerade der Traffic, weil ein neues Video angekündigt ist.« Er klickte mit der Maus und eine Seite erschien an Chandus Wand projiziert.

Dort stand in großen Lettern geschrieben: »WIR WOLLEN PAUL WANKS TOD!« Darunter war das Bild eines älteren Mannes eingeblendet. Er trug die gleiche Maske, die Hans Krüger übergezogen worden war. Auch seine Hände waren in Ketten gelegt.

Jan stöhnte. »Wie gern hätte ich mich geirrt.«

»Es ist der gleiche Ort. Nur ein anderer Mann«, stellte Chandu fest.

Max tippte hektisch auf der Tastatur. »Ich versuche, den Ursprung des Bildes herauszufinden.«

»Ich informiere Bergman und mache mich auf den Weg zur Dienststelle«, sagte Jan. »Wenn die ersten Pressevertreter das mitbekommen, bricht bei uns wieder die Hölle los.«

»Ich setze Kaffee auf«, erklärte Chandu. »Auf zur nächsten langen Nacht.«

»Ich halte euch auf dem Laufenden.« Jan nahm seine Jacke und hob die Hand zum Abschied. »Bis später.«

0.04 Uhr

Um Mitternacht war die Dienststelle weitestgehend verlassen, doch mit jeder Minute kamen mehr von Jans Kollegen herein. Manchen sah man an, dass sie schon geschlafen hatten, andere trugen Sportkleidung oder lockere Baumwollhosen und langärmlige T-Shirts. Sie hatten es sichtlich eilig, in sein Büro oder zu einer Besprechung zu kommen. Jeder wusste, dass die Zeit knapp war.

Die Polizei kontrollierte den Zugang zum Gebäude, damit sich keine Reporter oder andere Schaulustige Zutritt verschafften. Das konnten sie in diesem Moment nicht gebrauchen.

Max' Schreibtischnachbar von der IT kam in den Empfangsraum und stellte sich auf einen Stuhl. »Wir haben ein neues Video«, rief Fred laut. Alle Köpfe wandten sich ihm zu. »Kommt bitte alle in den großen Besprechungsraum.«

Eigentlich war dieses Zimmer mit mehreren Reihen Stühle vollgestellt. Seit Hans Krügers Tod waren jedoch die meisten davon durch Schreibtische ersetzt worden, damit die Mitarbeiter der Mordkommission genug Platz hatten. Der große LED-Flatscreen an der Wand war angeschaltet. Binnen einer Minute waren alle Kollegen im Raum. Fred drückte auf eine Taste auf seinem Laptop und ein Video begann zu laufen.

Wie schon auf dem Foto sah man einen älteren Mann in den Ketten hängen. Im Gegensatz zu Krüger wehrte er sich nicht gegen die Behandlung, sondern hing schlaff in den Ketten.

Hätte sich seine Brust nicht gehoben und gesenkt, man hätte meinen können, dass er nicht mehr am Leben sei. Er trug ein fleckiges Hemd, dessen oberster Knopf abgerissen war. Der einzige Schmuck war ein goldener Ring an seiner linken Hand, in den bei näherem Hinsehen ein kleiner blauer Edelstein eingefasst war. Die über das Gesicht gezogene Maske würde es auch diesmal schwer machen, den Mann zu identifizieren.

Ein grelles Licht erhellte den Raum, als wollte der Entführer sichergehen, dass man sein Opfer sehen konnte.

»Der Tod von Hans Krüger hat nichts verändert«, hörte man die mechanische Stimme. »Wir verlangen weiterhin, dass Paul Wank stirbt, oder dieser Mann ist das nächste Opfer.«

Das Licht ging aus.

»Wir geben euch wieder vierundzwanzig Stunden Zeit.«

Ein Aufstöhnen ging durch den Raum. Jeder der Anwesenden wusste, dass diese Forderung nicht zu erfüllen war. Insgeheim hatte Jan sogar gehofft, dass der Täter mit dem Mord an Krüger nicht mehr aktiv werden würde. Oder dass sie wenigstens mehr Zeit zum Ermitteln bekamen. Der erneute Countdown setzte sie immens unter Druck, denn das Video würde unkontrollierbar durch das Internet geistern. Der einzige Vorteil war die späte Uhrzeit, zu der die meisten Berliner schliefen.

»In Ordnung«, durchdrang Bergmans Stimme das Gemurmel. Er stand neben dem Eingang zum Besprechungsraum. »Oberste Priorität hat die Identifizierung des Entführten. Hört euch um, ob in den letzten Stunden entsprechende Meldungen hereingekommen sind. Wenn wir nicht wissen, wer der Mann ist, können wir keine Schlüsse zum Täter und zum Motiv ziehen.« Er ließ seinen Blick noch einmal über die Anwesenden schweifen, als wollte er überprüfen, ob jemand noch eine Frage hatte. »Erfolgreiche Jagd«, sagte er schließlich und verließ den Besprechungsraum.

Jan ging zurück in sein Büro und wählte Chandus Nummer. »Habt ihr es gesehen?«, fragte er, nachdem sein Freund abgenommen hatte.

»Haben wir«, antwortete dieser. »Gibt es eine Vermutung, wer der Mann ist?«

»Dazu ist es noch zu früh«, erwiderte Jan. »Wir gehen die Meldungen der letzten Stunden durch, bei denen ein Zeuge eine Entführung oder etwas ähnlich Verdächtiges gesehen hat. Außerdem bereitet unsere Abteilung für Öffentlichkeitsarbeit gerade einen Aufruf vor, der den Berlinern in der Frühe auf dem Küchentisch liegen wird. Wenn das Opfer vermisst wird, geht es hoffentlich schnell.«

»Das Video ist über mehrere VPN hochgeladen worden, daher können wir es nicht zum Ursprung zurückverfolgen«, sagte Max. »Auch die Metadaten der Aufnahmen geben nichts her.«

»Ohne den Namen des Opfers kommen wir nicht weiter.«

Die Tür zu seinem Büro ging auf und Patrick kam hereingestürmt. »Wir haben etwas«, sagte er und winkte Jan nach draußen.

»Es gibt vielleicht eine Spur.« Jan nahm sein Handy und stand auf. »Ich melde mich«, sagte er noch und beendete das Gespräch.

»Wir haben gerade einen Anruf von einer gewissen Vanessa Yavorska erhalten«, begann Patrick auf dem Weg zurück in den großen Besprechungsraum. »Sie hat das Foto auf einer Social-Media-Plattform gesehen und das Entführungsopfer anhand seines Ringes erkannt.« Patrick ging mit Jan in den Raum hinein, wo ein Kollege gerade das Bild eines älteren Mannes an die Wand pinnte.

Jan schätzte ihn auf siebzig Jahre, mit tiefen Falten im Gesicht und wenigen grauen Haaren auf dem Kopf. Seine Haut war von Altersflecken übersät und er hatte tiefe Ringe unter den Augen, als hätte er die Nacht zuvor nicht geschlafen. Sein Lächeln zeigte makellose weiße Zähne.

»Das ist Bernhard Issendorff«, erklärte Patrick und deutete auf das Foto. »Ein Arzt im Ruhestand. Wohnhaft in Köpenick.«

»Woher kennt ihn Yavorska?«

»Die Frau gehört zu einem Lieferservice, der ihn fünf Mal die Woche mit Essen versorgt.«

Jan nahm sein Handy aus der Tasche und rief das erste Foto des Entführten auf. Dann hielt er es neben die Aufnahme von Issendorff. »Könnte passen«, sagte er nach einem Moment.

»Yavorska hat sich bereit erklärt, mit uns zu sprechen«, fuhr Patrick fort. »Während wir reden, ist das KTI auf dem Weg zu Issendorffs Wohnung. Bedauerlicherweise lebt er alleine in einem frei stehenden Haus, sodass wir aus seinem direkten Umfeld wohl keine Zeugen für die Entführung haben werden.«

»Was ist mit Freunden und Verwandten?«

»Die werden gerade ermittelt«, antwortete Patrick. »Damit rechne ich in den nächsten dreißig Minuten.«

»Ich fahre zu Wank und klingle ihn aus dem Bett. Vielleicht kennt er Issendorff.« Jan schlug seinem Kollegen freundschaftlich auf die Schulter. »Großartige Arbeit«, sagte er. »Hoffentlich genügt uns die Zeit für eine Spur.«

Dann verließ er den Raum und rannte aus der Dienststelle zu seinem Auto.

0.31 Uhr

Wie Jan erwartet hatte, freute sich Wank nicht, ihn zu sehen.

»Was soll die Störung mitten in der Nacht?«, fuhr er ihn an, als er die Tür öffnete. Seine sonst so akkuraten Haare waren durcheinander. Der Kragen seines blauen Pyjamas war nach oben geknickt und die gleichfarbige Hose hing schlabbrig an ihm herunter. Wank war barfuß und trug einen Morgenmantel aus weißer Seide.

»Wir haben ein neues Entführungsopfer«, erklärte Jan. »Und der Täter fordert wieder Ihren Tod.«

Die meisten Menschen hätten Jan sofort eingelassen oder zumindest ein erschrecktes Gesicht gemacht, aber Wank sah ihn nur unvermindert an, als hätte er ihm erklärt, dass es draußen dunkel war.

»Wollen wir über den Fall hier reden oder soll ich Sie vorladen lassen?«, drohte Jan, als Wank keine Anstalten machte, ihn einzulassen.

Der Mann kniff kurz die Augen zusammen, als wäge er ab, ob er es auf eine Konfrontation ankommen lassen sollte. Dann trat er zur Seite und deutete ins Wohnzimmer.

»Ich habe Ihnen schon beim letzten Mal gesagt, dass ich keine Ahnung habe, wer meinen Tod will«, erklärte er genervt. Mit einem Seufzen ließ er sich auf die Couch nieder.

»Kennen Sie diesen Mann?« Jan zeigte ihm Issendorffs Bild, das ihm Patrick auf das Handy geschickt hatte.

»Das ist Dr. Issendorff«, antwortete er nach einem Moment.

»Woher kennen Sie ihn?«

»Dr. Issendorff war der Hausarzt meines Vaters und hat auch mich viele Jahre lang betreut.«

»Wie eng ist Ihr Verhältnis zu ihm?«

»Seit er im Ruhestand ist, sehen wir uns nur noch selten im Rahmen von Ausstellungen oder anderen Veranstaltungen«, erläuterte Wank. »Privat habe ich nichts mehr mit ihm zu tun.«

»Da muss es doch mehr geben«, hakte Jan ungeduldig nach. »Warum sonst sollte der Täter ausgerechnet Ihren ehemaligen Hausarzt entführen?«

»Ich weiß es nicht«, fuhr Wank zornig auf. »Ich habe nicht einmal Dr. Issendorffs Privatnummer.«

Jan ballte die Fäuste und versuchte, sich nicht von Wanks schlechter Laune anstecken zu lassen.

»Welche Art Mensch ist Herr Issendorff?«

»Ruhig, überlegt, gebildet …«

»Vergessen wir die Beziehung zu Ihnen vorerst«, unterbrach Jan. »Was könnte einen Menschen dazu verleiten, Herrn Issendorff zu entführen, zu foltern und möglicherweise auch zu töten? Hat er sich irgendwelcher Vergehen schuldig gemacht? Sind Patienten unter seiner Aufsicht verstorben?«

»Mir ist nichts dieser Art bekannt.« Er zuckte die Achseln. »Natürlich teilt man mit seinem Hausarzt auch Geheimnisse, aber die waren ausschließlich gesundheitlicher Natur. Darüber hinaus hatten wir keine freundschaftliche Beziehung.«

»Und was ist mit Ihrem Vater? Hatte er eine engere Verbundenheit zu ihm?«

»Nicht, dass ich wüsste«, erwiderte Wank. »Ich kann mich erinnern, dass Dr. Issendorff einmal bei einem großen Empfang unser Gast war, aber an dem Abend waren über hundert Personen anwesend. Daher war dies nichts Besonderes.«

Wank deutete zur Küche. »Wenn wir noch die ganze Nacht hier verbringen, würde ich mir gerne einen Tee aufbrühen.«

»Da der Entführer angekündigt hat, Herrn Issendorff binnen vierundzwanzig Stunden zu töten, fehlt mir die Zeit, hierzubleiben.« Jans Handy in der Tasche brummte. »Wenn Ihnen noch etwas einfällt, melden Sie sich bitte sofort bei uns.« Er stand auf und nickte dem Mann zu.

»Und was ist mit dem Pöbel?« Wank deutete nach draußen. »Wird es wieder einen Aufmarsch geben?«

»Wir sichern Ihr Anwesen«, antwortete Jan kurz. »Sollte sich wieder eine spontane Demonstration bilden, können wir das nicht verhindern.«

»Das ist inakzeptabel.«

»Beschweren Sie sich bei meinem Vorgesetzten«, erwiderte Jan genervt und verließ das Haus. Draußen las er die vorher eingegangene SMS. »Melde dich bitte«, hatte ihm Patrick geschrieben.

Nachdem er die Nummer gewählt hatte, nahm sein Kollege beim ersten Klingeln ab.

»Mit jeder Stunde verstehe ich besser, warum jemand Wank tot sehen will«, erwiderte Jan. »Hast du was Neues?«

»Wir sind gerade in Issendorffs Wohnung«, erklärte Patrick. »Auf den ersten Blick wirkt alles unverdächtig, aber Vanessa Yavorska vom Essens-Lieferservice kommt gleich hierher, um mit uns über Issendorff zu reden. Willst du das übernehmen?«

»Mache ich.« Jan sprang in sein Auto.

»Sie wird kurz nach ein Uhr bei uns sein. Ich schicke dir Issendorffs Adresse auf dein Handy.«

»Bis gleich.« Jan beendete das Gespräch und fuhr los.

Auf dem Weg nach Köpenick sah er einen großen Übertragungswagen eines Fernsehsenders entgegenkommen. Offensichtlich hatte sich die Entführung selbst in dieser späten Nacht schon herumgesprochen.

»Das wird ein Spaß«, murmelte Jan mürrisch und beschleunigte sein Auto.

1.07 Uhr

Auf den ersten Blick wirkte das zweistöckige Haus nicht spektakulär, mit einem kleinen Vorgarten, silberfarbenem Zaun und einer Garage. Es stand in einer gutbürgerlichen Wohngegend, das Innere allerdings passte eher zu einem Luxus-Anwesen wie einer Villa.

Von dem mit Marmor verkleideten Vorraum gelangte man in ein prachtvolles Wohnzimmer. Bücherregale aus dunklem Eichenholz erstreckten sich bis zur hohen Decke. Auf den weißen Fliesen lag ein edler Perser, der so fein gearbeitet war, dass Jan sich kurz fragte, ob man darüberlaufen durfte. Eine weiße Ledercouch stand gegenüber einem großen Kamin. Die hintere Wand des Raumes war vollverglast und bot einen schönen Blick auf den Garten. Davor lag noch ein kleiner Wintergarten, an dessen Wänden sich rote Rosen emporrankten. Den Deckenleuchter des Wohnzimmers hätte man eher in einem großen Ballsaal vermutet, ebenso die silbernen Kandelaber auf dem Couchtisch, deren hellbeige Kerzen noch unberührt waren, als warteten sie auf die dunkle Jahreszeit.

»Offensichtlich verdient man als Allgemeinmediziner gut«, bemerkte Jan, während er Schützer über seine Schuhe zog.

»So viel Geld nicht«, widersprach Patrick, der sich in einen weißen Schutzanzug gezwängt hatte. »Du kannst dir nicht vorstellen, was alleine die Bücher wert sind.«

»Das sind eine Menge, aber ich habe schon ähnlich große Sammlungen gesehen von Menschen, die weniger wohlhabend waren.«

»Vordergründig mag der Eindruck entstehen, dass es nur einfache Werke sind, bei einem Teil davon handelt es sich jedoch um Sammlerstücke.« Patrick deutete auf einen Schrank in der Ecke, der mit einer Glastür ausgestattet war. »Mir ist beinahe mein bibliophiles Herz stehen geblieben, als ich das gesehen habe.« Er ging näher an die Bücher heran. »Das sind alles Erstausgaben, manche sogar vom Autor signiert.« Er deutete auf eine Reihe alt aussehender Werke. »Thomas Mann, Hermann Hesse, Heinrich Böll, Kurt Tucholsky und Erich Maria Remarque. Dazu noch seltene Enzyklopädien und Originalexemplare von Sir Walter

Scott, Jules Verne, Lewis Carroll und Charles Dickens.« Mit Entzücken in den Augen betrachtete er die Werke, als würde er sie am liebsten aus dem Schrank holen und mit nach Hause nehmen.

»Von wie viel Geld reden wir?«, unterbrach Jan die Schwärmerei.

»Die Bücher, zusammen mit den Teppichen, die im Haus verteilt sind, und der kleinen Kunstsammlung im Keller, von der die Radierungen von Picasso wahrscheinlich noch die billigsten sind …«. Er hob nachdenklich die Hand ans Kinn. »Dafür würde man locker zwei Millionen bekommen.«

Jan stieß einen leisen Pfiff aus.

»Keine Ahnung, was wir noch im Safe finden, der sich hinter einem der besagten Picassos befindet«, fuhr Patrick fort. »Selbst wenn Issendorff die goldenen Achtziger mitgemacht hat, ist das zu viel für einen Allgemeinmediziner.«

»Also hatte er noch eine Nebeneinkunft«, schloss Jan.

Patrick nickte. »Ebenso wie Krüger. Und genau da könnte unser Motiv zu finden sein.«

»Zurück zu Issendorffs Entführung. Gibt es einen Zeugen für die Tat?«

»Bedauerlicherweise nicht«, sagte sein Kollege. »Da das Haus gut gesichert ist und es keine Einbruchsspuren gibt, gehen wir nicht davon aus, dass der Täter hier gewaltsam eingedrungen ist und Issendorff überwältigt hat.« Patrick deutete auf den Eingangsbereich. »Als wir uns hier Zugang verschafft haben, brannte nur im kleinen Vorraum Licht, daher wird unser Opfer nicht im Haus gewesen sein. Dazu passt auch die fehlende Brieftasche.«

»Also war er einkaufen oder spazieren?«

»Dieser Teil von Köpenick ist eine Mischung aus Industrie- und Wohngebiet. Am späten Abend und an einem gut gewählten Punkt könnte man einen schwächlichen Mann schnell und unauffällig in ein Auto ziehen, ohne dass es jemand bemerkt.«

»Dass unser Täter clever ist, hat er schon bei Krüger bewiesen. Und der war ein anderes Kaliber als Issendorff.«

Patrick wollte gerade etwas ergänzen, als ein Polizist hereinkam und an den Türrahmen klopfte. »Hauptkommissar Stein?«, begann er. »Draußen steht eine gewisse Vanessa Yavorska. Sie wollten mit ihr reden?«

»Das übernehme ich.« Jan hob die Hand. »Vielleicht kann uns die Essens-Lieferantin auch Interessantes zum Opfer liefern.«

1.15 Uhr

Vanessa Yavorska war eine große, kräftige Frau, mit dünnen blonden Haaren, deren Spitzen auf Höhe der Schulter ungleich geschnitten waren. Sie hatte helle Haut, Sommersprossen und ein pausbäckiges Gesicht. Obwohl es in der Nacht nicht kalt war, trug sie eine dick gefütterte Jacke und feine Handschuhe aus schwarzem Stoff, die sie nur kurz auszog, um Jan die Hand zu schütteln.

»Vielen Dank, dass Sie heute Nacht gleich zu uns gekommen sind«, begann Jan das Gespräch.

»Keine Ursache«, erwiderte sie. »Herr Issendorff war immer nett zu mir und als ich das Bild von ihm gesehen habe …« Sie presste die Lippen zusammen, als müsste sie sich Mühe geben, nicht loszuweinen. »Wer tut einem alten Mann so etwas an?«

»Das versuchen wir gerade herauszufinden.« Jan deutete auf eine kleine Bank im Vorgarten, die von akkurat geschnittenen Büschen eingerahmt war. »Wann haben Sie Herrn Issendorff das letzte Mal gesehen?«, fuhr er fort, nachdem sie Platz genommen hatten.

»Gestern am späten Vormittag«, antwortete Yavorska. »Ich komme immer gegen zehn Uhr zu Herrn Issendorff, bringe ihm sein Müsli und stelle sein Mittagessen in den Kühlschrank, damit er es nur aufwärmen muss.«

»Wie war Ihr Eindruck von ihm?«

»Freundlich, immer ein Lächeln auf den Lippen, trotz seiner … Behinderung.«

»Welche Art Behinderung?«, fragte Jan nach.

»Herr Issendorff hatte vor drei Jahren einen Schlaganfall, der Teile seines rechten Arms gelähmt hat.« Sie senkte die Augen zu Boden, als schäme sie sich, Persönliches von dem Mann preiszugeben. »Bei dem Anfall schlug er auf dem Gehsteig auf, was ein Schädel-Hirn-Trauma verursachte, das er nie ganz überwunden hat.«

»Inwiefern äußert sich das?«

Sie zögerte nachdenklich. »Herr Issendorff kann nicht mehr richtig sprechen«, überwand sie sich schließlich zu einer Antwort. »Reden strengt ihn an und es dauert lange, bis er einen Satz beendet hat. Außerdem …« Sie zögerte erneut. »An manchen Tagen war er auch verwirrt«, sagte sie noch.

»Wie hat sich diese Verwirrtheit gezeigt?«

»Es war nur an manchen Tagen«, erklärte sie. »Dann wusste er nicht, welcher Tag es war oder was er gerade gemacht hatte.«

Jan zog einen Stift aus der Tasche und machte sich eine Notiz. »War gestern etwas ungewöhnlich? Wirkte er angespannt oder bedrückt?«

Sie schüttelte den Kopf. »Er war wie immer.«

»Ist Ihnen etwas aufgefallen, das im Nachhinein in Zusammenhang mit der Entführung stehen könnte? Ein Auto mit abgedunkelten Scheiben vor dem Haus? Oder ein ungewöhnlicher Besucher?«

»Es tut mir leid«, stieß sie hervor und begann zu weinen.

»Frau Yavorska«, beruhigte Jan sie. »Sie haben uns schon sehr geholfen, weil Sie sich wenige Minuten nach der Veröffentlichung des Videos bei uns gemeldet haben. Wenn wir Herrn Issendorff rechtzeitig befreien können, dann ist das auch Ihr Verdienst.«

Sie wischte sich über die Nase und nickte, als wollte sie signalisieren, dass sie weiterreden konnte.

»Gehen wir von gestern weg«, fuhr Jan fort. »Erhielt Herr Issendorff Morddrohungen oder hat er sich in anderer Art besorgt gezeigt?«

»Herr Issendorff gehört zu einer Generation Mann, die niemals andere mit den eigenen Problemen belästigen würde«, erklärte Yavorska. »Wegen seiner Sprachprobleme haben wir nur wenig geredet und dann nur allgemeine Dinge, wie über das Wetter, die Berliner Politik oder ein Buch, das er am Abend zuvor gelesen hatte.«

»Welche anderen Menschen gab es in Herrn Issendorffs Leben? Hatte er Freunde, die ihn regelmäßig besucht haben? Oder Verwandte?«

»Ich habe ihn nur selten über andere Personen reden hören. Ich glaube, er war gerne alleine.« Sie nahm ein Taschentuch aus ihrer Jacke und wischte sich erneut über die Nase. »Einmal hat er etwas von einer Ehefrau erzählt, aber in den Jahren meiner Betreuung habe ich nur Essen für ihn gebracht. Nicht für eine andere Person. Er ging noch regelmäßig zur Reha und machte gerne Spaziergänge, immerhin funktionierten seine beiden Beine noch.«

Jan machte sich wieder eine Notiz.

»Wohin ging er normalerweise spazieren?«

»In den Wald rund um den Müggelsee. Oder zum Supermarkt.«

»Konnte Herr Issendorff trotz seiner Behinderung noch einkaufen gehen?«, fragte Jan verwundert. »Soweit ich sehen konnte, ist der Supermarkt ein gutes Stück entfernt.«

»Außer Frühstück und Mittagessen bekam er auch Lebensmittel geliefert«, antwortete sie. »Es ging eher darum, dass er sich nicht völlig von anderen Menschen abhängig fühlen wollte, denn diese Abhängigkeit hatte er vor seinem Schlaganfall nicht gehabt.«

»Haben Sie gewusst, dass Herr Issendorff Arzt gewesen ist?«

Sie nickte. »Das erklärt die teure Einrichtung seines Hauses.«

Jan vermied eine Bemerkung, dass selbst ein Arzt sich diese nicht hätte leisten können. »Hat Herr Issendorff Ihnen von anderen Betätigungen erzählt?«, wollte Jan wissen. »Hat er sich trotz seines Ruhestandes anderweitig engagiert? In Vereinen, Stiftungen oder etwas Ähnlichem?«

»Ich weiß nur von seiner Praxis in Uhlenhorst, die er an seinen Nachfolger verkauft hat. Er war ein freundlicher Mann«, sagte sie leise, während Jan sich eine weitere Notiz machte. »Er hat es nicht verdient, vor der ganzen Welt so vorgeführt zu werden.« Sie putzte sich lautstark die Nase, als Jans Handy brummte. Das Display zeigte einen Anruf von Max.

»Entschuldigen Sie mich kurz«, wandte er sich an Yavorska und stand auf.

»Habt ihr etwas Neues?«, meldete er sich.

»Möglicherweise«, antwortete Max zögerlich. »Im Gegensatz zu Krüger lebt Issendorff in einer Gegend, in der es mehr Kameras gibt.«

»Mit einer Spur zum Entführer?«

»Noch nicht, aber ich habe eine Aufnahme von ihm auf dem Weg nach Hause gefunden«, erklärte er. »Dort kommt er aber nie an, daher könnte das der Zeitpunkt der Entführung sein. Ich brauche noch ein paar Minuten, aber vielleicht bekomme ich etwas extrahiert.«

»Ich bin gleich wieder bei euch.« Jan verabschiedete sich von Yavorska und bat einen Kollegen von der Polizei, sie wieder nach Hause zu bringen. Dann rannte er zu seinem Auto.

1.54 Uhr

In Chandus Wohnung war der Duft des Essens von einer Mischung aus frisch gemahlenem Kaffee und Zigarettenrauch ersetzt worden. Sein Freund saß mit Zoe auf der Couch, den Blick auf die Wand gerichtet, an der ein Überwachungsvideo in Dauerschleife lief.

Darin war ein älterer Mann zu sehen, der über der linken Schulter einen zerschlissenen Beutel mit Einkäufen trug. Die Spitze einer Lauchstange ragte oben heraus. Wegen des Huts, der bis oben geschlossenen Übergangsjacke und der dicken Brille auf der Nase musste man sehr genau hinsehen, um Issendorff zu erkennen. Außerdem war es schon dunkel geworden, aber seinem Freund Max entging nichts.

Der Mann bewegte sich leicht nach vorne gebeugt, mit langsamen Schritten. Hätte man nicht den schlaff nach unten hängenden rechten Arm gesehen, hätte man nicht vermutet, dass Issendorff einen Schlaganfall gehabt hatte.

»Wo ist die Aufnahme her?«, fragte Jan und stellte sich neben Max.

»Von einem Restaurant an der Ecke Charlottenstraße«, sagte der Hacker.

»Deren Kamera deckt fast die ganze Straße ab«, bemerkte Jan. »Nicht dass ich ein Freund der Datenschutz-Grundverordnung bin, aber das ist des Guten zu viel.«

»Laut Kripodatenbank hatte das Restaurant immer wieder Probleme mit Vandalismus am Zaun und den davorstehenden Blumentöpfen«, erklärte Max. »Das wird der Grund sein, warum der Kamerawinkel so weit auf die Straße ragt.«

»In dem Fall will ich mich nicht beschweren«, sagte Jan und setzte sich zu Chandu und Zoe auf die Couch.

»Die Aufnahme wurde um 21.58 Uhr gemacht«, fuhr Max fort. »Gut zwanzig Minuten nach Sonnenuntergang.

Glücklicherweise hatte der Sushiladen noch auf, denn ohne dessen Licht hätten wir Issendorff vermutlich kaum erkannt.«

»Warum glaubst du, dass er kurz danach entführt worden ist?«

»Wenn wir uns die Strecke zu seinem Haus ansehen, dann wäre er die Charlottenstraße weitergelaufen und schließlich rechts in den Berlewitzweg eingebogen. Dabei wäre er an einer Sattlerei vorbeigekommen, die das mit der Kameraüberwachung ähnlich locker sieht wie das Restaurant. Und da ist er nicht aufgetaucht.«

»Könnte er einen anderen Weg genommen haben?«

»Unwahrscheinlich«, gab Max zurück. »Dazu müsste er nach links in die Pohlestraße und einmal komplett um den Block gegangen sein. Diese Route ergibt wenig Sinn, gerade wenn man den Wald in der Nähe hat.«

»Also haben wir die Entführungszeit und den Entführungsort?«

Max nickte. »Etwa um zweiundzwanzig Uhr auf der Charlottenstraße in Köpenick.« Er tippte etwas auf dem Laptop und eine Karte von Berlin erschien auf der Wand. »Die Tat muss sich auf einer Strecke von zweihundert Metern ereignet haben«, sagte Max, während er auf der Karte die Gegend in Köpenick heranzoomte.

Jan stand auf und trat näher an die Wand. »Da ist alles eng bebaut und die Straße ist keine kleine Nebengasse«, analysierte er. »Das muss jemand bemerkt haben.«

»Es kommt darauf an, wie sich die Entführer angestellt haben«, erläuterte Chandu. »Wenn sie hollywoodmäßig mit quietschenden Reifen anpreschen und Issendorff in einen Lieferwagen zerren, dann sicherlich. Aber wenn sie auf ihn warten und ihn zu dem Auto locken, dann ist die zentrale Lage von Vorteil, weil dort auch größere Fahrzeuge nicht auffallen.«

»Issendorff wird nicht freiwillig eingestiegen sein«, sagte Jan.

»Sicherlich nicht, aber er wird sich nicht gewehrt haben«, erläuterte Chandu. »Von seinem herunterhängenden rechten Arm zu schließen, hatte er körperliche Probleme.«

Jan nickte zur Bestätigung. »Die Folge eines Schlaganfalls.«

»Der Schnellste zu Fuß war er auch nicht, daher hatte Issendorff dem Entführer körperlich nichts entgegenzusetzen«, fuhr Chandu fort. »Weiterhin war er kein zufälliges Opfer, deshalb konnte der Entführer die persönliche Karte ziehen.«

»Was meinst du mit ›persönliche Karte‹?«

»Herr Tommen.« Chandu stand auf und entfernte sich ein paar Schritte von der Couch. Dann winkte er Jan zu. »Herr Tommen. Kennen Sie mich nicht mehr?« Er lächelte, als er auf ihn zuging. »Jetzt bin ich aber enttäuscht.« Als er vor ihm stand, drückte er ihm den Zeigefinger in die Seite. »Keinen Ton, sonst knalle ich dich ab«, flüsterte er Jan ins Ohr, ohne sein Lächeln zu verlieren. »Und jetzt mitkommen.«

»Ich verstehe, was du meinst«, bemerkte Jan.

»Bei dieser Methode braucht es nur etwas Dunkelheit, dann bemerkt niemand die Pistole«, sagte sein Freund, als er sich wieder auf der Couch niederließ. »Der Entführer kann Issendorff in ein unauffälliges Auto schieben. Ein Lieferwagen oder verdunkelte Scheiben sind nicht notwendig. Und wenn die Tat nicht von jemandem beobachtet wird, der Issendorff persönlich kennt, fällt dies niemandem auf.«

»Daher hat sich in Person von Yavorska auch nur die Essens-Lieferantin gemeldet und kein Zeuge, der die Tat beobachtet hat«, schloss Max.

»Ich beauftrage die Kollegen trotzdem, die Nachbarn zu befragen und die Gegend abzusuchen.«

»Ich bin mir der Dringlichkeit bewusst, aber die Sonne geht erst gegen halb sechs auf und wenn du die Anwohner mitten in der Nacht aus dem Bett holst, wirst du kaum eine nützliche Aussage bekommen«, sagte Chandu mit Blick auf die Uhr.

»Mit der Befragung würde ich noch bis sieben Uhr warten«, stimmte Zoe zu.

»Und was soll ich bis dahin machen?«

»Wie wir schon bei Krüger gemerkt haben, gibt es bei diesen Entführungen eine persönliche Komponente«, sagte Zoe. »Der Grund für diese Tat liegt in Issendorffs Vergangenheit.«

»Also zurück zu seiner Wohnung«, schloss Jan.

Zoe nickte.

»Ich gehe gleich auf die Dienststelle und schließe mich mit den anderen von der IT kurz«, sagte Max. »Vielleicht hat der Entführer beim Upload des Videos doch einen Fehler gemacht.«

»Ich ziehe durch die nahen Bars und höre mich nach Issendorff um«, verkündete Chandu. »Er wäre nicht der erste Arzt, der Drogen kauft oder Medikamente vertickt.«

Jan hob den Daumen. »Vielen Dank, Leute.« Er nahm seinen Autoschlüssel aus der Tasche und machte sich auf den Weg zur Tür.

Kapitel 5

2.45 Uhr

Obwohl Jan wusste, dass seine Kollegen vom KTI es nicht mochten, wenn neugierige Kripobeamte über einen Tatort spazierten, den sie noch nicht freigegeben hatten, blieb ihm wegen des Zeitdrucks keine andere Wahl, als sich heute darüber hinwegzusetzen. Er schlüpfte in einen Schutzanzug, den er vorher aus dem Auto der Kriminaltechniker genommen hatte, schloss den Reißverschluss und zog sich die Kapuze über den Kopf. Einmal mehr stellte er fest, wie komisch sich das undurchlässige Plastik anfühlte, es raschelte bei jedem Schritt, aber so konnte er wenigstens durch Issendorffs Wohnung laufen, ohne einen potenziellen Tatort zu kontaminieren.

Im Wohnzimmer stellten die Kollegen gerade einen 3D-Scanner auf. Das kastenförmige Gerät war kaum größer als ein Schuhkarton, aber auf einem Stativ befestigt konnte es einen Raum binnen weniger Minuten in absoluter Präzision aufnehmen. Dabei spielte es keine Rolle, ob es Tag oder Nacht war, Hochsommer oder kältester Winter. Selbst bei Regen konnte man es einsetzen. Das Ergebnis war stets eine hoch aufgelöste, präzise Aufnahme, mithilfe derer sich selbst kleinste Flecken erkennen und analysieren ließen.

Jan ging linker Hand eine Treppe nach unten und kam in einen großzügig ausgebauten Keller. Ein langer Gang führte zu einem Jacuzzi, von dem aus man einen schönen Blick über den Garten hatte. Auf der rechten Seite befand sich ein Raum mit einer feuerfesten Stahltür, die offen stand. In der Mitte des Raums sah Jan Patrick stehen, der regungslos auf ein Bild an der Wand starrte.

»Das ist unglaublich«, bemerkte sein Kollege, ohne den Blick vom Bild zu wenden. Das Kunstwerk war in Braun gehalten. Es zeigte zwei knapp bekleidete Frauen mit großen Lippen, ovalen Gesichtern und teilnahmslosem Ausdruck. Obwohl offensichtlich war, dass der Maler sein Handwerk verstand, wirkten die Frauen künstlich, da ihre Gesichter zu symmetrisch und ohne Tiefe gemalt waren.

»Emiliano Di Cavalcantis ›Frauen am Fenster‹«, sagte Patrick mit Ehrfurcht in der Stimme.

Jan unterließ eine Bemerkung, dass er noch nie von dem Maler gehört hatte, aber er interessierte sich auch nicht für moderne Kunst.

»Von Geburt Brasilianer, verbrachte er einige Jahre in Paris, bis er 1940 vor dem Krieg flüchten musste«, fuhr sein Kollege fort. »Dabei musste er den größten Teil seiner Arbeiten zurücklassen, die dann erst 1966 im Keller der brasilianischen Botschaft gefunden wurden. Nach Di Cavalcantis Tod wurden die meisten seiner Werke in der Pinacoteca do Estado von São Paulo ausgestellt.«

»Ich bewundere deine Bildung und deine Begeisterung für moderne Kunst«, sagte Jan ehrlich. »Unter anderen Umständen könnte ich dir noch eine Stunde zuhören, aber die Zeit ist knapp.«

»Das Interessante an ›Frauen am Fenster‹ ist, dass das Gemälde im Jahr 2008 aus besagter Pinacoteca do Estado geraubt und seitdem nicht mehr gefunden wurde.« Er wandte sich lächelnd zu Jan um.

»Das ist ein interessanter Fakt«, gab Jan zu.

»Es war einer der ungewöhnlichsten Kunstdiebstähle der neuen Zeit«, fuhr Patrick fort. »Die Räuber kauften sich Eintrittskarten und gingen gezielt zu Werken von Picasso, Lasar Segall und Di Cavalcanti, obwohl es weitaus wertvollere Kunstwerke gab.«

»Die Täter handelten im Auftrag.«

Patrick nickte. »Es waren sicherlich nur einfache Räuber und keine Kunstdiebe, denn sie zogen schwere Waffen, nahmen die Gemälde von der Wand und gingen an den unbewaffneten Aufsehern vorbei wieder aus dem Museum. Obwohl einiges an Raubgut wieder gefunden wurde, blieb dieses Bild verschwunden. Bis heute.«

»Wie viel sind die ›Frauen am Fenster‹ wert?«, wollte Jan wissen.

»Das ist nicht Rembrandt«, antwortete Patrick vage. »Vielleicht hunderttausend Euro.«

»Also nicht übermäßig wertvoll, im Vergleich zu den anderen Sachen im Haus.«

»Daran störe ich mich nicht. Aber dieser Fund gibt allem eine neue Richtung. Bis eben bin ich davon ausgegangen, dass Issendorff ein reicher, gelangweilter und einsamer Mann ist, der sein Geld in schöne Dinge investiert. Aber Raubkunst bekommt man nicht auf eBay. Dazu braucht es Verbindungen in gewisse Kreise, die nicht zur gehobenen Society von Berlin gehören.«

»Dass diese Luxusunterkunft nicht nur mit den Einnahmen einer Arztpraxis eingerichtet worden ist, dürfte klar sein.«

»Für Spekulieren ist es zu früh«, mahnte Patrick. »Vielleicht war Issendorff ein Aktienguru oder hat reich geerbt.«

»Das will ich nicht ausschließen, aber dem widerspricht die persönliche Komponente der Entführung«, erklärte Jan. »Natürlich könnte ein Patient Issendorffs verstorben sein, ohne dass es seine Schuld war. Dann wären wir bei Rache. Bis dahin gehe ich von einer dunklen Vergangenheit hinter der Fassade des intellektuellen Kunstmäzens aus, bis auch der letzte Zweifel beseitigt ist.«

»Das Bild passt eher zu deiner Theorie«, stimmte Patrick zu.

»Hast du eine Idee, wer Issendorff die Raubkunst beschafft haben könnte?«

»Schwierig«, sagte Jans Kollege nachdenklich. »Obwohl ich mich für Kunst interessiere, habe ich weder persönlich noch beruflich mit solchen Fällen zu tun gehabt.« Er sah auf die Uhr. »Wenn wir mit dem Haus fertig sind, höre ich mich aber mal um.«

Jans Handy in der Tasche brummte. Er erkannte die Nummer der Dienststelle.

»Tommen«, meldete er sich.

»Hier ist Andi Emmert«, sagte sein Kollege von der Mordkommission. »Wir hatten gerade einen interessanten Anruf von einer Frau Tamara Zadig, die den Aufmarsch der Polizei in der Charlottenstraße bemerkt hat.«

»Wir vermuten, dass Issendorff dort gestern gegen zweiundzwanzig Uhr entführt wurde«, erklärte Jan. »Max müsste die Aufnahme längst an euch weitergeleitet haben.«

»Hat er«, bestätigte Emmert. »Aber die Frau behauptet, Issendorff in der Nähe aufgegabelt und nach Hause gebracht zu haben, weil er verwirrt durch die Gegend gelaufen sei. Und das nach zweiundzwanzig Uhr.«

Jan unterdrückte einen Fluch. »Wenn das stimmt, können wir uns die Untersuchung in der Charlottenstraße sparen. Hast du ihre Telefonnummer?«

»Besser noch. Ich konnte sie überreden, zu uns auf die Dienststelle zu kommen. Sie ist in dreißig Minuten dort.«

3.14 Uhr

Der Alte atmete schwer und brabbelte wirres Zeug. Ein Speichelfaden lief ihm den Mundwinkel hinunter und er hatte sich vollgepisst.

Louis betrachtete ihn mit aufeinandergepressten Lippen. Der Hass in seinen Augen brannte stark. Elli wusste, dass es ihn alle Mühe kostete, Issendorff nicht sofort umzubringen.

»Wir müssen ihn abhängen«, sagte sie ein weiteres Mal.

»Dieses Schwein hat noch viel Schlimmeres verdient«, fuhr er auf. »Wie kannst du Mitleid mit ihm haben?«

»Ich habe kein Mitleid«, rechtfertigte sie sich. »Ich will nur nicht, dass er vor Mitternacht stirbt.«

»Krüger hat auch durchgehalten.«

»Aber das hier ist ein alter, hilfloser Mann, der nicht einmal gemerkt hat, dass er entführt wurde«, erklärte Elli.

Auf Louis' Gesicht erschien ein hämisches Grinsen. »Eingestiegen ist er in das Auto wie Vieh, das alleine zum Schlachthof geht. Der Krüppel.«

»Seien wir froh, dass es so leicht gegangen ist«, erklärte sie. »Und deshalb sollten wir das nicht gefährden.«

Schließlich nickte er. »Nimm ihn runter und gib ihm was zu trinken. Aber nur so viel, dass er bis Mitternacht durchhält«, fügte er noch hinzu. Dann wandte er sich ab und verließ den Raum.

3.35 Uhr

Tamara Zadig hatte ihre blonde Lockenpracht mit einem Haargummi in Höhe ihrer Schultern gezähmt. Ein Diamantpiercing zierte ihren linken Nasenflügel und sechs Ringe das rechte Ohr. Ihre kleine Stupsnase und die Sommersprossen auf den Wangen gaben ihr ein kindliches Aussehen. Die Brille auf der Nase wirkte etwas zu groß für ihr schmales, fein geschnittenes Gesicht, aber von der Dicke der Gläser zu schätzen, schien sie nicht gut sehen zu können. Am Hals konnte man ein Tattoo erkennen, das bis über ihre Schultern zu laufen schien.

Sie unterdrückte ein Gähnen, als sie auf Jan zuging und ihm die Hand schüttelte. »Entschuldigen Sie«, begann Zadig. »Aber ich hatte heute noch nicht viel Schlaf.«

»Umso mehr bin ich Ihnen dankbar, dass Sie sich die Zeit genommen haben, auf die Dienststelle zu kommen.« Er deutete in die Küche und führte sie zur Kaffeemaschine.

»Herr Emmert sagte, dass Ihnen die Kollegen von der Polizei in der Charlottenstraße aufgefallen sind«, fuhr Jan fort, während er einen Kaffee aus der Maschine ließ.

»Meine Odette hat in letzter Zeit Probleme mit der Verdauung.« Sie lächelte dankbar, als Jan ihr die Tasse reichte. »Daher muss ich mit ihr öfter raus. Dort ist mir die Polizei aufgefallen.«

»Und Sie sind mit Herrn Bernhard Issendorff bekannt?«

»Bis vor Kurzem nicht«, antwortete sie. »Aber ich habe ihn gestern am späten Abend in der Dorotheenstraße auf dem Gehweg hin und her laufen sehen. Er wirkte verwirrt, daher habe ich ihn angesprochen.« Zadig nahm einen Schluck aus der Tasse.

»War er verängstigt?«

»Eher orientierungslos«, antwortete sie nach einem Moment des Überlegens. »Es war schon dunkel und er schien sich verlaufen zu haben. Als ich ihn gefragt habe, ob ich ihm helfen kann, hat er mich dankbar angelächelt und etwas gestammelt, was ich nicht verstanden habe. Er schien gerade vom Einkaufen gekommen zu sein, denn ich konnte Obst und Gemüse in seiner Tragetasche erkennen.«

»Haben Sie noch andere Leute in Herrn Issendorffs Nähe bemerkt?«

Sie schüttelte den Kopf. »Er war allein.«

»Wie ging es weiter?«

»Nachdem ich ihm meine Hilfe angeboten hatte, hat er mir die Hand geschüttelt und sich vorgestellt. Dabei sprach er langsam, aber klarer als noch zuvor«, erläuterte sie. »Dass sein Name Bernhard Issendorff sei, er früher Allgemeinmediziner mit einer eigenen Praxis war und dass er im Berlewitzweg wohnt.« Sie lächelte. »Dann hat er sich bei mir eingehakt und wir sind zusammen zu seinem Haus gelaufen.«

»Entschuldigen Sie meine Detailversessenheit, aber welchen Weg haben Sie von der Dorotheenstraße zum Berlewitzweg eingeschlagen?«

»Die schmale Straße parallel zum Grünen Tritt«, antwortete sie. »Das ist auch Teil der Dorotheenstraße. Dann nach links ein kurzes Stück Charlottenstraße, bis wir in den Berlewitzweg eingebogen sind.«

»Wie wirkte Herr Issendorff auf Sie?«

»Körperlich nicht mehr in der besten Verfassung, aber höflich. Trotz seiner Sprachbehinderung erzählte er von früher und wie sich Köpenick verändert hat, fast als wäre er glücklich, jemanden zum Reden zu haben.«

»Sie wissen, dass Bernhard Issendorff kurz darauf Opfer einer Entführung wurde und dass Sie wahrscheinlich die letzte Person sind, die ihn gesehen hat?«

»Deswegen bin ich hier«, bestätigte Zadig.

»Daher ist es wichtig, dass Sie sich an jedes Detail erinnern, selbst wenn es noch so unbedeutend sein mag.«

»Wie schon erwähnt, wirkte Herr Issendorff nicht ängstlich, sondern nur verwirrt.« Sie trank wieder einen Schluck Kaffee. »Auch habe ich keine Personen bemerkt, die uns gefolgt wären.«

»Wo haben Sie Herrn Issendorff das letzte Mal gesehen?«

»Als er in sein Haus gegangen ist. Ich habe gewartet, bis er drin war, denn ich wollte sichergehen, dass es sich wirklich um sein Zuhause handelte und er sich nicht ein weiteres Mal verlaufen hatte. Als er den Schlüssel im Türschloss gedreht hatte und eingetreten ist, bin ich wieder gegangen.«

»Können Sie mir das Haus in diesem Moment beschreiben?«, bat Jan. »War innen Licht an? Haben Sie andere Personen gesehen oder vielleicht einen Schatten am Fenster?«

Sie schloss die Augen. »Die Lichter waren aus«, sagte sie dann. »Vor dem Eingang war eine Lampe an einen Bewegungsmelder gekoppelt, die sich anschaltete, als Herr Issendorff die Eingangstür erreicht hat.« Sie öffnete die Augen wieder. »Sonst ist mir nichts aufgefallen.«

»Gehen wir von dem Haus weg. Haben Sie auf Ihrem Nachhauseweg etwas bemerkt? Jemanden, der das Haus von der anderen Straßenseite beobachtet hat? Oder Personen in einem Auto?«

Zadig wollte gerade den Kopf schütteln, als sie in der Bewegung erstarrte. »Der Pflegedienst.«

»Welcher Pflegedienst?«

»Ein Stück die Straße runter stand der Wagen eines Pflegedienstes. Ein weißer VW mit einem rot-weißen Abzeichen auf der Motorhaube. Mein Gedächtnis«, murmelte sie zu sich. »Welcher Name stand darauf?«

»Das finden wir heraus«, winkte Jan ab. »Weißer VW und rot-weißes Abzeichen genügt.«

»Ich habe jemanden darin gesehen und mich noch gewundert, was ein Pflegedienst um diese späte Zeit noch dort machte«, fuhr sie fort. »Aber verdächtig erschien mir das in dem Moment nicht, schließlich wohnen in der Gegend einige Personen im Alter von Herrn Issendorff. Aber da Sie mich bitten, über Ungewöhnliches nachzudenken, ist es mir wieder eingefallen.«

»Erinnern Sie sich an irgendwelche Details?«, fragte Jan nach. »Ein Gesicht oder das Kennzeichen des Fahrzeugs?«

»Tut mir leid«, entschuldigte sie sich.

»Dafür gibt es keinen Grund«, erklärte Jan. Er reichte ihr eine Visitenkarte. »Sollte Ihnen noch etwas einfallen, dann zögern Sie nicht, mich anzurufen.«

»Das werde ich«, versprach sie und steckte die Karte ein.

»Ich lasse Sie von einem Kollegen zu Ihrem Auto bringen.« Jan führte sie an den Empfang.

Nachdem er Zadig nach vorne gebracht hatte, verabschiedete er sich höflich von ihr. Auf dem Weg zu seinem Büro nahm er das Handy aus der Tasche und wählte Max' Nummer.

»Ich glaube, ich habe eine Spur«, begann er.

»Ich setze schnell eine Telefonkonferenz auf«, sagte der junge Hacker. »Dann kann ich alle Bilder mit dir teilen.«

»Bis gleich«, sagte Jan und hastete in sein Büro.

Zwei Minuten später war der Computer hochgefahren und er eingeloggt.

03.52 Uhr

»In Berlin gibt es nur einen Pflegedienst mit weißem VW und rot-weißem Abzeichen auf der Motorhaube.« Max blendete ein Bild eines Autos dieser Bauart ein. »Und der gehört zur Caritas.«

»Oh, verdammt!«, hörte er Chandus Stimme im Hintergrund. »Das ist quasi der größte Arbeitgeber in Deutschland.«

»Um die siebenhunderttausend Angestellte«, ergänzte Max. »Das werden alleine in Berlin ein paar Tausend sein.«

»Wir müssen nicht jeden befragen«, beruhigte Jan. »Sondern nur herausfinden, welche Fahrzeuge gestern nach zweiundzwanzig Uhr in Köpenick waren.«

»Es ist kurz vor vier Uhr«, sagte Max. »Um diese Zeit wirst du bestenfalls den Notdienst erreichen.«

»Nach unserem Gespräch gebe ich die Informationen an die Kollegen vor Ort«, sagte Jan. »Ich schreibe Patrick noch eine SMS, dass Issendorff nicht auf der Charlottenstraße, sondern von zu Hause entführt worden ist.« Er berichtete von dem Gespräch mit Tamara Zadig.

»Das erklärt, warum Issendorff nicht auf der Kamera der Druckerei zu sehen war«, erklärte Max. »Er ist zuvor nach links abgebogen und dann quasi um den Block gelaufen.« Er tippte etwas. »Rund um die Dorotheenstraße finden sich keine Kameras, die ich anzapfen kann, daher kann ich den Weg, den Issendorff mit Zadig gegangen ist, nicht nachverfolgen.«

»Selbst wenn der Pflegedienst eine Sackgasse ist, wurde Issendorff von zu Hause entführt«, schloss Chandu. »Er ist irgendwann zwischen 22.00 und 22.30 Uhr von Zadig nach Hause gebracht worden und eine Stunde später wurde das erste Foto von ihm in Ketten veröffentlicht.«

»Wer immer in dem Auto der Caritas gesessen hat, ist entweder unser Täter oder ein Zeuge«, sagte Jan. »So oder so müssen wir wissen, wer das war.«

»Ich schaue, wer in Berlin verantwortlich für die Disposition ist«, schlug Max vor. »Wenn ich dessen Privatnummer nicht herausbekomme, dränge ich darauf, dass er dich sofort anruft, wenn er bei der Arbeit erscheint.«

»Ich gehe wieder zurück zu Issendorffs Wohnung«, sagte Jan. »Wenn es etwas Neues gibt, will ich es sofort wissen.« Er sah auf die Uhr. »Und um sieben Uhr fangen wir mit der Befragung der Nachbarn an. Vielleicht ist noch jemandem das Auto der Caritas aufgefallen.« Er winkte kurz in die Kamera. »Ich halte euch auf dem Laufenden.«

»Bis dann.« Max erwiderte die Geste.

Jan stand auf und nahm sein Headset ab. Auf dem Weg zum Auto wählte er Patricks Nummer.

6.42 Uhr

Die Sonne war längst aufgegangen und mit jeder Minute gingen in der Nachbarschaft mehr und mehr Rollläden hoch. Manche Bewohner sahen verwundert aus dem Fenster, als sie das große Aufgebot an Polizei in der Berlitzstraße bemerkten. Andere kamen nach draußen, wo sie von Jans Kollegen sofort befragt wurden. Bei den übrigen Anwohnern warteten die Polizisten noch, bevor sie an der Tür klingelten, damit diese wach werden und sich anziehen konnten.

Trotz des vielen Kaffees spürte Jan den fehlenden Schlaf der Nacht. Die anfängliche Anspannung hatte sich gelegt. Die Zeiten, in denen er mit seinen Kumpels das Wochenende durchgefeiert hatte, waren längst vorbei. Aber wenigstens versprach es, wieder ein schöner, warmer Sommertag zu werden, daher genoss er den milden Morgen und schloss die Augen.

Der Traum von einem üppigen Frühstück mit Eiern und Speck dauerte nur eine Minute, dann holte ihn das Brummen seines Handys ins Hier und Jetzt zurück. Die Nummer auf dem Display kannte er nicht, aber es war eine Berliner Vorwahl. »Tommen, Kripo Berlin«, meldete er sich.

»Hier spricht Ariana Dallinger«, vernahm er eine zaghafte Stimme. »Ich habe eine Nachricht auf meinem Schreibtisch gefunden, dass ich Sie sofort anrufen soll, sobald ich im Büro bin.«

Jan lächelte. Auf Max konnte man sich verlassen. »Danke, dass Sie dem sofort nachgekommen sind.« Er erhob sich von der Bank. »Wir ermitteln im Fall des entführten Bernhard Issendorff. Sagt Ihnen der Name etwas?«

»Mir persönlich nicht, aber ich schaue in unsere Datenbank.« Er hörte Tasten im Hintergrund klappern. »Der einzige Eintrag zu diesem Namen stammt aus dem Jahr 2016. Ein gewisser Harald Issendorff aus Charlottenburg. Verstorben im selben Jahr.«

»Der Issendorff, den ich meine, wohnt in Köpenick und wurde gestern nach zweiundzwanzig Uhr aus seiner Wohnung entführt.«

»Das ist schrecklich, aber wie kann ich Ihnen dabei helfen?«

»Eine Zeugin hat ein Fahrzeug der Caritas in der Nähe stehen sehen. Ungefähr um die Zeit der Entführung, daher wollten wir mit Ihren Mitarbeitern reden, ob sie etwas bemerkt haben.«

»Wo genau in Köpenick?«

»In der Berlitzstraße.«

Sie tippte wieder etwas. »Wir haben dort niemanden, den wir betreuen«, sagte sie nach einem Moment.

»Wohnt vielleicht einer Ihrer Mitarbeiter dort und hat das Dienstfahrzeug mit nach Hause genommen, damit er am Morgen sofort zum nächsten Kunden fahren kann?«

»Das ist aus steuerlichen Gründen nicht erlaubt«, erklärte Dallinger. »Dann würde er das Dienstfahrzeug privat nutzen und er müsste diesen geldwerten Vorteil versteuern, was nicht nur dem Kollegen Geld kostet, sondern einen enormen Aufwand bei der Steuerberechnung zur Folge hat.« Sie seufzte. »Deutschland und die Vorschriften.« Jan hörte eine andere Stimme im Hintergrund.

»Das ist ein wichtiges Telefonat.« Dallinger schien die Hand auf dem Hörer zu haben. »Ich bin gleich bei dir.«

Die andere Person sagte etwas.

»Was meinst du mit ›gestohlen‹?«

Die Frau schien die Hand fester auf die Sprechmuschel zu drücken, denn Jan verstand nichts mehr.

»Herr Tommen«, hörte er Dallinger nach einem Moment wieder klar. »Ich weiß nicht, ob das mit der Entführung zu tun hat, aber eine Kollegin hat mir gerade mitgeteilt, dass eines unserer Fahrzeuge auf dem Parkplatz fehlt.«

»Was meinen Sie mit ›fehlt‹?«

»Das Auto wurde gestern Abend ordnungsgemäß abgestellt. Die Mitarbeiterin hat sich in der Liste ausgetragen und den Schlüssel an das entsprechende Board gehängt. Dort ist er immer noch, aber das Auto ist weg.«

»Hat jemand vielleicht den Zweitschlüssel genutzt?«, wollte Jan wissen.

»Die Zweitschlüssel sind bei uns in einem Safe. Den öffnen wir nur im Notfall, falls jemand einen Autoschlüssel verliert, aber das ist schon Monate nicht mehr geschehen.«

»Wo wurde das Auto gestohlen?«

»Nahe unserem Beratungszentrum.« Sie nannte ihm die Adresse.

»Das ist bei der Landsberger Allee?«

»Hundert Meter Luftlinie«, bestätigte sie.

»Ich bin in fünfzehn Minuten bei Ihnen«, sagte Jan und verabschiedete sich.

Eigentlich hätte er für die Fahrt von Köpenick nach Lichtenberg mindestens dreißig Minuten benötigt, aber in diesem Fall würde er die Kollegen von der Polizei bitten, ihn mit Blaulicht zur Caritas zu fahren.

Denn die Zeit war knapp.

7.00 Uhr

Patrick lebte gerne in der Stadt, aber der morgendliche Verkehr und der damit verbundene Wahnsinn waren ihm immer ein Graus. Daher verbrachte er die freie Zeit lieber in der Natur, in den Berliner Parks oder den Wäldern Brandenburgs.

Das genaue Gegenteil davon war sein Freund Torben Gaschner, dem es nicht laut und hektisch genug sein konnte. Aus diesem Grund hatte er auch eine Wohnung am Potsdamer Platz. Und als wäre das noch nicht genug gewesen, holte er sich am Morgen einen Kaffee und setzte sich auf eine Bank auf dem Mittelstreifen der achtspurigen B1 mit Blick auf den Bahnhof Potsdamer Platz, einen der meistgenutzten Verkehrsknotenpunkte von Berlin.

Als Patrick dort ankam, wartete sein Freund schon auf ihn, das Gesicht zum Himmel gewandt und zufrieden an seinem Becher nippend. Wie immer trug er eine Sonnenbrille, eine grellrote Jeans und ein weißes Rüschenhemd, dessen Knöpfe bis zum Bauchnabel offen waren. Die blonden Haare hatte er zum Irokesenschnitt rasiert und in die untere Hälfte seines grünen Spitzbarts am Kinn waren kleine weiße Perlen eingewoben.

Der Kontrast zu Patrick in seinem dunklen Anzug hätte kaum größer sein können, trotzdem waren die beiden seit zehn Jahren Freunde, von dem Tag an, als sie sich auf einer Vernissage im KINDL kennengelernt hatten.

»Guten Morgen, Gaschi«, sagte Patrick und setzte sich neben ihn auf die Bank.

»Paddy«, erwiderte er überschwänglich und drückte ihn kurz an sich. Er griff unter die Bank und zog einen weiteren Plastikbecher hervor. »Einmal Kaffee langweilig«, sagte er grinsend und reichte ihn Patrick. »Ohne Zucker, ohne Milch und sonstige Dinge, die das Leben schöner machen.«

»Vielen Dank.« Patrick trank einen Schluck und seufzte. Er war froh, wenigstens zwei Minuten zur Ruhe zu kommen, auch wenn er beruflich hier war.

»Du siehst müde aus«, bemerkte Gaschner.

»Du hast sicher davon gehört.«

Sein Freund nickte. »Scheint ein ziemlicher Irrer zu sein. Und wer ist dieser Wank, den er ständig tot sehen will?«

»Vordergründig ein harmloser Mann. Nicht gerade sympathisch, aber auch niemand, wegen dem man Leute entführt und zu Tode foltert.«

Gaschners Gesicht wurde ernst. »Berlin«, murmelte er nur. »Aber genug der Trübsal, du wolltest etwas über Raubkunst wissen?« Sein breites Grinsen kehrte wieder zurück.

»Beim letzten Opfer haben wir Emiliano Di Cavalcantis ›Frauen am Fenster‹ gefunden.«

Sein Freund stieß einen leisen Pfiff aus. »Das Werk aus der Pinacoteca do Estado?«

»Ebendieses.«

»Nicht das ›Le pigeon aux petits pois‹, aber auch nicht schlecht«, spielte Gaschner auf ein vermisstes Gemälde von Picasso an, das aus dem Musée d'Art Moderne in Paris gestohlen worden war und einen Wert von mehr als hundert Millionen besaß.

»Wie funktioniert das mit gestohlener Kunst«, wollte Patrick wissen. »In welchen Kreisen trieb sich das Entführungsopfer herum, um an die ›Frauen am Fenster‹ zu kommen?«

»Da lässt sich nur schwer eine allgemeine Aussage treffen, weil die Motive für Kunstraub unterschiedlich sein können«, begann er. »Eine Gruppe sind Kriminelle, die Kunstwerke stehlen, damit sie diese an Hehler verkaufen können. Diese Diebe und Räuber sind aber seltener, als man denkt, weil Kunstwerke als physische Objekte keinerlei Wert besitzen.«

»Leinwand, Farbe und Holz«, bemerkte Patrick.

Gaschner nickte. »Man kann sie nicht einschmelzen, umbauen oder irgendwie anders verändern. Der Wert bemisst sich anhand des Künstlers. Daher sind Kunstwerke schwer zu vermitteln, weil jeder sofort weiß, was es ist. Einem eingeschmolzenen Goldarmband oder einem umgeschliffenen Diamanten sieht man das nicht an.«

»Also können wir die klassischen Hehler in Berlin vernachlässigen.«

»Der Überfall auf die Pinacoteca do Estado war auf eine Handvoll Gemälde ausgerichtet, was auf die andere Art von Kunsträuber schließen lässt, nämlich jene, die im Auftrag eines Sammlers aktiv werden. Und diese Gruppe ist größer, als man vermutet.«

»So ein Risiko gehen Sammler ein?«, erwiderte Patrick verblüfft. »Ins Gefängnis zu gehen, nur damit sie das Original im Wohnzimmer haben und keine Replik.«

»Du wärst überrascht, für wie viele Kunstsammler diese Art des Sammelns völlig in Ordnung ist«, bemerkte er mit hochgezogener Augenbraue. »Außerdem ist das Risiko für den Auftraggeber nicht übermäßig hoch, denn der Kontakt zu so einem Besorgungs-Spezialisten läuft über Mittelsmänner. Die Gespräche sind kaum verdächtig, es werden nur der Name des Kunstwerks und eine Zahl ausgetauscht. Und der Besorger beauftragt wieder Mittelsmänner, die Diebesbanden vor Ort engagieren.« Er trank einen Schluck Kaffee. »Die Zahlungen erfolgen über Konten in der Schweiz, auf den Niederländischen Antillen oder seit Neustem auch mit Bitcoin.«

»Klingt einfach.«

»Das Problem ist der eigentliche Raub oder Diebstahl«, erklärte Gaschner. »Dabei können die Täter erwischt werden, aber wenn sie mit der Beute entkommen sind, dann wird es schwer, denn Kunstgegenstände lassen sich vergleichsweise leicht schmuggeln. Es gibt keine Spürhunde, die darauf abgerichtet sind. Wenn es keine goldenen Statuen oder Offensichtliches wie Pharaonenmasken, Mumien und ähnlicher Kram sind, dann geht das an jedem Zollbeamten vorbei. Die sind mehr auf Antikenhehlerei und Dinge aus Raubgrabung spezialisiert. Und wie schwer es ist, eine internationale Fahndung auf die Beine zu stellen, weißt du besser als ich.«

»Das ist ein verdammter Albtraum«, bemerkte Patrick und nahm ebenfalls einen Schluck vom Kaffee. »Müssen wir gar nicht erst anfangen. Aber wer immer dem Opfer die ›Frauen am Fenster‹ vermittelt hat, stammt aus Berlin oder zumindest aus Deutschland. Wir haben in der Wohnung nichts gefunden, was auf irgendwelche Verbindungen zur internationalen Kunstszene hindeutet.«

»Ich habe mich von so etwas immer ferngehalten, aber solche Geschäfte funktionieren nur auf Vertrauensbasis. Also Hehler und Käufer müssen sich eine Zeit lang kennen, bevor sie überhaupt über das Geschäft reden.«

»Zeit ist genau das, was wir nicht haben.«

»So was kriegt man nicht über Nacht in die Wege geleitet. Oder nur mit viel Aufwand und noch mehr Glück.«

»Was meinst du?«, wollte Patrick wissen.

»Hehler sind geldgierige Bastarde, selbst wenn sie Kunst verkaufen«, erläuterte Gaschner. »Jedes Bild, das bei ihnen im Versteck lagert, ist verlorenes Geld. Wenn sie zum organisierten Verbrechen gehören, dann sitzt irgendwo ein skrupelloser ungeduldiger Boss. Außerdem besteht immer das Risiko, dass Interpol doch einen Tipp bekommt.«

»Wenn man ihnen also ein unschlagbares Angebot macht, könnten sie unvorsichtig werden«, schloss Patrick.

»Da sind wir beim Glücksfaktor. Der Hehler muss also auf einem Kunstwerk sitzen, das er nicht losbekommt oder nach dem die Fahndung sehr intensiv geführt wird.«

»Besser als nichts«, sagte Patrick. »Was braucht es dafür?«

»Einen dekadenten Reichen mit sehr viel Geld.«

»Ein Kollege von mir hat bei einem Fall die Rolle eines gelangweilten südafrikanischen Millionärs gespielt«, bemerkte Patrick. »Vielleicht lässt sich das reaktivieren.«

»Das ist ein guter Anfang, aber er braucht auch etwas zum Herzeigen«, erklärte Gaschner. »Also eine Tasche mit Scheinen würde alles beschleunigen.«

»Wie viele Scheine?«

»Hunderttausend mindestens. Besser wäre eine halbe Million. Oder Goldbarren.« Er ließ den restlichen Kaffee im Becher kreisen.

»Ich habe keine Ahnung, was die Asservatenkammer gerade hergibt und was die Staatsanwaltschaft davon hält, aber nehmen wir an, ich kann das Geld besorgen, was macht man dann damit?«

»Heute Abend ist ein Empfang bei einem privaten Kunstsammler in Potsdam«, antwortete Gaschner. »Damit willst du nichts zu tun haben, denn die Leute dort sind sterbenslangweilig und das Essen ist alles andere als vegetarisch, aber im Dunstkreis des besagten Sammlers tummelt sich eine Menge Geschmeiß aus Spinnern, untalentierten Künstlern und drogenabhängigen Losern mit Geldproblemen. Wenn dort dein Freund aus Südafrika oder ein Vertreter von ihm hingeht, könnte es vielleicht an die richtigen Ohren gelangen.«

»Wann geht das Treffen los?«

»Um zweiundzwanzig Uhr.«

»Das ist zu spät«, stöhnte Patrick.

»Ich habe von dem neuen Entführungsopfer gelesen«, sagte Gaschner. »Aber selbst wenn der Hehler auf der Feier ist, wirst du das Geschäft nicht am selben Abend abschließen können. Das wird wahrscheinlich Tage dauern.«

Patrick drehte nachdenklich den Becher in seiner Hand. »Lass uns das trotzdem durchziehen«, sagte er schließlich. »Selbst wenn wir auf diesem Weg den Entführten nicht retten können, so hilft es uns vielleicht, den Täter zu fassen.«

Gaschner nickte. »Ich kümmere mich um die Einladung.« Dann verabschiedete er sich mit einer Umarmung und überquerte die Straße zu seiner Wohnung, während Patrick zu seinem Auto zurücklief.

7.09 Uhr

Bernhard Issendorff saß zusammengesunken auf dem Stuhl und nippte an dem Glas mit Wasser. Die Art, wie er trank, erinnerte Louis eher an ein Tier als an einen Menschen. Alles an dem Mann erzeugte Ekel in ihm, der den Zorn in seinem Herzen so stark aufflammen ließ, dass Louis den Kopf abwenden musste, um ihm nicht mit der Faust ins Gesicht zu schlagen. Eigentlich war es ein Triumph, ihn so zu sehen, vollgepisst, stinkend und den Arm nutzlos herunterhängend. Das Gesicht faltig, voller Altersflecken und eingefallen. Aber Louis wollte noch mehr. Alle sollten die Demütigung bezeugen. Und seinen Tod.

»Trink endlich aus!«, fuhr er Issendorff an, der vor Schreck beinahe das Glas fallen ließ.

»Warum tun Sie das?«, entfuhr es Issendorff. Er sprach langsam, als hätte er Mühe, die Frage hörbar herauszupressen. Seine Stimme war dünn und eher ein Stöhnen als ein Flüstern.

»Warum ich das tue, fragst du mich?« Louis packte Issendorff am Hemd. »Du Dreckschwein?«

Er ballte die Faust und wollte zuschlagen, aber dann spürte er Ellis Hand auf seiner Schulter. »Bruder«, sagte sie nur. Sanft, ohne Vorwurf. Es war nur ein Wort, aber es genügte, um die Wut zu bändigen.

Louis nahm die Hand von Issendorffs Hemd und trat einen Schritt zurück. »Lina Christen«, sagte er leise. »Das war ihr Name. Der Name unserer Mutter.« Er wandte sich kurz zu seiner Schwester. »Wahrscheinlich hast du noch nie von ihr gehört.«

Issendorff antwortete nicht. Er schüttelte leicht den Kopf.

»Vielleicht erinnerst du dich an sie, wenn ich sie dir beschreibe«, fuhr Louis fort. »Sie hatte wunderschöne rote Haare, die ihr lockig bis über die Schultern fielen. Ihre Augen waren von strahlendem Grün, als würde sich die Sonne darin spiegeln, und sie hatte ein weiches, ebenförmiges Gesicht. Und ihr Lächeln«, sagte er mit traurigem Unterton und schloss kurz die Augen. »Ihr Lächeln war das einer Göttin.« Er schwieg einen Moment, bevor er sich wieder seinem Gefangenen zuwandte. »Alles war perfekt an ihr, bis auf die Narbe unter dem Kinn, die sie dem Schlagring ihres Zuhälters zu verdanken hatte.«

Issendorffs Gesichtsausdruck veränderte sich. Kaum merklich, aber Louis bemerkte die Erkenntnis, die in seinen Augen aufgeblitzt war.

Er ging neben dem Mann in die Hocke. »Jetzt weißt du, wovon ich rede und warum du all das verdient hast.«

Einen Augenblick ließ Louis seinem Zorn freien Lauf und schlug Issendorff mit der Rückhand ins Gesicht. Nicht annähernd so fest, wie er es verdient hatte, aber fest genug, dass es ihm eine gewisse Befriedigung verschaffte. Dann packte er Issendorff am Arm. »Es ist an der Zeit«, sagte Louis und schleifte den Mann in den anderen Raum. »Wir wollen die Leute nicht länger warten lassen.«

7.14 Uhr

Trotz des Ernsts der Lage und des Zeitdrucks konnte sich Jan ein Grinsen nur mit Mühe verkneifen, als er auf dem Rücksitz des Streifenwagens mit Blaulicht und Sirene durch den Berliner Berufsverkehr gefahren wurde. Wenn ihm die anderen Verkehrsteilnehmer doch immer so schnell Platz machen würden, dachte er noch, als sein Handy klingelte.

»Gibt es was Neues, Patrick?«, fragte er seinen Kollegen.

»Ich bin hinter dem möglichen Hehler von Issendorffs Raubkunst her«, erklärte dieser. »Dazu bräuchte es einen Käufer im Stile eines Oliver de Viljon.«

»Als ich diese Rolle übernommen habe, wäre Chandu am Ende beinahe getötet worden«, mahnte Jan.

»Was aber nichts mit Oliver de Viljon zu tun hatte.«

»Zugegeben«, musste Jan eingestehen. »Aber wollen wir nicht eine neue Tarnidentität schaffen?«

»Ich brauche ihn heute Abend.«

»Ist das eine gute Idee, mich von den Ermittlungen abzuziehen, nur damit wir den Hehler bekommen?«

»Ich brauche dich nicht persönlich vor Ort, sondern nur deine Rolle und dein Geld«, erklärte Patrick. »Das Reden und das Verhandeln kann jemand anderes übernehmen.«

»Wenn es hilft, können wir Oliver de Viljon wieder aktivieren«, sagte Jan schließlich. »Aber dafür musst du dich mit Max kurzschließen.«

»Kein Problem. Ich kümmere mich um alles«, sagte sein Kollege. »Finde du einen guten Vertreter für dein südafrikanisches Alter Ego.«

Jan hatte gerade das Gespräch beendet, als sie in die Landsberger Allee einbogen. »Wir sind gleich da«, sagte der Polizist am Steuer.

Eine Minute später verließ Jan das Fahrzeug. Auf dem Anton-Saefkow-Platz war noch wenig los, nur einige Pendler, unterwegs zur Arbeit. Eine ältere Dame saß auf einer kleinen Bank, ihr Dackel schnupperte an einem Baum auf dem Grünstreifen.

Eine junge Frau kam Jan entgegen. Sie trug eine weiße, dehnbare Jeans, die sich über ihren runden Bauch spannte. Dazu eine bis oben geschlossene Sweatjacke. Eine Lesebrille war auf ihre Stirn hochgeschoben und verlor sich in den lockigen schwarzen Haaren.

»Kommissar Tommen?«, fragte sie. Ihre Clogs klackten bei jedem Schritt.

»Danke, dass Sie Zeit haben, Frau Dallinger.« Jan hatte ihr Gesicht auf der Homepage der Caritas gesehen, daher wusste er sofort, wer vor ihm stand. Ihr Händedruck war schweißig und sie zitterte.

»Wollen wir gleich zum Parkplatz gehen?« Dallinger deutete hinter sich.

Jan folgte ihr zu einer großen Freifläche hinter dem Haus, auf der mindestens dreißig Autos Platz gefunden hätten. Aktuell waren nur vier abgestellt.

»Von hier wurde das Fahrzeug gestohlen?«

»Sie müssen verstehen, dass wir unter den Gegebenheiten hier nicht viel für die Sicherheit der Autos machen können«, begann sie stotternd. »Kameras dürfen aus Datenschutzgründen nicht aufgestellt werden und eine Schranke ist technisch nicht möglich.« Nervös rieb sie sich mit den Händen über die Oberschenkel.

»Frau Dallinger«, begann Jan mit ruhigem Tonfall. »Sie stehen nicht unter Anklage. Sie sind weder schuld an dem Diebstahl noch an der Entführung.«

»Ich habe die Bilder von Herrn Issendorff im Internet gesehen.« Sie wischte sich eine Träne vom Auge. »Das ist barbarisch. Wer tut einem alten, hilflosen Mann so etwas an?«

»Das wissen wir noch nicht«, antwortete Jan. »Aber Sie können sich darauf verlassen, dass wir alles tun, um diesen Mann aus den Händen des Entführers zu befreien.«

»Ich habe nach unserem Gespräch mit der letzten Fahrerin des Autos gesprochen«, fuhr sie gefasster fort. »Sie hat den Wagen um 18.21 Uhr abgestellt, die Schlüssel hinterlegt und ist dann zur Bushaltestelle gelaufen. Die Schlüssel hängen noch immer am Brett und der Zweitschlüssel befindet sich nach wie vor im Safe.«

Jan machte sich eine Notiz. Leider war diese Art Auto nicht sonderlich gegen Diebstahl geschützt und leicht zu knacken, daher hatte der Dieb keine Schlüssel gebraucht. »Hat Ihre Mitarbeiterin irgendetwas bemerkt, als sie den Wagen abgestellt hat?«

»Ich habe sie gleich angerufen und ihr davon erzählt; ihr ist nichts Ungewöhnliches aufgefallen.« Dallinger nahm einen Zettel aus der Tasche. »Ich habe Ihnen die Nummer der Frau notiert. Sie können sie jederzeit anrufen.«

»Vielen Dank.« Jan nahm das Papier entgegen.

»Ich habe mich auch mit dem Kollegen kurzgeschlossen, der gestern als Letzter im Büro war. Auch für ihn ist der gestrige Tag wie jeder andere gewesen. Er hat niemanden Verdächtiges gesehen.«

»Ist Ihnen etwas ungewöhnlich erschienen, als Sie heute Morgen zur Arbeit gekommen sind?«, fragte Jan. »War das Türschloss zerkratzt oder etwas beschädigt?«

Sie schüttelte den Kopf. »Unser Büro ist an das Sicherheitssystem des Hauses angeschlossen. Nicht gerade moderne Technik, aber ausreichend; auch dieses hat nichts registriert.«

Jan sah sich noch einmal um. Seit ihrem Gespräch waren mindestens zehn Leute an ihnen vorbeigegangen. Wenn sich der Dieb nicht ungeschickt angestellt hatte, war er niemandem aufgefallen. Hier lebten zu viele Menschen, als dass ein Fremder verdächtig gewesen wäre.

»Können Sie mir die genaue Stelle zeigen, an der das Auto gestanden hat?«

Nebeneinander gingen sie ein Stück den Parkplatz entlang, bis sie zu einem Häuschen kamen, in dem wahrscheinlich die Technik für die nahe Sporthalle oder anderes untergebracht war. Direkt daneben wuchsen hohe Bäume, umgeben von dichtem Gestrüpp. Jan hob den Kopf und sah sich um. Ein aufmerksamer Nachbar hätte vom Hochhaus aus etwas bemerken können, aber durch den kleinen Anbau und die Bäume wäre es schon ein großer Zufall gewesen, wenn jemand etwas gesehen hätte.

Jan ging in die Hocke und betrachtete den Boden. Er sah weder zerbrochenes Glas noch irgendwelche anderen Hinweise auf Gewalteinwirkung. »Haben die Fahrzeuge Näherungssensoren?«

»Was ist das?«, fragte Dallinger unsicher.

»Damit registriert das Auto seinen Schlüssel und entriegelt die Fahrertür«, erklärte Jan. »Somit muss man nicht in der Tasche danach suchen.«

»Die neuste Generation unserer Dienstfahrzeuge wurde mit so etwas ausgestattet«, bestätigte sie eifrig nickend. »Da unsere Pflegekräfte oft viele Dinge mit sich tragen, ist das praktisch.«

Leider auch sehr praktisch, um Autos zu knacken, dachte Jan, sprach es aber nicht laut aus.

»Ich kann später einen Rundgang machen und die Nachbarn befragen«, bot Dallinger an. »Vielleicht hat jemand etwas beobachtet, wenngleich der Parkplatz nicht gut einsehbar ist.«

Jan reichte ihr eine Visitenkarte. »Das wäre sehr hilfreich.«

Dallinger nahm diese entgegen und zog wieder einen Zettel aus der Tasche. »Ich habe Ihnen die Fahrzeugpapiere kopiert«, erklärte sie. »Darauf finden Sie auch die Fahrgestellnummer, das Kennzeichen und anderes, was Ihnen nützen könnte.«

Jan steckte das Papier ein. Wenn alle seine Zeugen so mitgedacht hätten wie Dallinger, wäre seine Arbeit leichter gewesen.

»Der arme Mann«, murmelte sie noch.

Gerade als Jan etwas erwidern wollte, klingelte sein Handy. Er entschuldigte sich kurz und nahm das Gespräch an.

»Das Auto wurde gefunden«, sagte Max. »Wahrscheinlich«, fügte er hinzu.

»Wieso nur wahrscheinlich?«

»Weil es vollkommen ausgebrannt ist. An der Motorhaube sind noch Teile von roter Farbe zu sehen, die zum Logo der Caritas gehören könnten. Aber da die Kennzeichen abmontiert wurden, lässt sich das noch nicht mit Sicherheit sagen.«

»Wo ist der Fundort?«

»In der Nähe von Oranienburg.«

Jan stöhnte. Die Stadt gehörte nicht zu Berlin, daher waren die Kollegen von Brandenburg zuständig. Das brachte einen vermehrten Koordinationsbedarf mit sich, was bei der knappen Zeit ungünstig war.

»Entweder hat der Täter sein Versteck dort in der Nähe oder er macht es uns absichtlich schwer, weil er den Föderalismus in Deutschland kennt«, antwortete Max, der seine Gedanken zu lesen schien.

»Vermissen Sie noch ein weiteres Auto?«, wandte er sich an Dallinger.

Sie schüttelte wieder den Kopf. »Ich habe sofort nach Ihrer Nachricht eine Mail an alle entsprechenden Kollegen geschickt und außer bei diesem Wagen gab es keinen Diebstahl.«

»Das wird unser gesuchtes Fahrzeug sein«, sagte Jan zu Max.

»Einer der Kollegen vom KTI ist schon losgefahren und macht ein paar Aufnahmen für uns, aber laut dem Bericht der Polizei Oranienburg ist das Fahrzeug nur noch ein Metallklumpen.«

»Also können wir diese Spur vergessen.«

»Dafür sind die ersten Berichte von Issendorffs Hausdurchsuchung auf unserem Server.«

»Was Interessantes dabei?«

»Patrick hat mich auf etwas hingewiesen«, erklärte Max. »Sie haben einen Bund mit Hausschlüsseln gefunden, die zu nichts im Haus oder in der Garage passen.«

»Hatte Issendorff noch eine zweite Bleibe?«

»Vom Grundbuch aus zu schließen nicht«, antwortete Max.

»Vielleicht ein Ferienhaus?«

»Laut Patrick gab es dazu auch keine Hinweise, aber sie untersuchen gerade die Fotoalben in diese Richtung.«

»Ich gehe zurück auf die Dienststelle und schaue mir das an«, sagte Jan. »Vielleicht ergibt sich dabei oder beim verbrannten Auto noch eine Spur.«

»Ich schick dir ein Foto vom Schlüssel«, sagte Max. »Vielleicht führt er uns ja zu einem Ort, der ein Motiv für die Entführung liefert.«

»Hoffen wir es«, sagte Jan.

Kapitel 6

8.23 Uhr

Jan hatte die Ellenbogen auf den Schreibtisch gestützt und seinen Kopf in die zur Schale geformten Hände gebettet, während er den Schlüsselbund vor sich betrachtete, als enthielte dieser die Lösung all seiner Fragen. Insgesamt vier Schlüssel waren an einem metallenen Ring befestigt. Drei davon waren von der Machart her ähnlich und sahen aus wie Haustürschlüssel. Der vierte war kleiner und konnte eher zu einem Aktenschrank passen.

Die Kollegen vom KTI hatten ihm bestätigt, dass diese Art Schlüssel handelsübliche Standardware war, also nicht zu Bankschließfächern oder Ähnlichem gehörte. Passende Türschlösser waren in Issendorffs Haus jedoch nicht zu finden, dessen waren sich die Kollegen sicher, nachdem sie mit zwei Teams binnen weniger Stunden alles auf den Kopf gestellt hatten. Wenn es darüber hinaus geheime Räume oder weitere Ausgänge gegeben hätte, so hätten sie diese gefunden.

Jan schreckte aus seiner Konzentration hoch, als die Tür plötzlich aufgerissen wurde und jemand in sein Büro gestürmt kam. Es war Max, der es wie immer vermied, anzuklopfen, und grundlegende Formen des Benehmens ignorierte. Er stellte seinen Laptop auf die Unterlagen auf dem Schreibtisch und ließ sich auf einen Stuhl daneben fallen.

Ohne Jan um Erlaubnis zu fragen, tippte er etwas an dessen PC und startete eine Telefonkonferenz.

»Chandu und Zoe wissen schon Bescheid«, sagte er lächelnd und tatsächlich waren seine beiden Freunde einen Augenblick später online.

»Ich habe mir die Verwandtschaft von Issendorff angesehen«, fing Max an, nachdem er die Kamera auf Jans Bildschirm etwas zu sich gedreht und das Freisprechen aktiviert hatte. »Er war Einzelkind. Die Eltern stammten aus Böhmen und sind schon vor über dreißig Jahren verstorben. Ich konnte auch keine Onkel, Cousins oder Ähnliches ausfindig machen. Issendorff war nie verheiratet und hat keine Kinder, daher kann ich dir auch nicht sagen, was es mit dem Ring an seinem Finger auf sich hat.«

»Sonst irgendetwas Auffälliges?«

»Die Suche läuft in alle Richtungen, aber das einzig Mysteriöse bleibt das gestohlene Bild.«

»Diese Spur zu verfolgen könnte dauern«, erklärte Jan. »Ich habe eine Einladung für meinen südafrikanischen Alias Oliver de Viljon zu einer Vernissage. Dort könnten sich Kontakte zu den Hehlern ergeben, wenn man nur mit genug Geld herumwedelt.«

»Das dürfte nicht schwer werden«, bemerkte Chandu.

»Der Nachteil ist nur die Uhrzeit. Die Vernissage beginnt um 22 Uhr.«

»Zwei Stunden vor dem möglichen Tod von Bernhard Issendorff?«, gab Max verwundert zurück. »Willst du da wirklich auf einer Vernissage sein?«

»Nein, daher würde ich Zoe hinschicken.«

»Was soll ich?«, fragte sie hustend.

»Du hast doch vor Kurzem von einem Empfang erzählt, bei dem eine Künstlerin ein Abbild von sich mit einem Presslufthammer geschaffen und sich dabei ausgezogen hat.«

»War ziemlich lahm«, kommentierte Zoe.

»Jedenfalls kennst du dich in den Kreisen aus«, stellte Chandu fest.

»Nicht wirklich. Ich hänge da nur rum, wenn auf Tinder das Angebot zu wünschen übrig lässt«, erwiderte sie. »Unabhängig davon kann ich mir nicht vorstellen, dass uns ein geraubtes Gemälde aus Brasilien mit einem Wert von ein paar Hunderttausend Euro den Durchbruch bringen wird.«

»Das Gemälde sicherlich nicht«, stimmte Jan zu. »Aber vielleicht die Kreise, in denen man sich herumtreiben muss, um so etwas zu erstehen.«

»Eine Kunstvernissage«, murmelte Zoe. »Da ist das Abendprogramm der Öffentlich-rechtlichen noch besser.«

»Ich würde dich nicht bitten, wenn wir eine Spur hätten.«

»Können wir das nicht eingrenzen?«, fragte sie. »Hat Issendorff irgendjemanden bezahlt?«

»Ich habe mir die Auszüge der letzten drei Jahre angesehen und da ist ebenfalls nichts auffällig«, antwortete Max und wandte sich seinem Laptop zu. »Ein paar Spenden hier und da, meistens für Kunst, Bibliotheken oder die üblichen wohltätigen Vereine, aber nichts für kirchliche Einrichtungen, wie es Wank angeblich getan hat. Beim Durchsehen des Fotoalbums hat sich ein Bild aus den Achtzigern von Issendorff und einem Mann gefunden, der Paul Wank sehr ähnlich sieht.«

»Wanks Vater Herrmann«, vermutete Jan.

Max nickte. »Auch das ist keine Überraschung, da Issendorff der Hausarzt der Wanks war. Ansonsten fand sich eine handschriftlich notierte alte Nummer in einem Adressbuch mit einem Eintrag H. Wank. Paul Wanks Nummer war nirgends zu finden, daher war ihre Beziehung wohl rein beruflicher Natur und hat sich mit dem Ende von Issendorffs Arzttätigkeit erledigt.«

»Was ist mit dem gestohlenen Fahrzeug der Caritas?«

»Der Metallklumpen ist auf dem Weg nach Potsdam ins Labor, aber die Kollegen sind nicht optimistisch, irgendwelche Spuren zu finden.«

»Das Feuer hat niemand bemerkt?«

»Das Auto ist im Nirgendwo abgestellt worden. Bis der Rauch jemandem aufgefallen ist, war es längst ausgebrannt.«

Jan lehnte sich auf seinem Stuhl zurück. »Das ist die zweite Entführung binnen weniger Tage und nicht eine Spur zu dem Täter, der obendrein noch regelmäßig im Internet Filme davon hochlädt.«

»Wo wir gerade davon reden.« Max zückte sein Handy und zeigte Jan ein Bild von Issendorff in Ketten. Er wirkte genauso hilflos und verzweifelt wie in dem Video. »Pünktlich um acht Uhr hochgeladen.«

»Was verspricht sich der Täter davon?«, fragte Jan kopfschüttelnd.

»Vielleicht ist er ein kranker Sadist?«

»Das Quälen ist nicht sein Hauptmotiv«, widersprach Jan. »Der Entführer wird stark von Rache getrieben und will diese sowohl an den entführten Menschen üben als auch an Paul Wank. Die Folter ist nur eine Form von Befriedigung dieser Rache.«

Max wollte etwas dazu erwidern, als vor der Tür laute Rufe ertönten und es sich anhörte, als liefen Kollegen herbei.

»Was ist denn da draußen los?« Jan erhob sich vom Stuhl und ging an die Tür. Max folgte ihm.

Ein Kollege vom KTI war auf die Dienststelle gekommen. In der Hand hielt er eine Plastiktüte mit einem braunen Wanderschuh darin.

»Das ist Wilhelm Zammeli«, ließ Jan seinen Freund wissen. »Normalerweise kriegen den keine zehn Pferde aus seinem geliebten Labor.«

Als der Mann Jan sah, hob er den Plastikbeutel mit beiden Armen nach oben wie einen Pokal. »Das ist Schlamm-Segge an Issendorffs Schuhen, Tommen«, rief er und trat auf ihn zu. »Es gibt sie also noch«, jubelte er.

»Das sind fantastische Neuigkeiten, Willi«, bemerkte Jan mit hochgezogener Augenbraue. Er sah kurz zu Max, der nur mit den Schultern zuckte. »Was für eine Art Schlamm ist das gleich noch mal?«

»Du kennst die *Carex limosa* nicht?«, fragte Zammeli verwundert, als hätte Jan ihm offenbart, noch nie vom um die Erde kreisenden Mond gehört zu haben.

»Wir sind uns noch nicht vorgestellt worden«, bemerkte Jan mit einem gequälten Lächeln. Eine Gruppe von Kripobeamten hatte sich hinter Willi gebildet. Sie alle waren wahrscheinlich ebenso neugierig, was den Kollegen vom KTI zu solcher Ekstase getrieben hatte.

»Die Schlamm-Segge gehört zu den Sauergrasgewächsen und ist auf der Nordhalbkugel anzutreffen«, begann Zammeli. »Wegen des Rückgangs der Moore ist ihre Verbreitung aber gefährdet, vor allem in Deutschland.«

»Sehr interessant, aber jetzt versuche erst einmal, Luft zu holen«, beruhigte Jan seinen Kollegen, der vor Begeisterung völlig außer Atem war. »Und was hat das mit unserem Fall zu tun?«

»Die Schlamm-Segge ist in den beginnenden Zweitausenderjahren an verschiedenen Orten in Berlin gewachsen, verschwand dann aber um das Jahr 2010 fast vollständig. Sie hielt sich noch eine Zeit im Köpenicker Moor, aber 2016 war auch dort Schluss. Die Botaniker waren sich einig, dass sie innerhalb der Grenzen von Berlin für immer verloren ist.« Er hob die Tüte wieder in die Höhe wie eine Trophäe. »Doch sie ist wieder da.«

»Großartig, Willi«, sagte Jan. »Doch zurück zu meiner Frage: Was hat das mit unseren Ermittlungen zu tun?«

»Die Zusammensetzung der Erde in Verbindung mit der Schlamm-Segge lässt nur den Schluss zu, dass Issendorff zu Fuß im Köpenicker Moor unterwegs war. Und das nicht nur einmal, sondern regelmäßig.«

»Das ist eine ziemliche Strecke von seiner Wohnung aus«, bemerkte Patrick, der sich zu der Gruppe gesellt hatte. »Für einen gelegentlichen Spaziergang ist das zu weit.«

»Wo genau findet sich diese Seggenart?«, wandte sich Jan an Zammeli.

»Sie kann überall wieder nachgewachsen sein …«, begann er.

»Für eine Untersuchung von ein paar Hundert Hektar fehlt uns die Zeit«, unterbrach Jan.

»Bis 2016 fanden sich Exemplare um den Gosener Graben herum«, fuhr Zammeli fort.

»Das ist an der Grenze zu Brandenburg«, erklärte Patrick.

»Wie schnell kannst du den Standort herausfinden?«, fragte Jan.

»Wir alle sind extrem mit Issendorffs Entführung gebunden«, erklärte der Kriminaltechniker. »Eine Suche könnte Tage dauern. Was versprichst du dir davon?«

»Wie Patrick schon erwähnt hat, wird Issendorff dort nicht spazieren gegangen sein«, antwortete Jan. »Dafür gibt es Waldgebiete, die näher bei seinem Haus liegen. Er muss einen Grund gehabt haben, warum er so weit nach Osten gelaufen ist.«

»Dort könnte sich auch eine Tür für unsere Schlüssel finden«, ergänzte Patrick.

»Es gäbe eine Möglichkeit, wie wir recht schnell an den Fundort gelangen«, bemerkte Zammeli nachdenklich. »Ich muss die Neuigkeit in unserem Botanikerforum posten, dann sind in einer halben Stunde mindestens zehn Leute vor Ort.«

»Ist es eine gute Idee, Externe quasi in die Ermittlungen einzubeziehen?«, wandte Patrick ein. »Wenn es dort einen Tatort gibt, könnte das eine ähnliche Katastrophe wie bei Krügers Fundort werden.«

»Ich glaube nicht, dass der Tatort direkt bei der Pflanze ist, wenn wir überhaupt einen finden«, erklärte Jan. »Aber vielleicht gibt es dort ein Haus oder eine Hütte, zu der die Schlüssel passen.«

»Vom Gosener Graben bis zu den ersten Häusern auf Brandenburger Seite ist es nicht weit«, erklärte Zammeli. »Die Pollen könnten durchaus in die Waldausläufer am Rand von Erkner geflogen sein, wo sie unter Issendorffs Schuhsohle gelandet sind.«

»Wir sollten es riskieren«, sagte Jan mit Blick auf die Uhr.

»Großartig.« Der Kriminaltechniker klatschte begeistert in die Hände und nahm sein Handy aus der Hosentasche. »Sie werden mich als Ehrenmitglied auszeichnen«, murmelte er.

»Und ich stelle mit den Kollegen aus Brandenburg ein Team zusammen, das die Befragung der Anwohner übernimmt, sollten wir den Standort der Schlamm-Segge gefunden haben«, ergänzte Patrick.

»Das wäre mal etwas Neues«, bemerkte Max, als sich die Gruppe aufgelöst hatte. »Eine Pflanze, die uns auf eine Spur bringt.«

»Ich nehme alles, was ich kriegen kann«, erwiderte Jan, während sie wieder in sein Büro zurückgingen. »Und bis dahin schauen wir uns die Aufnahmen von Issendorffs Wohnung an. Vielleicht gibt es dort, außer Raubkunst und eigenartigen Schlüsseln, noch mehr Interessantes.«

11.04 Uhr

Trotz des großen Zeitdrucks konnte Patrick der Befragung der Anwohner rund um den Naturpark an der Grenze zwischen Berlin und Brandenburg etwas abgewinnen. Er genoss den Anblick der Landschaft, ausgedehnte Felder wurden von einem Waldgebiet unterbrochen, das wiederum von der Spree durchflossen wurde. Auf dem Dämeritzsee tummelten sich zahlreiche Boote.

Wie sein Kollege Willi vermutet hatte, war nach dessen Post im Botanikerforum ein regelrechter Ansturm auf die Gegend erfolgt. Nur vierzig Minuten später waren mehrere Exemplare der Schlamm-Segge in der Nähe des großen Grabens sowie bereits bei Erkner im Wald nahe der Spree gefunden worden.

Dazu kam, dass die Kollegen aus Brandenburg sie großzügig unterstützten, sodass sie die ersten Anwohner der Gegend schon befragt hatten, wenn auch ohne Erfolg.

Patrick wartete an einem Weg durch den nahen Wald, um die Spaziergänger zu befragen. Gerade kam ein Paar mit einem wild herumspringenden Weimaraner heran. Während der Mann eher gelangweilt dreinblickte, achtete die Frau auf jede Bewegung ihres Hundes, wie eine Trainerin, die ihr Tier auf einen bevorstehenden Wettbewerb vorbereitete. Sie trug eine lange Leine um den Hals und hatte eine kleine Pfeife in der Hand.

»Guten Morgen«, sprach Patrick das Paar höflich an und zeigte seine Marke. »Mein Name ist Stein, von der Kripo. Darf ich Sie im Rahmen einer Ermittlung um Ihre Mithilfe bitten?«

Die beiden Personen nickten. Wie ihre Gesichter verrieten, waren sie zunächst überrascht, hier in dem idyllischen Wald von der Polizei angesprochen zu werden. Der Hund nutzte diesen Moment der Unaufmerksamkeit und sprang in die einzige Pfütze weit und breit. An den zusammengekniffenen Augen der

Frau konnte Patrick erkennen, dass dies nicht zum erwünschten Verhalten gehörte.

»Wir suchen Zeugen, die diese Person gesehen haben.« Patrick zeigte ein Bild von Issendorff.

Das Ehepaar sah sich die Aufnahme genau an. »Ist er hier verloren gegangen?«, fragte der Mann.

»Wir vermuten, dass er einen Bekannten oder Verwandten hat und mit dem unterwegs war«, antwortete Patrick vage. »Mit diesem müssen wir eigentlich sprechen.«

»Ich kenne das Gesicht irgendwoher«, murmelte die Frau.

»Der Gesuchte leidet an den Auswirkungen eines Schlaganfalls«, erklärte Patrick. »Sein linker Arm hängt regungslos an seiner Seite.«

»Den habe ich gesehen«, sagte sie schließlich. »Mit einem anderen.«

»Bist du sicher?«, fragte ihr Mann.

»Wenn ich unter der Woche meine große Runde mit dem Hund mache, laufe ich erst an der Spree und dann links den Bretterschen Graben entlang und wieder zurück zur Buchhorster Straße. Da habe ich ihn gesehen.« Sie tippte mit dem Finger auf das Bild. »Der regungslose Arm ist mir in Erinnerung geblieben.«

»Und der andere Mann?«, fragte Patrick nach. »Können Sie sich an sein Aussehen erinnern?«

»Das ist schon etwas her«, antwortete sie. »Er hatte einen glatt rasierten Kopf und einen Vollbart.«

»Kennen Sie diesen Mann? Stammt er von hier?«

»Erkner ist zwar ein kleines Dorf, aber nein, ich kenne ihn nicht«, antwortete sie kopfschüttelnd. »Er hatte ein Feuermal an der Wange«, sagte sie nach einem Moment und legte nachdenklich den Finger an die Lippe.

»Ein Feuermal?«, hakte Patrick nach. »An welcher Wange?«

Die Frau schloss die Augen und verharrte regungslos. »Links«, sagte sie dann. »Es war nur ein kleines Stück sichtbar. Der Rest wurde vom Bart verdeckt.«

»Und die beiden sind am Bretterschen Graben spazieren gegangen?« Er hatte keine Ahnung, wo das war, würde es aber schnell herausfinden.

»Auf dem Feld nahe der Buchhorster Straße.« Sie deutete in Richtung Nordosten.

»Vielen Dank. Sie haben uns sehr geholfen«, sagte Patrick und verabschiedete sich von dem Paar.

Während die Frau dem Hund zu erklären versuchte, dass es kein akzeptables Verhalten sei, in eine Pfütze zu springen, nahm Patrick sein Handy aus der Tasche und wählte die Nummer des Kollegen aus Brandenburg, der die Fahndung koordinierte.

Es war Zeit, diese auf eine zweite Person auszuweiten.

12.41 Uhr

»Wie heißt der Mann?«, fragte Jan, während er die leeren Kaffeetassen vom Schreibtisch auf ein Tablett stellte.

»Jonas Landberg«, wiederholte Patrick und berichtete ihm von dem Gespräch mit dem Paar mit Hund. »Daraufhin haben die Kollegen alle Supermärkte, Restaurants und die Bäckerei in Erkner aufgesucht und haben in einer Pizzeria erfolgversprechende Hinweise erhalten. Dort bestellt sich ein Mann, auf den die Beschreibung passt, regelmäßig Penne all'Arrabbiata.«

»Jonas Landberg«, murmelte Jan. »Ich habe die Berichte zu Krüger und Issendorff mindestens zwei Mal Wort für Wort gelesen, aber der Name kam nicht vor. Habt ihr schon eine Adresse?«

»Jetzt wird es seltsam, denn alle Personen mit diesem Namen wohnen nicht in Erkner. Die Kollegen von der Berliner Polizei suchen gerade im Stadtgebiet, während die Kripo Brandenburg sich um die Landbergs der Region kümmert, wobei der nächste in Eberswalde lebt.«

»Das ist immer noch ein ziemliches Stück entfernt«, bemerkte Jan. »Da ist es zu Issendorffs Haus deutlich näher.«

»Landberg besuchte den Italiener in Erkner mindestens einmal die Woche, wenn man allerdings die Bewertungen der Pizzeria durchliest, kann es nicht wegen des Essens gewesen sein.«

»Issendorff und Landberg haben dort irgendetwas gemacht«, vermutete Jan.

»Das ist auch meine Theorie, daher suchen wir weiter nach ihm«, sagte Patrick. »Bedauerlicherweise hat der Italiener keinen Lieferdienst. Landberg ist immer persönlich gekommen.«

Bevor Jan etwas sagen konnte, flog die Tür auf.

»Ich habe etwas!«, rief Max so laut, dass Jan vor Schreck zusammenzuckte. Der Hacker drückte eine Taste auf seinem aufgeklappten Laptop und ein Tusch ertönte.

»Mein Gott, was soll das?« Jan fasste sich an sein Herz.

»Gott ist okay, aber du darfst mich weiterhin Max nennen«, sagte sein Freund und setzte sich ihm gegenüber.

Jan legte sein Handy auf den Schreibtisch und stellte auf Freisprechen, damit Patrick mithören konnte.

»Ich habe die Idee verfolgt, dass Issendorff außerhalb von Berlin tätig war, und meine Suche auf Brandenburg erweitert«, fuhr Max fort. »Dort habe ich ein kleines Haus in besagtem Erkner gefunden, das auf den Namen Otto Issendorff läuft.«

»Ich dachte, alle Verwandten von ihm sind tot.«

»Sind sie. Vor allem sein Vater Otto.« Max zeigte ein breites Grinsen.

»Deshalb haben wir das Haus nicht gefunden«, schloss Jan. »Irgendwie hat Issendorff das Haus auf den Namen seines verstorbenen Vaters laufen lassen.«

»Dazu könnten die vier Schlüssel passen«, ergänzte Patrick.

»Und hast du eine Adresse?«, fragte Jan.

»Habe ich«, antwortete Max nickend. »Und wenn ich mir auf den Satellitenbildern ansehe, wie abgelegen das Haus ist, hört niemand dich schreien, wenn mir die kleine Reminiszenz auf Horrorfilme erlaubt ist.«

»Ich hole die Schlüssel und mache mich sofort auf den Weg«, sagte Jan zu Patrick. »Wir sehen uns dort.«

13.12 Uhr

Das Haus wirkte genauso unscheinbar wie all die anderen in der Nachbarschaft. Ein breiter Bungalow mit einem länglichen Anbau dahinter und einem großen Vorgarten. Die Rollläden waren heruntergelassen und nirgends war Licht zu sehen. Jan betätigte die Klingel am Eingangstor, aber niemand öffnete.

»Hier lebt jemand.« Patrick deutete auf den Garten. Der Rasen war kurz gemäht und die Büsche geschnitten. Ein kleines Rosenbeet war rechts von dem mit Pflastersteinen bedeckten Fußweg angelegt.

»Aber dieser Jemand ist entweder nicht da oder er hat keine Lust uns hineinzulassen.« Er wandte sich dem Kripokollegen aus Brandenburg zu. Ein weiteres Mal war Jan dankbar für die regelmäßigen Sportveranstaltungen, bei denen sie sich mit den Kollegen aus dem anderen Bundesland maßen, und für die anschließend gemeinsam verbrachten Abende im Bierzelt; dass man einander kannte und feierte, erleichterte die Zusammenarbeit auch in diesem Fall enorm. Wie gewohnt trug Vincent einen Dreitagebart und die Knöpfe seines Hemds weiter geöffnet, als es sich für einen Kripobeamten im Dienst schickte und auch heute hatte er seine Sonnenbrille nicht abgesetzt, obwohl der Himmel bewölkt war.

»Wie sieht es aus, Vincent?«, fragte er ihn. »Wollen wir rein und den Fund ausprobieren?« Er klimperte mit dem Schlüsselbund.

Jans Kollege lächelte verschmitzt und deutete mit einer übertriebenen Verbeugung auf das Haus. »Nach Ihnen, die Herren Hauptkommissare.«

Jan zog Handschuhe über, öffnete das Tor und betrat das Anwesen. Patrick folgte ihm. Die Pflastersteine wackelten nicht, waren frei von Moos und in den Fugen wuchs kein Unkraut. Weder Unrat noch Müll lag herum und sogar die Rollläden waren sauber. In das Holz der Eingangstür waren kleine Glasmosaike eingearbeitet.

»Kein Namensschild an der Tür, ebenso wenig wie vorne an der Klingel«, bemerkte Patrick.

Jan klopfte an die Tür. »Hallo?«, rief er. »Ist jemand zu Hause?« Er wartete noch zwei Herzschläge, dann nahm er den Schlüsselbund und steckte einen der Schlüssel in das Schloss.

»Passt perfekt«, sagte er nach einem Moment und wollte ihn drehen, als jemand hinter ihnen rief: »Kann ich helfen?«

Die Stimme war rau und laut, sodass Jan vor Schreck beinahe aufgeschrien hätte. Auch Patrick war kurz zusammengezuckt. Am Gartentor stand ein großer, korpulenter Mann mit Backenbart. Die Haare hingen ihm tief in die Stirn und eine wuchtige Brille saß auf seiner Nase. Er hatte ein breites Lächeln, das ihn für die Rolle eines Kinderclowns perfekt gemacht hätte.

»Kripo Brandenburg«, sagte Vincent und zeigte seine Marke. »Wissen Sie, wer hier wohnt?«

»Jonas«, antwortete der Mann. »Jonas Landberg. Ist etwas passiert?«

»Wir wollen ihm nur ein paar Fragen stellen«, bemühte Vincent die Standardfloskel. Er ging zum Tor und schüttelte dem Mann die Hand. »Vincent Pedrero«, stellte er sich vor. »Das sind Kollegen von der Kripo.« Er deutete auf Jan und Patrick. »Und Sie sind?«

»Benedikt Quellstein. Ich wohne gegenüber.« Der Mann deutete hinter sich auf das gegenüberliegende Haus jenseits der Straße.

»Wissen Sie, wo sich Jonas Landberg gerade aufhält?«

»Bei seinen Verwandten in Sachsen.«

»Und wo in Sachsen?«

»Ich habe keine Ahnung. Als ich heute Morgen die Zeitung geholt habe, hat Jonas gerade sein Auto vollgeladen.«

Jan und Patrick gesellten sich neben ihren Kollegen an den Zaun. Jan, der hier nur Gast war, fiel es schwer, das Gespräch nicht an sich zu reißen. Vincent mochte zwar ein erbärmlicher Fußballer sein, aber er war ein guter Ermittler.

»Vollgeladen mit was?«, fragte dieser weiter nach.

»Zwei Koffer und eine große Tasche. Also, soweit ich sehen konnte«, fügte der Nachbar hinzu.

»Wirkte er gestresst oder in Eile?«

»Ziemlich«, antwortete Quellstein. »Da muss irgendetwas in Sachsen passiert sein.«

»Hat er sonst noch etwas gesagt?«

Quellstein schüttelte den Kopf. »Er war sehr in Eile und ich wollte nicht weiter stören.«

»Um wie viel Uhr war das?«

»Gegen sieben Uhr in der Frühe.«

Vincent wandte sich zu Jan und Patrick um. »Der hat sich aus dem Staub gemacht«, bemerkte er leise.

»Das ist auch meine Vermutung«, stimmte Jan zu. »Wahrscheinlich hat er nach dem Aufstehen von Issendorffs Entführung gehört.«

»Welches Auto fuhr Herr Landberg?«, wandte er sich wieder an den Nachbarn.

»Einen weißen 1er BMW.«

»Und das Kennzeichen?«

»FW … irgendwas.« Quellstein zuckte entschuldigend die Achseln.

»Ich lasse das gleich von den Kollegen kontrollieren, aber ich wette mein Monatsgehalt, dass wir kein Auto finden, das auf einen Jonas Landberg zugelassen ist«, besprach er sich wieder mit Jan und Patrick.

Patrick nickte. »Vielleicht sollten wir trotzdem nach dem Fahrzeug fahnden.«

»Ich kümmere mich darum«, sagte Vincent. »Versucht, mehr aus dem Nachbarn herauszubekommen.« Er zückte sein Handy und ging ein paar Schritte vom Zaun weg.

»Können Sie mir Herrn Landberg beschreiben?«, fragte Jan und nahm seinen Notizblock aus der Tasche.

»Groß. So um die eins neunzig. Sportlich und mit breiten Schultern. Morgens habe ich ihn manchmal losjoggen gesehen.« Quellstein zeigte auf einen Weg, der in den Wald führte. »Glatze und einen Bart um den Mund. Steht ihm nicht, aber den trägt er wohl, damit man das Feuermal nicht sieht.«

»Wie alt ist Herr Landberg?«, fragte er.

»Ungefähr vierzig. Vielleicht etwas älter. Lief meistens in Jogginghosen und Turnschuhen herum.«

Patrick nickte. Die Beschreibung stimmte mit dem überein, was sie bei dem italienischen Restaurant über den Gesuchten erfahren hatten, und auch mit dem, was die Frau mit dem Hund beschrieben hatte.

»Wie lange lebt Herr Landberg schon hier?«, fuhr Jan fort.

»Fragen Sie mich was Leichteres.« Der Mann blies die Luft aus und verdrehte die Augen. »Mindestens zehn Jahre. Eher länger. Hab es nicht so mit Zeiten und Jahren«, murmelte er entschuldigend.

»Was macht er beruflich?«

»Er ist Ingenieur oder so was. Meist im Homeoffice. Ich glaube, er redet nicht gern über seine Arbeit. Wenn wir mal gequatscht haben, dann über Fußball.«

»Also wissen Sie nur wenig über Ihren Nachbarn?«

»Jonas ist eher der ruhige Typ, der keinen Lärm macht, und ist auch sonst unauffällig. Ist mir lieber als ein Nachbar, der jeden Abend eine Party veranstaltet.«

»Haben Sie diesen Mann einmal hier gesehen.« Jan hielt Quellstein sein Handy mit einem Foto von Issendorff vor die Nase.

Zur Antwort schüttelte der nur den Kopf.

»Hatte er sonst Besuch?«

»Früher kam ab und zu mal ein Auto, das ist nach hinten gefahren zu dem Anbau. Da lässt es sich auch besser parken.«

»Früher?«, hakte Jan nach. »Heute nicht mehr?«

»Seit drei Jahren oder so nicht mehr.« Er hob entschuldigend die Hände.

»Haben Sie irgendwelche Kontaktdaten von Herrn Landberg? Eine E-Mail oder eine Handynummer?«

»Tut mir leid«, antwortete er kopfschüttelnd. »E-Mail habe ich nicht, mein Mobiltelefon ist uralt.«

Vincent war fertig und winkte sie zu sich.

»Dann vielen Dank so weit, Herr Quellstein«, sagte Jan. »Wenn es für Sie in Ordnung ist, würden wir später noch einmal zu Ihnen kommen.«

»Meine Veranda steht Ihnen jederzeit offen.« Er deutete lächelnd auf das Haus. »Ich koche auch Kaffee.«

Jan verabschiedete sich, dann gingen sie zu Vincent.

»Wie ich vermutet habe, gibt es kein Fahrzeug auf einen Jonas Landberg mit FW-Kennzeichen. Dafür einen weißen BMW auf einen Otto Issendorff.«

Jan stöhnte.

»Die Suche nach dem Fahrzeug läuft«, ergänzte Vincent.

»Wie kann das sein?«, fragte Patrick. »Wir haben das Jahr 2023 und Issendorff kann ein Haus und ein Auto auf seinen verstorbenen Vater laufen lassen, ohne dass die Behörden etwas bemerken?«

»Darum werden wir uns kümmern, wenn wir Issendorff befreit haben.« Jan sah auf die Uhr. »Mehr als die Hälfte der Zeit ist schon vergangen.«

»Lass uns ins Haus sehen«, schlug Vincent vor.

Quellstein war schon wieder gegangen, als Jan ein weiteres Mal den Schlüssel ins Schloss steckte und die Tür öffnete. Es drang kaum Sonne durch die Rollläden, sodass Jan das Licht anschaltete. Vom Eingangsbereich gelangte man geraden Weges in ein Wohnzimmer. Der Boden war mit hellbraunen Fliesen ausgelegt. An der Wand gegenüber der Tür war ein Flatscreen angebracht. Rechts daneben stand ein alter Eichentisch mit vier Stühlen. Bis auf einen gemütlichen Sessel mit breiter Armauflage war der Raum ansonsten leer.

»Einfach eingerichtet«, bemerkte Vincent.

»Keine Bilder an der Wand, keine Fotos oder sonst irgendetwas Persönliches«, schloss Jan. »Entweder gibt es nichts in Landbergs Leben, das ihm eine Erinnerung wert ist oder er hält sich nur zeitweise hier auf.«

»Mindestens zehn Jahre ist mehr als zeitweise«, bemerkte Vincent.

»Das Haus läuft auf Issendorff«, erklärte Patrick. »Daher ist er bestenfalls Mieter.«

»Warte kurz.« Jan nahm sein Handy aus der Tasche und wählte Max' Nummer.

»Yo, Jan!«, meldete sich sein Freund.

»Sind auf Issendorffs Auszügen irgendwo Mieteinnahmen vermerkt?«

»Nope«, antwortete Max. »Außerdem habe ich mir die letzten Steuererklärungen von ihm angesehen und da hätte es eine Anlage V geben müssen, wenn er Mieteinnahmen gehabt hätte.«

»Vielen Dank, Max«, verabschiedete sich Jan und beendete das Gespräch.

»Entweder haben wir es mit einem Fall von Steuerhinterziehung zu tun oder Landberg hat keine Miete gezahlt«, bemerkte Vincent.

»Warum sollte man jemanden kostenlos bei sich wohnen lassen?«, fragte Jan verwundert. »Das Haus hat keine schlechte Lage und ist gut in Schuss.«

»Vielleicht ist Landberg ein uneheliches Kind«, schlug Patrick vor. »Oder der Geliebte von Issendorff.«

»Wenn sich Issendorff öfters hier aufgehalten hätte, wäre die Wohnung anders eingerichtet. Dazu legte er zu viel Wert auf Stil und Bequemlichkeit.« Jan ging weiter zur Küche. »Das alles stammt aus den Achtzigern.« Er deutete auf einen kleinen Herd, dessen Oberfläche verkratzt war. »Der Kühlschrank brummt lauter als der Dieselmotor eines Traktors und mit dem Fett an der Abzugshaube könnte man drei Tage lang Pommes frites machen.«

»Gemütlich ist das nicht«, stimmte Patrick zu.

»Seltsam.« Vincent kam aus dem Schlafzimmer heraus. Die Schränke darin standen offen und das Bett war unordentlich.

»Meinst du die leeren Schränke?«, fragte Jan.

»Ich meine den Anbau hinter dem Haus«, erklärte sein Kollege aus Brandenburg. »Man gelangt weder durch die Küche noch durch das Schlafzimmer dorthin. Andere Räume gibt es nicht. Auch keinen Keller.«

»Wieso errichtet man sich einen Anbau ans Haus, zu dem man außen herum laufen muss?«, fragte Patrick irritiert. »Für ein Gartenhaus ist er zu groß. Sollte es sich um ein Schwimmbad oder ein Atelier handeln, ergibt eine Trennung ebenfalls keinen Sinn.«

»Der Anbau wurde bewusst separat gehalten«, schloss Vincent.

»Also gibt es etwas, das Landberg nicht sehen sollte«, ergänzte Patrick.

»Überlassen wir das Haus den Kriminaltechnikern und gehen nach hinten.« Jan hob den Schlüsselbund wieder in die Höhe. »Mein Gefühl sagt mir, dass uns der Anbau Erklärungen für einige Seltsamkeiten liefern könnte.«

13.41 Uhr

Bei genauerer Betrachtung wirkte der Anbau eher wie ein Bunker, fensterlos, der Außenputz rau und mit grauem Anstrich. Zwischen zwei Eichen war eine Fläche frei gestampft, auf der drei Autos Platz hatten. Wegen der ausladenden Äste der Bäume war die Fläche gut verborgen, also hätte auch der Nachbar nichts gesehen, wenn hier jemand ausgestiegen wäre.

Es gab keine Klingel und kein Namensschild. Die metallene Eingangstür war dick und schwergängig. Es dauerte einen Moment, bis Jan einen Schalter fand, aber dann erleuchtete eine

Lampe einen kahlen Vorraum. Einzig ein Schreibtisch mit einem Bürostuhl stand in der linken Ecke. Auf der Tischplatte hatte sich Staub angesammelt und das Polster des Stuhls war abgewetzt. Ein paar alte Kabel lagen unter dem Tisch.

»Was ist das?«, fragte Patrick ratlos.

»Wirkt wie ein liebloser Empfangsraum.« Vincent deutete auf den Boden rechts. Dort waren runde Abdrücke auf dem Beton auszumachen. »Hier haben einmal Stühle gestanden«, vermutete er laut.

»Und offensichtlich wurde er auch kameraüberwacht.« Patrick deutete auf eine leere Befestigungsvorrichtung in der Wand, auf der ebenfalls ein Kabel lag. Als er näher hinging, hallten seine Schritte durch den Raum.

»Lass uns sehen, wo diese hinführt.« Jan deutete auf eine Tür.

Er öffnete sie und ging mit seinen Kollegen hindurch. Als er das Licht anschaltete, erstreckte sich ein langer Gang vor ihnen. Links gab es vier Türen, auf der rechten Seite waren zwei. Ein starker Geruch nach Chemikalien ließ Jan kurz den Kopf abwenden.

»Hat jemand Verdünner ausgeschüttet, oder was stinkt hier so?« Vincent hielt sich die Nase zu.

Jan öffnete die erste Tür links und trat ein. Darin waren eine Pritsche, ein Waschbecken und eine metallene Kloschüssel.

»Das ist eine Zelle«, bemerkte Patrick und deutete auf den Riegel, der außen angebracht war. Sie folgten dem Gang weiter. »Drei Zellen«, zählte Jan ab. Er öffnete den letzten Raum, dessen Tür nur einen Türgriff aufwies, keinen Riegel. Das Fenster war stark isoliert und der Raum war mit einer Klimaanlage ausgestattet. Nur eine metallene Liege stand darin, die Oberfläche war schmierig und voller Staub.

»Ein Kühlraum«, bemerkte Patrick.

Gerade als Jan etwas erwidern wollte, hörten sie Vincent. »Mein Gott!«, rief er geschockt aus.

Patrick und Jan verließen den Kühlraum und gingen zu ihm. Ihr Kollege aus Brandenburg hatte den Raum rechts betreten. Darin stand eine grüne Untersuchungsliege mit zwei Beinstützen und Armlehnen. Sie war genauso schäbig und abgewetzt wie der Bürostuhl im Eingangsbereich. Von der Decke hing eine drehbare Lampe, deren Glas von klebrig wirkendem Staub verdreckt war. Auf einem Beistelltisch lag chromfarbenes Untersuchungsbesteck, daneben unverpackte Spritzen, schmutzige Scheren und andere Utensilien, die Jan nicht kannte.

»Das ist ein Vaginalspekulum«, sagte Vincent und hob etwas hoch, das der Form eines Entenschnabels ähnelte.

»Und das ist ein Gynäkologenstuhl.« Patrick deutete auf die grüne Liege.

»Issendorff ist Allgemeinmediziner und hatte eine Praxis in Berlin«, wandte Jan ein. »Was hat er hier gemacht?«

»Abtreibungen«, antwortete Vincent und legte die Hand auf einen grauen Kasten. »Das ist ein Hochtemperaturofen. Mit ihm erreicht man in kurzer Zeit über 1500 Grad Celsius.«

»Bist du sicher?«

»Meine Schwester hat eine Ausbildung als Krankenschwester und später noch Fachausbildungen absolviert«, fuhr Vincent fort. »Vor ihren Prüfungen musste ich sie immer abfragen und da ist einiges hängen geblieben.« Er nahm die Hand vom Ofen. »Für Sterilisation wird der Ofen zu heiß, also kann er nur zur Verbrennung genutzt werden. Und bei all dem gynäkologischen Besteck bleibt eigentlich nur diese Möglichkeit.« Er schüttelte sich bei dem Gedanken, was in diesem Raum passiert sein musste.

»In diesem Dreckloch wurden Abtreibungen vollzogen?«, fragte Patrick ungläubig.

»Nicht freiwillig«, vermutete Jan. »Bedenke die Zellen auf der anderen Seite.«

»Ich will mir eigentlich gar nicht vorstellen, wer hier alles leiden musste«, sagte Patrick kopfschüttelnd.

»Ich kümmere mich um die Spurensicherung.« Vincent nahm sein Handy aus der Tasche. »Für diesen Albtraum benötigt es jeden Mann, den wir auftreiben können.« Er verließ den Raum und ging nach draußen.

»Das ändert alles, was wir zu Krüger und Issendorff zu wissen glaubten«, sagte Patrick.

Jan nickte. »Jetzt haben wir unser Motiv.«

Kapitel 7

16.14 Uhr

Paul Wank machte sich noch nicht einmal die Mühe, Jan an der Tür zu begrüßen. Er ließ diese einfach offen und ging zurück ins Wohnzimmer. Dort stellte er sich ans Fenster und betrachtete kopfschüttelnd die Menge an Leuten, die sich wieder jenseits des Zauns versammelt hatte. Glücklicherweise hatte sich deren Aufregung etwas gelegt und Jans Kollegen von der Polizei mussten die Leute nicht mehr davon abhalten, das Grundstück zu stürmen.

»Vielleicht sollten Sie Ihre Energie darauf verwenden diese … Menschen von der Straße zu vertreiben, statt mich ständig zu befragen, ob ich irgendeine Ahnung habe, warum ein Verrückter Bernhard Issendorff entführt hat und droht, ihn zu ermorden.« Er wandte kurz den Kopf zu Jan. »Die Antwort ist unverändert nein.«

»Es gibt neue Erkenntnisse.«

»Ich bin sehr gespannt«, sagte er mit unverhohlener Ironie und nahm auf der Couch Platz.

»Wir haben in Brandenburg eine Art Praxis von Bernhard Issendorff gefunden, in der vermutlich Abtreibungen durchgeführt wurden.«

»Ich dachte, Herr Issendorff war Allgemeinmediziner«, entgegnete Wank. »Außerdem hatte er seine Praxis in Berlin, schließlich war ich während seiner aktiven Zeit öfters bei ihm in Behandlung.«

»Die Abtreibungen waren ausschließlich illegal und erfolgten unter widrigen Umständen.«

»Das ist wahrlich nicht schön«, gab Wank zu. »Aber ich bin gelernter Wirtschaftsjurist, daher weiß ich ein weiteres Mal nicht, wie ich Ihnen helfen kann.«

»Wir stellen uns die Frage, welche Frauen bei Herrn Issendorff zur Abtreibung gezwungen wurden.«

»Sie verdächtigen mich?« Wank erhob sich ruckartig von der Couch. »Ich soll Frauen dorthin geschickt haben?« Er deutete umher. »Sieht das aus wie ein Freudenhaus für ungeschützten Geschlechtsverkehr oder wie kommen Sie auf diese Anschuldigung?«

»Ich verdächtige Sie nicht«, korrigierte Jan. »Aber ich frage mich, was der Entführer von Ihnen will. Und eine illegale Abtreibungsklinik, die von Bernhard Issendorff betrieben wurde und bei der Hans Krüger wahrscheinlich eine Art Wächter war, bietet eine Menge Motive.«

»Außerdem bin ich unverheiratet und irgendwo muss ich meinen Sexualtrieb ja ausleben«, sagte Wank. »Das meinen Sie doch, oder?«

»Das habe ich nicht angedeutet.«

»Aber Sie haben es gedacht.« Wank zeigte mit dem Finger auf ihn. Er wirkte aufgewühlt und zornig. Seine Lippen waren aufeinandergepresst und seine linke Hand zur Faust geballt. Jan rechnete mit weiteren Vorwürfen und Beleidigungen, aber schließlich nahm er wieder auf der Couch Platz.

»Ich entstamme einer preußischen Familie mit erfolgreichen Geschäftsleuten und Großindustriellen, deren Geschichte so weit zurückreicht, dass sie mit Otto von Bismarck zu tun hatten, als er noch Abgeordneter des Ersten Vereinigten Landtages war.« Wanks Stimme war ruhiger geworden. »Vom Moment meiner Geburt an wurde mir die Bürde auferlegt, diese Tradition weiterzuführen, und wenn ich mich derer würdig zeigte, nahm mein Vater das mit einem Kopfnicken zur Kenntnis. Wenn ich dagegen in seinen Augen versagte, waren die Folgen drastisch.«

Jan hatte keine Ahnung, worauf das Gespräch hinauslaufen sollte, aber er würde Wank nicht unterbrechen, solange er in Redelaune war.

»Manche Leute sahen den Reichtum der Wanks und wunderten sich, warum man mit einem solchen Leben unzufrieden sein konnte, aber ich hätte meinen Silberlöffel gerne gegen etwas Normales eingetauscht. Vielleicht wäre ich dann auch zur Kripo gegangen oder hätte Kinder an einer Schule unterrichtet und irgendwo ein kleines Atelier gehabt, mit Blick auf eine prachtvolle Wiese oder einen schönen Wald.«

Wank schwieg lange und Jan dachte bereits, dass er nicht mehr weitersprechen würde. Aber schließlich fuhr er doch noch fort.

»Als mein Vater von seiner Sekretärin tot an seinem Schreibtisch gefunden wurde, habe ich gelacht. Minutenlang gelacht wie noch nie zuvor«, erzählte er. »Es war einer meiner glücklichsten Momente, bis mir klar wurde, dass ich sechsundfünfzig Jahre alt war und zwei Drittel meines Lebens hinter mir lagen. Sechsundfünfzig Jahre«, wiederholte er nachdenklich. »Im Dienste einer Familie, die schon mit Bismarck befreundet war.« Er deutete auf ein altes Foto in einem prachtvollen Goldrahmen. Es zeigte zwei Männer in fein geschneiderten Anzügen, wie sie Ende des neunzehnten Jahrhunderts üblich waren. Der Mann links war offensichtlich Otto von Bismarck. Der andere trug einen gepflegten Vollbart, aber die Ähnlichkeit mit Paul Wank war unverkennbar.

»Warum erzählen Sie mir das?«, fragte Jan nach einer weiteren Pause, da Wank jetzt offenbar seine Rede beendet hatte.

»Weil ich gerne eine Familie gehabt hätte, Kommissar Tommen«, sagte Wank. »Eine richtige Familie, ohne Pflichtheirat mit einer vorzeigbaren Gattin, deren einziger Zweck darin bestanden hätte, die Linie der Wanks weiterzuführen.« Er stand wieder auf und stellte sich vor Jan. »Ich mag gegenüber meinem Vater schwach, feige und ohne Rückgrat gewesen sein, aber wenn es eine Frau gegeben hätte, mit meinem Kind unter ihrem Herzen, hätte ich sie niemals in eine illegale Abtreibungsklinik abgeschoben. Und wenn es mich alles gekostet hätte.«

Eine Zeit lang standen sie sich noch Auge in Auge gegenüber. Dann ging Wank zur Tür und öffnete sie.

Jan verstand den Hinweis, verabschiedete sich und verließ das Haus.

»Nicht einmal mehr acht Stunden«, murmelte er mit Blick auf die Uhr. Er hatte keine Ahnung, ob sie in der kurzen Zeit noch eine Spur zu den Entführern entdecken würden. Bei Paul Wank jedenfalls würden sie diese nicht finden.

22.02 Uhr

»Du hast wirklich etwas verpasst«, sagte Max in die Kamera. »Chandus Bami Goreng war fantastisch.«

»Nasi Goreng«, korrigierte sein ruandischer Freund. »Bami ist mit Nudeln und ihr habt Reis gegessen.«

»Es ist kurz nach zweiundzwanzig Uhr«, erklärte Jan. »Hier brennt die Hütte wie schon lange nicht mehr. Wir sind seit Mitternacht auf den Beinen und haben noch keine Spur zu dem Ort, an dem Issendorff gefangen gehalten wird. Vom Entführer und seiner Identität ganz zu schweigen.«

»Aber ihr habt möglicherweise ein Motiv«, sagte Max.

»Ich habe selten so etwas gespürt«, erklärte Jan. »Der Anbau war ein düsterer Ort, aber darin herrschte eine Aura von … abgrundtiefer Bösartigkeit, die sich kaum beschreiben lässt. Ich will mir nicht vorstellen, was Issendorff dort gemacht hat.«

»Unser Computernerd hat mir die Bilder aus dem Anbau weitergeleitet«, sagte Zoe. »Dein Kripokumpel hat recht. Alles deutet auf eine Abtreibungsklinik hin.«

»Kann ein Allgemeinmediziner das einfach so mitmachen?«, wollte Max wissen.

Zoe schüttelte den Kopf. »Das ist ein anspruchsvoller Eingriff. Wenn Issendorff nicht in der Gynäkologie weitergebildet wurde, kann das für die Patientinnen schlimme Folgen gehabt haben.«

»War es Issendorff?«, fragte Chandu. »Oder hat er nur die Örtlichkeit bereitgestellt und der Typ, der die Biege gemacht hat, ist verantwortlich?«

»Jonas Landberg«, ergänzte Max den Namen.

»Die Kollegen aus Brandenburg haben gefühlt alle Kriminaltechniker aus dem Bundesland zusammengeholt und alles mit Fingerabdruckpulver tapeziert«, erklärte Jan. »An den meisten Stellen ist sauber gewischt worden, aber in dem Behandlungsraum fanden sich Abdrücke, die wir Bernhard Issendorff zuordnen konnten. Ebenso von Hans Krüger.«

»So schließt sich der Kreis«, murmelte Chandu.

»Es fanden sich auch andere Fingerabdrücke, aber dazu haben wir noch keine Treffer.«

»Was ist mit Jonas Landberg?«, fragte Max.

»Der ist immer noch verschwunden, ebenso wie sein Auto«, antwortete Jan. »Aber in seiner Wohnung waren keine Fachbücher oder irgendetwas anderes, das auf einen Arzt hindeutet. Issendorff hat zwei Regale solcher Literatur bei sich zu Hause.«

»Aber wozu die Zellen?«, fragte Zoe verwundert. »Nicht jede Frau kann oder will sich einem niedergelassenen Arzt anvertrauen. Ich habe allerdings noch nie von einer Klinik gehört, bei der die Frauen vorher oder nachher eingesperrt werden müssen.«

»Außer sie wollen diesen Eingriff nicht«, ergänzte Chandu.

»Was meinst du?«

»Zwangsprostituierte«, erklärte er weiter. »Eine Schwangerschaft ist das Letzte, was die Zuhälter brauchen.«

»Mir kommt gleich das Essen wieder hoch«, bemerkte Zoe.

»Das würde auch den Kontakt zwischen Krüger und Adrian Bocher erklären«, schloss Jan.

Chandu nickte. »Seine Huren waren ausnahmslos Zwangsprostituierte aus Osteuropa oder Südostasien. Außerdem war Bocher ein sadistischer Drecksack, der für fünf Euro seine Großmutter erschossen hätte. Das ist ihm am Ende auch zum Verhängnis geworden.«

»Seine Leiche wurde 2021 in einem Gebüsch in der Bülowstraße gefunden«, sagte Jan. »Mit fünfzehn Stichen in Bauch und Unterleib. Keine Zeugen und keine Spuren. Der Mord ist bis heute ungeklärt.«

»Frag mal bei den Albanern in der Gegend nach«, sagte Chandu. »Von denen hat er sich nämlich Geld geliehen.«

»Und vermutlich nicht rechtzeitig zurückgezahlt«, schlug Max vor.

Chandu zeigte ein freudloses Lächeln. »Nicht schade um den Drecksack.«

»Aber hatte er so viele Frauen am Start, dass er regelmäßig Issendorffs Klinik aufsuchte?«

»Bocher hatte in seinen besten Tagen fünfzehn Huren unter sich«, erklärte Chandu. »Dazu hätte es nicht einen solchen Anbau mit Zellen gebraucht.«

»Also war Bocher nicht Issendorffs einziger Kunde«, schloss Jan.

»Der Fall bewegt sich in eine Richtung, die ich mir nicht vorstellen will«, sagte Zoe. »Aber mein Mitleid mit dem alten Mann hat sich gerade gedreht. Jetzt kann ich es kaum erwarten, bis es Mitternacht ist.«

»Ich verstehe deinen Zorn und ich teile ihn«, sagte Jan. »Trotzdem kann ich die Selbstjustiz nicht gutheißen.«

»An Issendorffs Stelle würde ich vielleicht den Tod begrüßen«, sagte Max nachdenklich. »Sollte er noch freikommen, wird er den Rest seines Lebens hinter Gittern verbringen.«

»Ich denke nicht, dass wir noch eine Spur finden.« Zoe sah auf ihre Uhr. »Erst recht nicht in den nächsten knapp zwei Stunden.«

»Meine Kontakte zu Zuhältern sind eher … bescheiden«, sagte Chandu. »Ich verachte diese Typen, daher wird es Tage dauern, bis ich eine Spur habe.«

»Der Anbau wurde im Jahr 1995 vom Bauamt genehmigt«, sagte Max. »Laut Plänen sollte es eigentlich eine Erweiterung des Wohnzimmers und ein Studierraum werden.«

»Das sind fast dreißig Jahre«, sagte Jan. »In der Zeit könnten Hunderte Frauen dort gewesen sein.«

»Wir hatten schon einmal den Fall einer Exprostituierten, die sich als Racheengel betätigt hat«, sagte Chandu. »Das ist für ihre Opfer nicht gut ausgegangen.«

»Die Anzahl der möglichen Täterinnen ist hier schwindelerregend«, ergänzte Max.

»Aber was hat das alles mit Paul Wank zu tun?«, fragte Chandu. »Denn ihn wollen die Entführer eigentlich tot sehen.«

»Ich habe ihn heute Nachmittag befragt«, antwortete Jan. »Ohne Ergebnis, um das Gespräch kurz zusammenzufassen.«

»Ich glaube ihm kein Wort«, sagte Zoe. »Hinter seiner gutbürgerlichen, gebildeten Fassade steckt etwas abgrundtief Böses. Davon bin ich überzeugt.«

»Vielleicht hat er alles organisiert«, sprach Max seine Vermutung aus. »Issendorff als Arzt, Krüger als Mann fürs Grobe und Wank als Buchhalter.«

»Dann ergäbe das Vorgehen des Entführers keinen Sinn«, widersprach Jan. »Mit dem sinnlosen Wunsch, dass Wank getötet werden soll, hat er ihn zu einem der bestbewachten Männer Berlins gemacht. Hätte er sich einfach still verhalten, hätte er nach Krüger und Issendorff auch Wank entführen und vor der Öffentlichkeit demütigen können. Das ist jetzt nicht mehr möglich.«

»Normalerweise hätte ich gesagt, dass wir noch die weiteren Ermittlungen abwarten müssen, aber das können wir uns dieses Mal nicht leisten«, sagte Chandu. »Nur habe auch ich keine Idee, wo wir in den nächsten zwei Stunden einen Durchbruch erzielen könnten.«

»Die Untersuchung des Hauses in Brandenburg ist noch nicht abgeschlossen, aber es fanden sich weder Computer noch Aktenschränke«, erklärte Jan. »Außer Fingerabdrücken und DNS können wir auf keine weiteren Spuren hoffen.«

»Dann bleibt also noch die Raubkunst aus Issendorffs Keller?«

»Der Empfang hat gerade erst angefangen«, erklärte Jan.

»Das Taxi kommt in vier Minuten«, erklärte Zoe mit Blick auf ihre Uhr. »Ich versuche, im Namen deines Alter Egos Oliver de Viljon aus Südafrika an einen Hehler zu gelangen, bin jedoch nicht optimistisch, dass das Issendorff retten könnte.«

»Es ist ein sehr kleiner Strohhalm«, gab Jan zu. »Aber wir müssen alles nehmen, was wir kriegen können.«

22.43 Uhr

Als Zoe die Treppe in dem umgebauten Industriekomplex hochging, musste sie all ihre Kraft zusammennehmen, um nicht sofort wieder umzudrehen. Auf den Stufen lagen goldglänzende Papiersternchen und die Wände waren mit Ballons in der gleichen Farbe geschmückt. Oben erklang langweilige House-Musik, ab und zu unterbrochen von dümmlichem Lachen.

»Wie verzweifelt muss man sein, um hier freiwillig herzukommen«, murmelte Zoe.

Sie setzte ein gequältes Lächeln auf und ging die letzte Wendung nach oben. Direkt am Eingang stand eine Blondine in einem Glitzerkleid, das nur wenig von ihrem dürren Körper verbarg. Die Schminke auf ihrem Gesicht war ausreichend für eine Kunstinstallation für das Brandenburger Tor. Passend zum Motto hatte sie goldene Bänder in ihre Haare gewoben. Sie stand unsicher auf hohen Stöckelschuhen und nippte an einem Glas Champagner.

»Welch unerwarteter Besuch«, sagte sie mit schriller Stimme und küsste Zoe schmatzend auf die Wange.

»Hallo, … äh«, erwiderte sie. Irgendwie beunruhigte sie der Gedanke, dass sie sich kannten. Zoe hatte sich im Alkoholrausch zu einigen Dummheiten hinreißen lassen, aber das wäre ihr absoluter Tiefpunkt gewesen.

»Nadine«, erwiderte die Blondine empört und legte ihre linke Hand auf die zu wenig verdeckte Brust. Die Länge ihrer Fingernägel hätte ein ausgewachsenes Faultier neidisch gemacht. Bedauerlicherweise waren diese in dunklem Grün lackiert, was den ganzen Anblick noch bizarrer machte.

»Aber weil das heute ein Künstlertreffen ist, verkehre ich heute unter meinem Künstlernamen.« Sie sah Zoe erwartungsvoll an, die keine Ahnung hatte, welcher Name das sein konnte, aber »Dummbatz« wäre eine gute Wahl gewesen.

»Nad«, verriet sie schließlich, wobei sie das Wort auf Englisch aussprach.

»Ja, natürlich«, entfuhr es Zoe mit unverhohlener Ironie, die der Frau allerdings völlig entging. Glücklicherweise kam gerade eine Bedienung mit einem Tablett vorbei. »Na dann, Nad«, sagte sie unvermindert lächelnd und nahm sich zwei Gläser, von denen sie eins in einem Zug austrank und zurück auf das Tablett stellte. Nüchtern hätte sie die nächsten Stunden nicht überlebt.

Dummbatz hakte sich bei ihr unter und zog sie in den Raum hinein. Die Musik war nicht nur schlecht, sondern auch unangenehm laut. An einer Stange rekelte sich ein Mann, dessen durchtrainierter Körper mit Goldfarbe besprayt war. Sein knapper Tanga drohte jeden Moment im Schritt zu reißen. Das Motto »Hässlicher geht immer« wurde mit geschmacklosen Luftballons weitergeführt. Im Gegensatz zum Treppenhaus waren hier drinnen noch Dinge an die Wand gehängt, die man innerhalb dieser Szene offenbar für Kunst hielt. Ein Gemälde war besonders beeindruckend. Es bestand aus einer wilden Ansammlung brauner Striche, nur unterbrochen von grünen Placken künstlichen Grases. Um den Irrsinn perfekt zu machen, war in der Mitte eine große Zucchini an das Bild getackert, die an den Enden schon weich wurde und deren Saft an der Leinwand entlang nach unten lief.

Zoe hätte dem Werk den Namen »Ozelot Brechdurchfall« gegeben, aber aus nicht erklärlichen Gründen hatte der Künstler »Ode an den ermatteten Penis« gewählt.

Während Zoe langsam bewusst wurde, dass Alkohol wohl nicht ausreichend war, um den Abend bei geistiger Gesundheit zu überstehen, zerrte Dummbatz sie zu einer Gruppe von Künstlern.

»Das sind Berlins aufsteigende Sterne moderner Malerei«, sagte sie und deutete auf zwei Männer. »Ich brauche dir keinen von ihnen vorzustellen.«

Zoe hatte keine Ahnung, wer die Typen waren, aber so, wie die beiden aussahen, hatte sie ohnehin nicht das geringste Verlangen, sie kennenzulernen. Der eine war wie ein englischer Dandy gekleidet, in karierter Hose, Rüschenhemd und einem zu kurz geschnittenen Jackett. Mit seinen kniehohen schwarzen Kunstlederstiefeln wirkte er eher wie der in Teilzeit angestellte Clown vom Reitverein Nord-Altglienicke, als wie ein ernst zu nehmender Künstler.

»Und wer ist deine sexy Freundin?«, wandte sich der andere, ein korpulenter, dickbackiger Mann, an Zoes Begleitung. Bedauerlicherweise hatte ihm niemand zu verstehen gegeben, dass rote Punkte auf rosa Stoff kein kleidsames Muster sind, vor allem nicht für Stretchhosen und viel zu enge T-Shirts, aber wenigstens passte es farblich zu der rosigen Gesichtshaut. Wie es bei seiner Figur zu erwarten war, hatte der Mann einen Teller voller Schnittchen in der Hand, von denen er sich gleich nach seiner Frage zwei in den schmallippigen Mund stopfte, als habe ihn dieser eine Satz schon überanstrengt. Dabei reckte er den Kopf weit nach hinten, sodass seine fünf Kinne hin und her schwabbelten.

»Das ist … Zara«, erwiderte Dummbatz auf die Frage von Barbapapa.

»Genau die bin ich«, bestätigte Zoe mit einem angedeuteten Lächeln. Vielleicht war es ganz gut, dass die kommenden Superstars der modernen Kunst ihren Namen nicht kannten.

»Dass du auch immer die schnuckeligsten Mädchen abbekommst«, maulte Barbapapa kauend, wobei ihm Teile der Gewürzgurke aus dem Mund fielen.

»Wer könnte mir widerstehen?«, erwiderte Dummbatz mit kokettem Augenaufschlag, was Barbapapa zu einem Kichern verleitete, das zu einer praktizierenden Hexe während der Walpurgisnacht gepasst hätte.

Dandy versuchte sich an einem pikierten Augenaufschlag, was ihm aber gründlich misslang.

Während Dummbatz sich umdrehte und mit ihrem Hintern twerkte, träumte Zoe von Opiumhöhlen, Champagnerfässern und tiefen Schluchten, in die man Leute stoßen konnte, ohne dass sie je wiedergefunden würden.

»Und was treibst du hier auf dem Empfang?«, fragte Dandy, während Barbapapa vor lauter Kichern über den Tanz von Dummbatz rot anlief. Mit etwas Glück würde er an einem der Schnittchen ersticken.

»Ich suche nach Kunst, die man kaufen kann«, begann Zoe. »Im Auftrag eines Sammlers.« Sie glaubte nicht, dass einer der drei sie irgendwie näher an Issendorffs Hehler bringen würde, aber man wusste ja nie.

»Hier ist alles käuflich«, erwiderte Dandy.

Zoe hätte beinahe gelacht. Diese Form von intelligentem Zynismus hätte sie hier nicht erwartet. Vielleicht würde es doch noch etwas erträglicher werden.

»Diese … Kunst ist meinem Kunden zu modern.« Sie deutete auf Ozelot Brechdurchfall.

»Kann ich verstehen.« Dandy bedachte den noch immer kichernden Barbapapa mit einem kurzen Seitenblick, sodass Zoe klar war, wer die Körperverletzung an der Wand zu verantworten hatte. »Warum fragst du nicht bei den Galerien nach, die sich an den Kapitalismus verkauft haben?« Dem verbitterten Unterton konnte sie entnehmen, dass ihm das missfiel. Wahrscheinlich ärgerte sich der Künstler weniger über den Kapitalismus, sondern vielmehr über die Tatsache, dass es ihm nicht gelang, seine Bilder zu Geld zu machen.

Zoe kam einen Schritt näher. »Mein Kunde sucht Kunst, die nicht auf dem freien Markt erhältlich ist«, bemerkte sie verschwörerisch.

»Ich verstehe nicht.« Offensichtlich war Dandy doch nicht so clever, wie sie kurz angenommen hatte, daher machte sie eine Geste mit der Hand, als würde sie etwas mitnehmen und einstecken.

»Das ist verachtenswert«, empörte sich Dandy und versuchte sich wieder an einem Augenaufschlag. Das misslang erneut, sodass sie nicht sicher war, ob es sich vielleicht doch um eine Form von Gesichtslähmung handelte.

»Am Ende ist alles eine Frage des Preises.« Zoe genehmigte ihm ein verschmitztes Lächeln. »Mein Kunde lässt auch etwas springen, wenn er die richtigen Kontakte vermittelt bekommt.«

Wie erwartet, wurde ihr Gegenüber mit der Aussicht auf Geld gleich weniger empört. Er nippte an seinem Glas und ließ seinen Blick abschätzend an ihr entlangschweifen, als überlege er, wie viel bei Zoe zu holen wäre.

»Du solltest dein Glück vielleicht eher bei dem spießigen Schlipsträger versuchen.« Dandy deutete auf einen Mann im dunkelblauen Anzug, der für dessen Alter einen etwas zu modischen Schnitt hatte. Irgendwann war man keine dreiundzwanzig mehr und sollte das auch akzeptieren, aber nicht jeder konnte sich das eingestehen. »Gerüchten zufolge hat er schon so etwas gemacht.« Dann wandte er sich Barbapapa zu, der sich von seinem Lachanfall noch immer nicht erholt hatte.

Zoe ließ sich zu einem freundlichen Nicken herab, dann ging sie in Richtung des besagten Schlipsträgers. Sie schätzte den Mann mit der Stirnglatze und dem grauen Haarkranz auf Ende sechzig. Inmitten der bunten Truppe wirkte er überraschend normal. Er stand an einer Theke und beobachtete den Barkeeper dabei, wie er ein Weizenbier aus der Flasche in eine der Champagnerflöten kippte, die offenbar die einzigen Gläser waren, die an diesem Tag zur Verfügung standen.

Während er darauf wartete, dass der Schaum zusammenfiel, schaute der Mann immer wieder auf die Uhr an seinem Handgelenk. Er grüßte den einen oder andern Besucher, aber es war offensichtlich, dass er lieber woanders gewesen wäre. Normalerweise beobachtete Zoe ihre potenziellen Gesprächspartner länger, doch da die Zeit knapp war, musste sie die direkte Methode versuchen.

»Marie Müller mein Name.« Sie stellte sich vor den Mann und prostete ihm mit dem Glas zu. »Was treiben Sie so?«

Das unverblümte Vorgehen schien den Mann völlig aus dem Konzept gebracht zu haben, denn er wich einen Schritt zurück, als hätte er Angst, geschlagen zu werden. Gleichzeitig reichte ihm der Barkeeper ein mit Weizenbier gefülltes Champagnerglas, was ihn endgültig verstörte. Er betrachtete das Glas und dessen Inhalt, als versuchte er zu verstehen, wie dem Barkeeper das gelungen sein konnte.

»Ich habe gehört, Sie verkaufen Kunst«, führte Zoe ihre Holzhammerstrategie weiter.

»In meiner Galerie können Sie einige Werke erstehen«, stammelte er und hob kurz den Blick.

»Mein Kunde sucht schwer erhältliche Kunst.«

»Was meinen Sie damit?« Er leerte das Glas in einem Zug und stellte es zurück auf die Theke. Anschließend nutzte er die frei gewordene Hand, um sich den Schweiß von der Stirn zu wischen, bevor er wieder auf die Uhr blickte.

»So etwas wie Cavalcantis ›Frauen am Fenster‹.«

Der Mann hob die Hand und wich zurück. »Sind Sie von der Polizei? Oder von Interpol?«, versuchte er sich in einer witzigen Antwort, doch Zoe konnte die Angst in der Stimme hören. »Weder gibt es hier gestohlene Gemälde noch habe ich welche.«

»Und wenn ich von der Polizei wäre?« Sie stellte die Frage in ruhigem Ton und zauberte ein wissendes Lächeln in ihr Gesicht.

Der Mann sah sich hektisch um, als suche er nach einem Fluchtweg.

»Sie brauchen sich keine Mühe zu geben, meine Kollegen haben alle Ausgänge besetzt.« Zoe war sich nicht sicher gewesen, ob diese billige Floskel aus amerikanischen Krimis funktionieren würde, aber die Reaktion des Mannes war eindeutig. Er sank auf die Knie und schlug die Hände vors Gesicht.

»Ich habe ihn gewarnt«, sagte er weinend. »Ich habe ihm gesagt, dass er die Finger davon lassen soll.«

Da auf Treffen mit so vielen exzentrischen und schrillen Figuren solches Gebaren keine Seltenheit war, beachtete sie niemand länger als ein paar Sekunden. Offenbar spielten sich derartige Szenen ständig ab, mochten es Künstler sein, die durchdrehten, weil ihr Drogenlevel nicht mehr hoch genug war, oder Liebespaare, die ihre Beziehungsstreitigkeiten offen austrugen.

Zoe stellte ihr Glas auf die Theke, steckte sich eine Zigarette an und wartete, bis sich der Mann beruhigt hatte. »Wollen wir uns nicht hinsetzen und Sie erzählen mir alles?«, schlug sie mit milder Stimme vor.

Der Mann sah sie aus großen Augen an, nickte schließlich und erhob sich vom Boden.

Sie deutete auf zwei freie Hocker. »Haben Sie auch einen Namen?«

»Travent.« Er wischte sich über das Gesicht. »Werner Travent.« Seine Stimme wurde ruhiger. »Werner ist in Ordnung.«

Glücklicherweise war der Barkeeper auf Zack und stellte ihm eine Flasche Weizenbier auf die Theke, statt dieses in ein Champagnerglas zu schütten.

Abwesend griff Travent nach der Flasche, trank einen Schluck und atmete hörbar aus.

»Warst du in den Verkauf der ›Frauen am Fenster‹ involviert?«, fragte Zoe.

Travent schüttelte zögerlich den Kopf. »Ich habe nur für Bernhard die Echtheit des Bildes festgestellt.«

»Du bist nicht nur Galerist, sondern auch Sachverständiger?«

»Das mache ich, um die Miete für meine Galerie zusammenzubekommen.« Er trank wieder einen Schluck. »Normalerweise nicht für Raubkunst.«

»Und warum hast du es dieses Mal gemacht?«, hakte sie nach. »Ist Bernhard dein Freund?«

»Eher ein flüchtiger Bekannter«, antwortete Travent. »Aber er kam eines Tages in meine Galerie und bot mir fünftausend Euro, wenn ich bei dem Verkauf anwesend sein würde.«

»Und fünftausend Euro waren genug, um ein Auge zuzudrücken«, konnte sich Zoe die Spitze nicht verkneifen.

»Ich wusste nicht, dass es gestohlene Werke waren«, rechtfertigte er sich. »Bernhard sagte nur etwas von Gemälden von Emiliano Di Cavalcanti. Mir wurde das Ausmaß erst bewusst, als das Bild ausgepackt wurde.« Er nahm einen weiteren Schluck aus der Flasche. »Außerdem sah der Verkäufer nicht wie ein seriöser Händler aus, sondern eher wie ein Mann, der einem ein Messer in den Bauch stößt, wenn man ihm etwas verweigert.«

»Wann ging der Kauf über die Bühne?«

»2013.«

»Das ist zehn Jahre her«, bemerkte Zoe. »Warum nimmt dich das noch immer mit?«

»Weißt du nicht, was mit Bernhard passiert ist?«, flüsterte Travent. »Irgendwelche Irren haben ihn entführt und wollen ihn um Mitternacht umbringen.«

»Bist du deswegen so nervös?«

»In einer Stunde sieht die ganze Welt zu, wie Bernhard bestialisch ermordet wird.« Er tippte auf seine Uhr. »Macht dich das nicht verrückt?«

»Doch«, antwortete sie. »Aber warum bist du nicht zur Polizei gegangen, statt auf einem Fest wie diesem Weizenbier zu trinken?«

»Ich habe es zu Hause nicht mehr ausgehalten.« Er senkte schuldbewusst den Kopf. »Außerdem habe ich Angst, dass ich selbst ins Visier der Irren komme.«

»Die Entführung hat etwas mit Raubkunst zu tun?«

»Ich weiß es nicht«, gab er schließlich zu. »Aber ich wollte kein Risiko eingehen.« Er sah wieder auf die Uhr.

»Du musst eine Aussage machen.« Zoe hielt die Rolle der Polizistin weiter aufrecht.

Travents Kopf zuckte ruckartig hoch. Sein Blick ging umher, als suche er erneut einen Ausweg.

»Beruhige dich. Die Sache ist längst verjährt.« Sie hatte keine Ahnung von Verjährungsfristen, aber offensichtlich reichte Travents Mitgefühl nur so weit, wie er nicht selbst darunter zu leiden hatte.

»Ich rufe einen Kollegen an, der an dem Entführungsfall arbeitet«, fuhr sie fort. Glücklicherweise hatte sie Patricks Nummer gespeichert. »Dem erzählst du alles, was du über den Kauf des gestohlenen Gemäldes weißt. Vielleicht ergibt das eine entscheidende Spur.«

Travent griff zur Flasche und leerte sie in einem Zug. Dann nickte er.

Zoe zog ihr Handy aus der Tasche und wählte Patricks Nummer. Sicherheitshalber würde sie noch in der Nähe des Galeristen bleiben, bis Jans Kripofreund hier eintraf.

Vielleicht würde Travents Aussage noch einen Hinweis erbringen. Denn die Zeit lief ab.

23.56 Uhr

Chandu hatte auf der Couch Platz genommen und nippte an einer Kaffeetasse. Während sein ruandischer Freund im Laufe des Tages wohl etwas Schlaf gefunden hatte, wirkte Max müde, zumindest soweit es Jan durch die Kamera von Max' Laptop erkennen konnte. Selbst seine Energydrinks und seine Ovomaltine-Cola-Mischung konnten den Schlafmangel nicht verdecken.

»Ich mache es kurz«, begann Jan das Gespräch. »Wir haben weder die Identität des Entführers aufgedeckt noch eine Spur zu seinem Versteck geliefert.«

»Der Täter hat im Laufe des Tages noch zwei Videos hochgeladen, aber auch hier hat er keinen Fehler gemacht«, erklärte Max.

»Wie ist das möglich?«, fragte Chandu verwundert. »Kann ein Laie so etwas vollbringen?«

»Die Kaskadierung der VPN-Server ist nicht so schwer«, begann Max. »Aber bei einem Video kann man eine Menge verräterische Daten hinterlassen. Da muss man tiefer in der Materie sein.«

»Also ist der Entführer ein Nerd wie du«, bemerkte Chandu. »Oder er hat Hilfe von einem.«

»Das wäre eine Möglichkeit, der man nachgehen kann, aber nicht in der kurzen Zeit«, erklärte Max.

»Hat sich etwas wegen des geklauten Bildes aus Issendorffs Wohnung ergeben?«, wollte Chandu wissen.

»Zoe hat tatsächlich den Sachverständigen gefunden, der damals bei dem Kauf dabei war und die Echtheit von Cavalcantis ›Frauen am Fenster‹ bestätigt hat. Jedoch war die Beschreibung des Verkäufers eher vage. Groß, kräftig, mit Tattoos an Armen und am Hals. Keinen Namen. Äußerlich scheint er brasilianischer Herkunft gewesen zu sein und da er kein Deutsch und nur gebrochen Englisch gesprochen hat, war er wohl nicht von hier.«

»Vermutlich einer der Diebe aus São Paulo«, sagte Chandu.

Jan nickte. »Issendorff hat dreihunderttausend Euro dafür bezahlt.«

Max stieß einen leisen Pfiff aus. »Sein Nebengeschäft hat sich wohl gelohnt.«

»Nach Aussage des Galeristen war das Bild die Hälfte wert, aber Issendorff hat nicht einmal verhandelt, als wäre es ihm egal, wie viel er zahlen musste.«

»Was ist mit dem Ort der Übergabe?«

»Ein Nebenraum einer heruntergekommenen Kneipe in Wedding, die längst abgerissen ist«, erklärte Jan. »Der Deal ging 2013 vonstatten.«

»Lässt sich was über die Bezahlung zurückverfolgen?«, fragte Chandu.

»Issendorff hat bar bezahlt«, antwortete Jan.

»Außerdem reichen seine Bankunterlagen nicht so weit zurück«, ergänzte Max.

»Wir sollten alle Sackgassen in diesem Fall aufzählen«, sagte Chandu. »Das wird sicher eine beeindruckende Liste.«

»Die Behörden wollen sich aber mit der Pinacoteca do Estado in São Paulo in Verbindung setzen und das Gemälde zurückgeben«, fügte Jan hinzu. »Egal, wie das heute ausgeht.«

»Mitternacht«, erinnerte sie Max.

Jan seufzte. Er war müde, geistig erschöpft und hungrig. Man konnte weder ihm noch seinen Kollegen einen Vorwurf machen. Sie hatten alles versucht, aber es fühlte sich trotzdem wie Versagen an.

»Irgendwelche Videos?«, fragte Chandu.

»Noch nicht«, sagte Max und tippte etwas auf der Tastatur. »Aber beim letzten Mal hatten wir auch einige Minuten Verzögerung.«

Chandu erhob sich von der Couch und stellte sich hinter Max. Keiner sagte ein Wort. Sie starrten nur auf den Bildschirm.

Jan erhob sich vom Bürostuhl. Er hoffte inständig, dass der Täter dieses Mal doch Gnade walten lassen würde, aber gleichzeitig wusste er, wie naiv dieser Gedanke war. Es fiel ihm schwer, ruhig stehen zu bleiben, aber das Kabel seines Headsets war nicht lang genug fürs Umhergehen und er wollte nichts verpassen.

Sieben Minuten waren vergangen, als Max sagte: »Es gibt ein neues Video.« Einen Augenblick hörte man ihn noch hektisch tippen. Dann begann ein Film auf dem Bildschirm zu laufen.

Wie befürchtet war es Issendorff, der schlaff in den Ketten hing. Seine Augen waren gerötet und Speichel lief ihm am Mundwinkel hinunter. Er gab ein fast unmenschliches Stöhnen von sich, tief und brummend. Dann summte es laut und das Stöhnen wurde zu einem lauten Kreischen.

Jan ballte die Fäuste und presste die Zähne aufeinander. »Dreckiger Bastard!«, stieß er hervor, als er Issendorffs Qualen mitansehen musste. »Mieser, dreckiger Bastard.«

Fünf Sekunden später hörte das Summen auf. Und auch das Schreien.

Issendorffs Kopf sank zur Seite. Der Mund war offen und der restliche Speichel lief hinunter. Dieses Mal war er rot von Blut. Die Augen des Arztes waren aufgerissen, aber es war kein Leben mehr darin.

»Dieses kranke Schwein«, sagte Chandu und wandte sich ab.

»Ich bin gleich wieder da.« Jan nahm den Kopfhörer ab, ging um den Schreibtisch und gab dem Stuhl dahinter einen Tritt, dass er polternd gegen die Wand knallte. Dann ließ er seine Wut an einem Stapel Akten aus, die auf dem Beistelltisch lagen.

Schließlich öffnete er die Tür und ging auf den Gang. Viele Kollegen waren ebenfalls schon draußen, Patrick, Bergman und all die anderen, mit denen er schon so viele Jahre erfolgreich ermittelt hatte. An ihren Gesichtern erkannte er, dass sie das Video ebenfalls gesehen hatten. Dies war ein schwerer Schlag für alle in der Kripo Berlin. Ein zweiter Mord war begangen worden. Der Mörder hatte die Tat sogar angekündigt und sie hatten es nicht verhindern können. Wieder einmal.

»Und was jetzt?«, wandte sich Jan an Bergman. »Wir haben ein mögliches Motiv, das aber auch falsch sein kann. Sonst nichts. Keine Idee, wer der Täter sein könnte, keine Ahnung, wo er sich versteckt hält, und noch weniger, wo er die Leiche ablegen wird. Und wenn er eine weitere Person im Visier hat, wissen wir nicht, wer, und wir können nichts dagegen machen.«

»Was willst du jetzt von mir hören?«, erwiderte Bergman. »Ich könnte dir jetzt eine Weisheit von Winston Churchill zitieren, zum Thema ›aufstehen, wenn man umgeworfen wird‹, aber das macht unsere Niederlage nicht erträglicher.« Als er sich umsah, blickte er nur in verunsicherte Gesichter. Schließlich klatschte Bergman so laut in die Hände, dass Jan vor Schreck zusammenzuckte. »Was ist hier los?«, fragte der Kripochef laut. »Bis vor Kurzem war das noch die Direktion, deren Aufklärungsquote über dem deutschlandweiten Schnitt lag. Aber anscheinend bin ich heute Morgen falsch abgebogen, denn ich sehe nur Gesichter, deren Trübsal jedes alte Waschweib neidisch machen würde.« Er klatschte nochmals laut in die Hände. »Hier auf dem Gang ist noch nie ein Mordfall geklärt worden, also schafft eure Hintern wieder an die Schreibtische und liefert mir einen Bericht ab, an welchen Punkten Ermittlungen uns weiterbringen könnten. Und das Ganze bis ein Uhr«, fügte er so laut hinzu, dass es wahrscheinlich die Kollegen in Brandenburg vernommen hatten. Dann drehte Bergman sich um und ging ohne ein weiteres Wort in sein Büro.

Einen Moment lang waren die Kollegen wie erstarrt. So hatten sie den Kripochef selten erlebt. Schließlich sah Patrick zu Jan und nickte ihm grimmig zu.

»Ihr habt Bergman gehört«, sagte Jan und schlug mit der Faust in seine Handfläche. »Greifen wir uns den Drecksack.«

Kapitel 8

Eine Stunde später hatte Jan die Unterlagen nicht einmal ansatzweise durchgearbeitet. Unverändert gab es keine erfolgversprechende Spur, der sie nachgehen konnten, daher hatte er auch keine Ahnung, was er Bergman nachher sagen sollte.

Er öffnete gerade eine weitere Akte, als das Telefon auf seinem Schreibtisch klingelte. Jan stieß einen Schrei aus und fasste sich an die Brust. »Verflucht«, murmelte er und versuchte, den Schreck zu verdauen. Das Display zeigte eine interne Nummer von der Dienststelle.

»Ja, was ist los?«, fragte er ungehalten.

»Volkmar, vom Empfang«, meldete sich sein Kollege. »Hier steht eine Frau Mariella Enck und möchte mit jemandem von der Mordkommission sprechen.«

»Mariella Enck?«, erwiderte Jan verwundert und blätterte durch eine Liste. »Der Name sagt mir nichts. Was möchte sie von uns?«

»Sie behauptet, eine der Frauen zu sein, die Issendorff zur Abtreibung gezwungen hat.«

»Ich komme.« Jan sprang von seinem Sessel auf und knallte dabei den Hörer auf die Gabel. Er hastete aus seinem Büro und verlangsamte dann den Schritt, schließlich wollte er die mögliche Zeugin nicht gehetzt begrüßen.

Am Empfang angekommen, stand dort eine Frau um die vierzig. Sie hatte ein attraktives Gesicht und schulterlange schwarze Haare. Unterhalb ihres Kinns bemerkte Jan eine lange Narbe. Obwohl er kein Mediziner war, konnte er erkennen, dass sie schlecht genäht war und die Haut unansehnliche Wülste gebildet hatte. Als die Frau Jan erblickte, lächelte sie ihn an. Es war kein herzliches Lächeln, eher ein geschäftliches, wie eine antrainierte Reaktion. Sie trug eine lockere Stoffhose und eine dünne Jacke. Ein leichter Duft nach einem süßlichen Parfüm ging von ihr aus.

»Hauptkommissar Tommen«, stellte er sich vor und schüttelte der Frau die Hand. Ihr Händedruck war kräftig und sie sah ihm in die Augen, als sie sich vorstellte.

»Mariella Enck.« Ihre Stimme war warm und freundlich.

Jan deutete nach drinnen zu einem Besprechungsraum.

»Sie können uns im Fall des ermordeten Bernhard Issendorff helfen?«, begann Jan das Gespräch.

»Ich weiß nicht, ob ich Ihnen helfen kann, aber ich kann Ihnen einiges zu Bernhard Issendorff und seiner … Arbeit sagen.«

»Da Sie nicht einmal eine Stunde nach seinem Tod zu uns gekommen sind, wissen Sie, was mit ihm passiert ist.«

Sie nickte. »Ich hätte nicht geglaubt, dass dieser Mann noch zur Rechenschaft gezogen wird.« Dieses Mal war Encks Lächeln aufrichtig. »Doch als ich heute Morgen von seiner Entführung gehört habe, habe ich alles über diese Tat verfolgt.«

»Warum sind Sie nicht früher zu uns gekommen?«

»Weil Issendorff über einflussreiche und gewalttätige Freunde verfügte«, antwortete sie. »Daher wollte ich erst sichergehen, dass er tot ist.« Sie seufzte leise. »Außerdem hatte ich Angst, dass ich Sie auf eine Spur bringe, die seinen Tod noch hätte verhindern können.«

Enck sagte das mit einer Genugtuung, die nicht zu ihrer freundlichen Stimme passte.

»Ist das unterlassene Hilfeleistung?«, fragte sie nach. »Ach, egal«, winkte sie nach einem Moment ab. »Selbst eine Verurteilung und ein Aufenthalt im Gefängnis könnten mir meine gute Laune nicht verderben.«

»Fangen wir vorne an.« Jan griff abwesend nach seinem Notizblock, bis er merkte, dass er ihn in seinem Büro vergessen hatte. »Wie haben Sie Herrn Issendorff kennengelernt?«

»Auf eine Liege gebunden, meine Beine auseinandergezerrt, hat Issendorff mir eine lange Nadel in meine Gebärmutter gestochen, die meine Schwangerschaft binnen eines Augenblicks beendet hat.«

Encks Stimme war ruhig, ohne Wut und Emotion, als hätte sie dieses Ereignis überwunden.

Jan wusste nicht, was er dazu sagen sollte, daher hüstelte er nur verlegen und senkte den Kopf.

»Vermutlich können Sie sich das nicht vorstellen, aber ich hatte noch nie solche Schmerzen in meinem Leben, selbst nicht, als mein Zuhälter mir die Kehle aufschneiden wollte.« Sie deutete auf die Narbe unter ihrem Kinn.

»Wann wurde Ihnen das angetan?«

»Im Frühjahr 2002. Zwei Tage nach meinem neunzehnten Geburtstag.«

»Haben Sie in der Zeit als Prostituierte gearbeitet?«

»Wenn Sie es so nennen wollen«, antwortete sie.

»Darf ich fragen, wo?«

»Überwiegend an der Bülowstraße.«

»Gehörten Sie zu einem Zuhälter?« Jan war sich nicht sicher, wie er diese Frage richtig stellen konnte, denn eigentlich waren die Huren im Besitz der Zuhälter. Sie wurden aufs Schlimmste ausgebeutet und hatten nichts zu sagen, wie ein Stück Vieh.

»Adrian Bocher.«

»Hat er alle Prostituierten so behandelt?«

Sie nickte. »Wenn die Freier ungeschützten Sex wollten, mussten wir gehorchen, sonst setzte es Prügel. Verhütung war Bocher zu teuer, also wurden wir auch schwanger.«

»Und dann wurden Sie in die Abtreibungsklinik gebracht, wo Issendorff den Eingriff vornahm?«

»Eine Klinik war das nicht«, erklärte sie. »Eher ein dreckiges Loch.«

»Kennen Sie noch andere Frauen, die das erleiden mussten?«

Wieder ein Nicken. »Viel zu viele.«

»Und haben Sie noch Kontakt zu ihnen?«

»Die meisten von ihnen sind im Laufe der Jahre verschwunden. Um manche hat sich auch Bocher gekümmert, wenn sie nicht gespurt haben.«

»Gab es auch … Unglücke bei den Eingriffen?«

»Ich wundere mich, dass ich das überlebt habe«, antwortete sie. »Wenn Sie den Behandlungssaal finden, werden Sie verstehen, was ich meine. Selbst als Laie.«

»Wir haben Issendorffs Behandlungsraum gefunden«, erläuterte Jan. »Daher verstehe ich, was Sie meinen.«

»Ich kann mich noch an eine Tschechin erinnern.« Ihre Stimme hatte einen nachdenklichen Unterton bekommen. »Jelena. Eine hübsche Blondine, freundlich und sanftmütig.« Sie lächelte. »Irgendwann war die Wölbung am Bauch nicht mehr zu verbergen, also zerrte Bocher sie in sein Auto und fuhr mit ihr weg. Wir alle wussten, was mit ihr passieren würde. Ich erinnere mich noch an ihr Gesicht, als sie uns vom Beifahrersitz zuwinkte und die Hand auf die Scheibe presste, als wollte sie uns noch ein letztes Mal berühren, ahnend, was ihr bevorstand.« Eine Träne lief Enck die Wange hinunter. »Sie kam nie zurück«, fuhr sie nach einem Moment des Schweigens fort. »Als ich Bocher nach ihr gefragt habe, hat er mir seine Faust in den Bauch geschlagen, dass ich stöhnend zu Boden gegangen bin. Da wusste ich, dass etwas schiefgelaufen war.«

»Wann war das?«

»Ich weiß es nicht mehr«, erwiderte sie kopfschüttelnd. »2004. Vielleicht auch 2005. Es war kalt und es wurde früh dunkel. Das Leben auf dem Strich ist jeden Tag gleich. Eine ewig währende Hölle. Aber wenigstens habe ich diese zwei Dreckskerle überlebt. Und wenn Sie den Mörder des Doktors finden, werde ich ihm eine Flasche Champagner ins Gefängnis schicken.«

»Warum sind Sie hier?«, fragte Jan nach einem Moment. »Adrian Bocher ist tot und Bernhard Issendorff wurde ermordet. Und Sie machen nicht den Eindruck, als wollten Sie uns bei der Suche nach dem Mörder von Issendorff helfen.«

»Ich weiß es nicht genau«, sagte sie schließlich. »Die Jahre auf dem Strich und Bochers ständige Prügel haben mich teilnahmslos gemacht. Was immer in meinem Leben passiert ist, habe ich klaglos ertragen. Wenn es unrecht war, dann habe ich mich nicht gewehrt. Und als Hure auf dem Straßenstrich ist die Polizei mehr Feind als Freund. Ich gehöre zu den wenigen, die den Absprung in ein einigermaßen normales Leben geschafft haben, einerseits dank der Albaner, die Bocher abgestochen haben, aber vor allem wegen unermüdlicher Streetworker, die mich buchstäblich aus dem Dreck gezogen haben. Aus Sicht eines anständigen Bürgers hätte ich viel früher zu ihnen kommen müssen, doch da waren die alten Gewohnheiten zu stark. Aber mit Issendorffs Tod hat sich etwas verändert.« Sie schien nach Worten zu suchen. »Als wären Fesseln von mir abgefallen.« Sie rieb sich über die Handgelenke. »Ich wollte Ihnen nur erzählen, dass Issendorff ein schrecklicher Mensch war und nicht der hilflose alte Mann, den man in den Videos gesehen hat.«

»Wir sind uns seiner Verbrechen bewusst«, sagte Jan. »Und ich verspreche Ihnen, dass wir genauso viel Zeit in die Aufklärung seiner Taten investieren werden, wie bei der Suche nach seinem Mörder.«

»Dann ist mein Ziel erreicht.« Enck erhob sich und schüttelte Jan die Hand. »Alles Gute, Hauptkommissar Tommen«, sagte sie noch. Dann verließ sie den Besprechungsraum.

* * *

Da sich Jan den Tag über nur von Chips, Schokoriegeln und Döner ernährt hatte, war er dankbar, dass sich sein Freund wieder die Mühe gemacht hatte, für sie alle zu kochen. Auf Wunsch von Max und Zoe hatte er noch mal das Nasi Goreng gekocht, das ihnen am Abend zuvor so gut geschmeckt hatte.

Eigentlich ließ es Chandus Koch-Ehre nicht zu, dass er zwei Mal das gleiche Gericht zubereitete, aber nach seinen Worten hatte er sowieso noch zu viel Pak Choi übrig, mit dem er sonst nur wenig anfangen konnte.

Das Essen auf Jans Teller sah aus wie der gebratene Reis vom Asiaten, den es an jeder Ecke zum Mitnehmen gab, mit roter Paprika, Chilistückchen, Karotten und Erbsen. Und doch war es geschmacklich etwas völlig anderes.

»Der Reis schmeckt irgendwie süßlich«, bemerkte Jan kauend. »Ist das Zucker?«

»Kecap Manis«, erklärte sein Freund. »Das ist eine Sojasoße aus Indonesien, die durch Zugabe von Jaggery einen süßlichen Geschmack erhält.«

Jan hatte keine Ahnung, was Jaggery war, aber solange es so fantastisch schmeckte, hätte es auch Knetmasse sein können und er hätte es gegessen.

Nachdem er seine dritte Portion verspeist hatte, lehnte er sich zurück und schloss die Augen.

»Musstest du wieder durchmachen?«, fragte Chandu.

Jan schüttelte den Kopf. »Bei der Besprechung mit Bergman wäre ich beinahe eingenickt, daher bin ich um halb drei ins Bett.«

»Dann hast du den ganzen Spaß am Morgen verpasst.« Max stand auf und ging zu seinem Laptop, den er schon vor der Couch aufgebaut hatte. »Denn Mariella Enck war nicht die einzige Prostituierte, die aus der Versenkung gekommen ist und die Geschichte ihrer Zwangsabtreibung erzählt hat.«

»Schwer vorstellbar, dass all diese Frauen solche Angst vor Issendorff hatten, dass sie sich erst nach seinem Tod getraut haben«, bemerkte Zoe.

»Issendorff war nicht das Problem«, widersprach Jan. »Sondern ein Schläger wie Krüger oder Zuhälter wie Bocher.«

»Manche von denen leben noch«, fügte Chandu hinzu.

»Die werden nach dem medialen Wahnsinn aber die Köpfe unten halten«, erklärte Jan. »Sollte sich einer von denen an einem der Opfer vergreifen, wird das nicht unbemerkt bleiben. Das wäre vor Krügers Entführung anders gelaufen.«

»Wenn man den Zeitraum beachtet, in dem Issendorff aktiv war, ergeben sich eine Menge Verdächtige«, sagte Zoe.

»Und zu was gedemütigte Prostituierte in der Lage sind, haben wir bei unserem vorletzten Fall im Jahr 2021 gesehen«, ergänzte Chandu. »Da haben einige Drecksäcke ins Gras gebissen, bis wir die Mordserie gestoppt haben.«

»Über das Motiv des Täters müssen wir uns keine Gedanken mehr machen«, stimmte Jan zu. »Mein Problem ist unverändert der Bezug zu Wank. Was hat er mit alledem zu tun?«

»Er wäre nicht der erste gut situierte Spießbürger, hinter dessen Fassade ein brutaler Triebtäter steckt«, bemerkte Zoe.

»Wank ist ein arroganter Arsch«, stimmte Jan zu. »Und sicherlich ist er ein Spießer, aber wir haben weder einen Hinweis auf Umgang mit Prostituierten gefunden, noch wirkte er in den Gesprächen wie ein Soziopath.«

»Wobei wir mangels Zeit Wank nicht so tief durchleuchtet haben, wie wir es sonst tun«, sagte Max.

»Das haben deine Kollegen aus der IT im Laufe des heutigen Tages nachgeholt und sind ebenfalls nicht fündig geworden«, erklärte Jan.

»Wie viele Fingerabdrücke fanden sich in dem Anbau, die nicht zugeordnet werden konnten?«, fragte Zoe.

»Aktuell sind fünf nicht identifiziert«, antwortete Jan. »Obwohl das Geheimversteck gut gereinigt wurde. Aber aktuell sind die Kollegen vom KTI noch immer am Suchen.«

»Vielleicht stammt ein Abdruck davon von Wank?«, vermutete Chandu.

»Tatsächlich war er kooperativ und hat uns seine Abdrücke zur Verfügung gestellt«, sagte Jan. »Leider ohne Treffer.«

»Das bedeutet nur, dass er nicht in der Klinik war oder dass er dort Handschuhe getragen hat«, warf Zoe ein.

»Damit kommen wir zu unserem ursprünglichen Problem zurück«, begann Chandu. »Warum hat der Täter nicht Wank als Erstes entführt, sondern durch seine lächerliche Forderung nach seinem Tod gewarnt?«

»Weil er ihn sozial vernichten wollte?«, schlug Zoe vor. »Das ist für manche Menschen schlimmer als der Tod.«

»Was man über ihn in den sozialen Medien liest, ist schon heftig«, gab Chandu zu. »Aber Wank hat wahrscheinlich nicht einmal ein Smartphone.«

»Es gibt sogar eine Petition, die Wanks sofortige Verhaftung fordert«, warf Max ein. »Diese hat aktuell über vierzehntausend Unterzeichner.«

»Verfluchte soziale Medien«, murmelte Jan.

»Die Spekulationen in der klassischen Presse sind auch nicht besser«, bemerkte Chandu.

Jan wollte sich gerade weiter über die anonymen Spinner im Internet auslassen, als sein Handy brummte.

»Das ist Patrick«, sagte er zu seinen Freunden. Er nahm das Gespräch mit einem kurzen »Hi« an und schaltete sogleich auf Lautsprecher.

»Wir haben einen Treffer bei einem Fingerabdruck aus der Abtreibungsklinik«, begann sein Kollege. »Er gehört einem gewissen Hartmut Becks.«

»Becks?«, entfuhr es Chandu. Alle Köpfe drehten sich zu ihm. »Das überrascht mich jetzt doch.«

»Du kennst ihn?«, wollte Jan wissen, dem im selben Moment die Dummheit der Frage bewusst wurde, denn Chandu war als ehemaliger Türsteher und Geldeintreiber tief in der Berliner Unterwelt verwurzelt und pflegte nach wie vor seine Kontakte.

»Becks hat ein Nobelbordell in Mitte und außerdem einen exquisiten Escortservice«, sagte Chandu. »Der würde sich niemals auf etwas einlassen, bei dem Abschaum wie Bocher dabei ist. Außerdem sind seine Huren Premiumklasse. Unter keinen Umständen schickt er die in ein solches Loch und lässt eine Abtreibung unter widrigen Umständen vornehmen.«

»Ganz unschuldig scheint er nicht zu sein, denn in besagtem Edelbordell ist er nicht anzutreffen und niemand weiß, wo er sich zurzeit aufhält«, bemerkte Patrick.

»Wie die meisten Typen aus der Berliner Unterwelt hat er ein gut funktionierendes Warnsystem in seinem Etablissement«, erklärte Chandu. »Sobald ein Streifenwagen vor dem Haus anhält oder sich jemand von der Kripo zu erkennen gibt, greift eine Art Sicherheitsprotokoll. Becks verzieht sich entweder in eine Art Saferoom, der nur mit viel Mühe zu entdecken ist, oder verschwindet durch einen Hinterausgang in eine Limousine, die rund um die Uhr mit einem Fahrer besetzt ist.«

»Wenn er nichts zu verbergen hätte, wäre er nicht verschwunden«, warf Patrick ein.

»So weit lässt er es nicht kommen«, widersprach Chandu. »Bis eure Kollegen erklärt haben, um was es ging, war er schon weg.«

»Wann können wir mit seiner Rückkehr rechnen?«, wollte Jan wissen.

»Wenn ihm seine Angestellten stecken, dass es um den Mord an Issendorff geht, wird er sich eine Weile nicht mehr zeigen. Also frühestens, wenn der Fall abgeschlossen ist.«

»Was noch lange dauern kann, wenn mögliche Beteiligte oder Zeugen wie Becks abtauchen«, bemerkte Jan.

»Was ist mit den ehemaligen Prostituierten, die sich der Presse offenbart haben?«, fragte Zoe.

»Die Journalisten sind diesbezüglich nicht kooperativ«, erklärte Patrick. »Sie wollen ihre Quellen nicht preisgeben und in den Interviews wurden nur falsche Namen ohne Fotos verwendet.«

»Bleibt nur Becks«, wandte sich Jan an seinen Freund.

»Das ist keiner der üblichen kaputten Zuhälter, wie Bocher einer war«, sagte Chandu. »Becks ist gebildet und clever. Er hat in Berlin mehrere Verstecke, in denen er auch den dritten Weltkrieg aussitzen kann. Für seine Geschäfte hat er zuverlässige Assistenten, die ihn so lange vertreten können.«

»Kommt man über diese an ihn heran?«

Der Ruander schüttelte den Kopf.

»Was ist mit Verwandten oder verrückten Hobbys?«, fragte Max.

»Becks ist ein leidenschaftlicher Zocker, der zu keinem Pokerspiel mit hohen Einsätzen Nein sagen kann«, erwiderte Chandu nach einem Moment des Überlegens. »Das wäre ein möglicher Ansatzpunkt, aber auch diese finden im Verborgenen statt. Da muss ich erst herauskriegen, wann wieder so ein Spiel läuft.«

»Kennst du jemanden?«

»Tue ich«, bestätigte Chandu. »Aber den muss ich erst suchen, weil er wahrscheinlich wieder in Schwierigkeiten steckt.«

* * *

Als der Holzstuhl durch das Fenster der Kneipe flog, wusste Chandu einmal mehr, warum er selbst in Charlottenburg wohnte. Nicht dass es dort keine üblen Spelunken gab, aber bei Weitem nicht so geballt wie im Weddinger Kiez. Während Chandu versuchte, nicht auf Scherben zu treten, sehnte er sich nach einer ruhigen Weinbar, mit einer Käseplatte und leiser Jazzmusik im Hintergrund.

Ein übergewichtiger Mann kam aus der Kneipe gestolpert und landete mit dem Gesicht voran auf dem Boden. Auf seine Glatze war ein von Knochen umgebener Totenkopf tätowiert. Vom blutigen Kinn und der aufgeplatzten Lippe zu schließen, war die Landung schmerzhaft gewesen, aber der Dicke rappelte sich sofort wieder auf und sah sich suchend um. Als er den Ruander bemerkte, stellte er sich vor ihn und lallte etwas, das Chandu nicht verstand. Aber es klang nicht nett und er war in Eile, daher verpasste er ihm eine rechte Gerade, die den Dicken gleich wieder in die Horizontale schickte.

In der Kneipe ging es genau so zu, wie es von draußen bereits zu befürchten war. Alle Besucher waren in eine Schlägerei verwickelt. Rechts wälzte sich ein Pulk von Männern auf dem Boden. Chandu erkannte einige Russen, eine Handvoll Skinheads, drei Biker und ein paar Serben. Der Kneipenbesitzer vertrieb mit einer Keule gerade zwei übereifrige Kiddies, die glaubten, die Gunst der Stunde für Freigetränke nutzen zu können, und hinter die Theke springen wollten. Chandu erblickte seinen alten Bekannten Joe Greber, der gerade den nächsten Stuhl auf einen zwei Köpfe größeren Mann schleuderte und ihn dieses Mal traf, sodass die einzige noch intakte Scheibe im Wirtshaus ganz blieb.

Chandu stellte sich etwas abseits vom Eingang und ließ seine Augen über das ganze Chaos schweifen, bis er endlich fündig wurde.

Zwischen den Tisch- und Stuhlbeinen wuselte eine kleine Gestalt auf allen vieren hin und her, die sich sichtbar Mühe gab, nicht in eine der Schlägereien hineingezogen zu werden. Der kleine Mann trug eine abgetragene Sweatjacke und zerschlissene Jeans. Seine ungewaschenen, dunklen Haare standen ihm von Kopf ab und er hatte die rechte Hand auf seine Brille gelegt, damit diese beim Kriechen nicht von der Nase rutschte.

»Immer dort, wo es Ärger gibt, Tim«, murmelte Chandu. Während er überlegte, wie er zu dem kleinen Mann hinkommen sollte, ohne in das Handgemenge verwickelt zu werden, zog Greber dem Riesen eine Weinflasche über den Kopf, dass dieser stöhnend auf das zerschlissene Laminat fiel. Der Mann landete direkt neben Tim, der mit einem Quieken zurückschreckte. Da sich der Riese nicht mehr rührte, kroch er schnell wieder zu ihm, riss ein Bündel mit Scheinen aus dessen Tasche und verschwand schneller als eine Ratte wieder unter einem Tisch.

Da sich zwei weitere Russen in den Kampf einmischten, schienen die Skinheads zu unterliegen und es wurde auf der rechten Seite ruhiger. Diesen Moment nutzte Chandu, um dorthin zu gelangen, wo sich Tim versteckte.

Der kleine Mann hatte vor lauter Gier die Schlägerei vergessen und zählte breit grinsend die Scheine, die er gerade geklaut hatte. Von draußen kamen weitere Leute herein, um sich auf den Pulk aus Russen, Serben und Skinheads zu stürzen, daher war es an der Zeit, die Kneipe zu verlassen. Chandu packte Tim am Gürtel, hob ihn hoch und trug ihn nach draußen.

»Was soll das?«, schrie der kleine Mann und begann zu zappeln. »Das ist mein Geld.«

»Klappe, Tim.« Chandu stieg über einen der jungen Männer, die versucht hatten, den Wirt zu verarschen.

»Kleiner Scheißer«, rief ihm der Wirt noch hinterher und drohte mit der Keule, die er dem jungen Mann zuvor auf die Nase gehauen hatte. Nach der Menge des Blutes zu schließen, die zwischen den Fingern des nun am Boden Liegenden hindurchquoll, war es ein guter Treffer gewesen.

Chandu war noch nicht ganz draußen, als sich ihm der Dicke erneut in den Weg stellte. Er schrie wieder etwas Unverständliches. Zu der Wunde an seinem Kinn und der Lippe war eine gebrochene Nase gekommen, aus der ebenfalls Blut lief, das sein weißes Unterhemd rot färbte.

Dieses Mal wollte Chandu nicht unhöflich sein, daher fragte er. »Bitte?«

»….prr f Maul, dr Drksak.« Er hob die Fäuste.

Chandu sah zu Tim. Der schien auch nicht zu verstehen, was der Dicke wollte, und zuckte nur mit den Achseln. Als ein weiterer Stuhl das letzte unversehrte Fenster zertrümmerte, wollte Chandu sich nicht länger hier aufhalten. Mit der freien Linken verpasste er dem Dicken noch einen Schlag ins Gesicht, was diesen auf den Boden zurückschickte.

»Du weißt, wie man sich Freunde macht«, bemerkte Tim und rückte seine Brille zurecht.

Sicherheitshalber trug Chandu den kleinen Mann noch ein Stück weiter, bis sie in eine kleine Nebengasse biegen konnten.

»Du hast die Kohle einem der Crack-Hauptverteiler in Wedding abgenommen«, bemerkte Chandu, als er ihn zu Boden ließ.

»Bei der Menge an Crackleichen hier hat er noch genug übrig«, erwiderte Tim grinsend und begann von Neuem, das Geld zu zählen. »Wahrscheinlich gibt er sowieso Greber die Schuld«, schickte er hinterher. »Was führt dich in diese schicke Gegend? Suchst du etwas Abwechslung?«

»Auf diese Art Abwechslung kann ich verzichten«, bemerkte Chandu. »Ich suche Becks.«

»Hab gehört, er hat den Kopf eingezogen«, erwiderte Tim.

Chandu hatte keine Ahnung, wie der kleine Mann das immer schaffte, aber ihm entging nichts.

»Sein Fingerabdruck wurde in der Nähe eines Tatorts gefunden«, erklärte Chandu vage. Die Hintergründe mit Issendorff und der Abtreibungsklinik zu erklären, hatte er keine Lust.

»Das wundert mich«, sagte Tim. »Becks ist sehr vorsichtig und lässt die Drecksarbeit andere machen. Habe ihn für cleverer gehalten.«

»Er ist zumindest so clever, dass er sofort abgetaucht ist.«

»Seinen Unterschlupf kenne noch nicht einmal ich. Wird schwer, ihn zu finden.«

»Daher will ich ihn bei seinem liebsten Hobby besuchen.«

»Du meinst Pokerrunden ohne Limit?«

Chandu nickte.

»Eine gute Idee«, gab Tim zu. »Bei der Größe von Berlin und der Menge an Spielsüchtigen in der Stadt finden allerdings täglich welche statt …«

»Kannst du rausfinden, wo Becks normalerweise mitspielt?«

»Hängt davon ab, ob der Stühle werfende Greber dort lebend herauskommt.« Er deutete mit dem Daumen zur Kneipe. »Der gehört nämlich zu Becks' bevorzugten Mitspielern.«

»Bis wann weißt du mehr?«

»Gib mir bis morgen Mittag«, sagte Tim nach einem Moment des Überlegens.

Chandu hob den Daumen.

»Wenn du dort einsteigen willst, musst du fünfzigtausend auf den Tisch legen«, warnte Tim. »Eher mehr.«

»Ich will nicht mitspielen, sondern nur reden«, erklärte Chandu. »Aber im Notfall kriege ich das Geld zusammen.«

* * *

Obwohl er diese Nacht etwas geschlafen hatte, war Jan noch immer müde und erschöpft. Bergman dagegen schien nicht besonders mitgenommen, denn der Kripochef saß in seinem Büro und überflog konzentriert die Akten der Mordfälle. Er war frisch rasiert, perfekt frisiert und trug einen seriös geschnittenen dunklen Anzug, dazu schwarze Budapester. Einzig seine Krawatte war etwas gelockert. Er hob kurz den Kopf, als Jan den Raum betrat und hinter sich die Tür schloss.

»Irgendetwas zu Issendorffs Leiche?«, fragte Jan.

Bergman schüttelte den Kopf. »Der Täter wird wissen, dass wir nach dem auf Video gestreamten Tod in höchster Alarmbereitschaft waren, ebenso wie die Öffentlichkeit, daher wird er noch abwarten. Mein Bauchgefühl sagt mir, dass wir mindestens bis morgen warten müssen, bis er die Leiche irgendwo ablegt.«

»Die Wartezeit können wir für Hartmut Becks nutzen.«

»Habt ihr sein Versteck gefunden?« Bergman klappte die Akte zu.

»Bedauerlicherweise nicht, aber wir wissen, wohin er heute Abend zum Pokern geht.«

»Können wir ihn dort abpassen?«

»Genau das ist das Problem«, begann Jan zögerlich. »Der Treffpunkt ist ein Mehrfamilienhaus in Kreuzberg mit zahlreichen Eingangsmöglichkeiten, angefangen vom Dach, über Kellerräume, die miteinander verbunden sind, bis hin zu den unübersichtlichen Hinterhöfen.«

»Lass uns das mit einer engmaschigen Überwachung kompensieren.«

Jan schüttelte den Kopf. »Die Kollegen vom Dezernat 33 haben das Gebäude schon länger im Blick. Einmal gab es dort eine Razzia, aber nur mit geringem Erfolg. Es wurden kaum größere Geldbeträge gefunden, keine Waffen und keine Drogen.«

»Ein professionell geführter illegaler Spielbetrieb.«

»Was der Grund für Becks' Beteiligung sein wird«, stimmte Jan zu.

»Wir wollen aber nur an den Zuhälter, nicht den Laden hochnehmen.«

»Wegen der zahlreichen Zugangsmöglichkeiten wird das schwierig und wenn sich Becks verkleidet, läuft er an den Kollegen vorbei, ohne dass sie ihn bemerken, weil dort sehr viele Mieter leben. Bei einer Kontrolle wird er gewarnt sein, und dass er untergetaucht ist, sagt uns, dass er entsprechend paranoid ist.«

»Wir müssen nur wissen, wann der Zuhälter vor Ort ist. Dann können wir zugreifen.«

»Laut den Kollegen vom LKA ist der Weg von unten bis nach oben zu weit, um eine Flucht sicher vereiteln zu können«, erklärte Jan. »Sobald jemand Verdächtiges im Gebäude ist, werden alle Spieler informiert. Das scheint genug Zeit zu sein, damit alle von der Polizei gesuchten Leute abhauen können. Wir müssten das ganze Viertel absperren und selbst dann könnte uns Becks noch durchschlüpfen.«

»Wie willst du dann an ihn herankommen?«

»Ich muss ihn beim Spielen abpassen und mit ihm reden.«

Bergman zog verwundert eine Augenbraue hoch. »Du bist in den Kreisen bekannter als der Papst«, sagte er. »Selbst mit einer Maskerade wirst du auffliegen.«

»Deshalb schleusen wir Chandu als Spieler ein, der uns über die Runden und über Becks auf dem Laufenden hält«, erklärte Jan. »Sobald Becks einmal die gekachelten Nebenräume aufsucht, werde ich aktiv.«

»Du willst ihn beim Pinkeln abpassen?«

»Laut Chandus Informanten ist dieser Bereich einer der wenigen mit Fenster und außerdem gut von einem

Nachbargebäude aus zu erreichen. Wenn ich früh genug vor der Runde in das Haus gehe und wie ein Bewohner aussehe, schöpft niemand Verdacht. Und Chandu informiert mich, wenn Becks eine Pause macht.«

»Diese Pause muss er aber alleine machen«, gab Bergman zu bedenken. »Und wenn er um Hilfe schreit, werden die anwesenden Sicherheitsleute nicht zimperlich sein. Denn eine offizielle Sache wird das nicht.«

»Es gibt ein paar Unwägbarkeiten«, stimmte Jan zu. »Aber ich habe einen Plan und wenn wir die Kollegen vom Dezernat 33 in der Hinterhand behalten, können die im Notfall eine unangekündigte Razzia durchführen, was besagte Sicherheitsleute schnell wieder von mir ablenken wird.«

»Unter normalen Umständen würde ich die Aktion nicht genehmigen, sondern vorschlagen, nach einem Alternativplan zu suchen, aber das hast du wahrscheinlich schon getan.«

Jan nickte. »Es ist die einzige Möglichkeit, um kurzfristig an Becks heranzukommen.«

»Können wir Becks nicht eine Wanze anhängen?«

»Die Überprüfung der Besucher ist sehr genau«, erklärte Jan. »Max muss sich schon einige Sachen überlegen, damit wir Chandu mit Sender und Mikrofon ausstatten können. Jedes zusätzliche Gerät ist ein weiteres Risiko, von der Frage ganz abgesehen, wie man das Becks zustecken kann.«

»Gib mir den Papierkram und ich genehmige das«, sagte Bergman schließlich.

»Das ist leider noch nicht alles, denn wir müssen Chandu mit entsprechend viel Geld ausstatten, damit er bei den Runden überhaupt mitspielen darf.«

»Mit viel Geld meinst du nicht den Inhalt unserer Kaffeekasse, richtig?«

»Fünfzigtausend Euro für den Tisch, zehntausend als Kaution und tausend für die Getränke-Flatrate.«

Bergman brummte mürrisch. »Und das wahrscheinlich bar, richtig?«

Jan nickte. »Die Kollegen vom LKA 43 haben letzte Woche einen Heroinschmuggler erwischt. Wenn die Tasche mit den fünfhunderttausend Euro noch in der Asservatenkammer ist, können wir uns davon was … ausleihen.«

»Was, glaubst du, wird die Staatsanwältin sagen, wenn ich vorschlage, Beweismittel für diesen Zweck auszuleihen?«

»Gerne, Klaus. Das ist eine tolle Idee. Nimm, so viel du brauchst«, bemerkte Jan grinsend.

»Schön, dass du deinen Humor noch nicht verloren hast«, murrte Bergman und griff nach seinem Telefon. »Lass mich mal eine halbe Stunde in Ruhe.« Er winkte Jan aus dem Büro. »Ich schaue, was ich machen kann.«

* * *

Schon die Kontrolle beim Eintritt zeigte Chandu, dass dies ein professionell geführter Spielbetrieb war. Zwei Mann suchten mit Körperscannern nach Wanzen, Waffen und allem Metallischem. Glücklicherweise hatte Chandu eine protzige Gürtelschnalle zu Hause gehabt, in der Max ein kleines Mikrofon und einen Empfänger versteckt hatte. Dieser war aber kein Ohrhörer, sondern wurde in den Gehörgang gelegt, damit er von außen nicht zu sehen war. Chandu hasste dieses Gefühl und es kostete ihn viel Disziplin sich nicht ständig am Ohr zu kratzen. Er hoffte, dass dies alles in wenigen Stunden vorbei war, denn Becks war als notorischer Vieltrinker beim Pokern berüchtigt. Bei ihm würden sich die tausend Euro Getränkeflatrate mit Sicherheit als Verlustgeschäft herausstellen. Und entsprechend oft musste der Zuhälter auch auf die Toilette.

Chandu gab seine Kaution ab und ließ sich die fünfzigtausend Euro in Pokerchips umtauschen. Hätten die Organisatoren das Geld bei einer Razzia zur Seite geschafft, so hätte die Kripo nur Plastikchips auf dem Tisch gefunden, die nicht illegal waren. Jans Kollegen vom Dezernat 33 wären daher bestenfalls Störenfriede gewesen.

Die Wohnung drinnen war ganz den Bedürfnissen der Spieler angepasst. Die drei Zimmer waren ausgeräumt und mit Teppichboden ausgelegt. Die Rollläden waren heruntergelassen und die Deckenlampen auf mehrere große runde Tische gerichtet, an denen jeweils sechs Stühle standen. An jedem Tisch saß eine attraktive Frau mit einem Stapel Karten vor sich. Auf elektronische Mischmaschinen und andere Hilfsmittel wurde verzichtet.

Die Küche war in eine Bar umgestaltet worden, hinter der Theke schenkten zwei knapp bekleidete junge Frauen Getränke aus. Um den Schein zu wahren, genehmigte sich Chandu einen achtzehn Jahre alten Glenlivet, gedachte aber, sich heute nicht zu betrinken, was bei der Auswahl an Spirituosen bedauerlich war.

Während er durch die Räume schlenderte, um sich einen Eindruck von den Mitspielern zu verschaffen, kam ein blonder Mann um die vierzig herein. Er trug einen dunkelblauen Anzug, mit Seidenkrawatte und Einstecktuch. Seine Lackschuhe spiegelten das Licht der LED-Leuchten. Er trug eine verdunkelte Lesebrille und hatte einen protzigen Goldring an der rechten Hand. Die Farbe des Bartes passte nicht zu den Haaren, daher war mindestens eines von beidem falsch. Wegen des Barts und der Brille konnte Chandu nicht sicher sein, dass es Becks war, von der Statur jedoch konnte es passen.

Chandu hielt sich unauffällig in dessen Nähe, bis der Blonde einen Bekannten traf. Es klatschte laut, als sie sich die Hände gaben.

»Schön, dass du es trotz der Probleme geschafft hast«, sagte der Bekannte, ein großer, schlanker Mann in Jogginghose und Sweatjacke.

»Das lasse ich mir nicht entgehen, und wenn eine Million auf meinen Kopf ausgesetzt ist«, erwiderte der Blonde leise.

Die Stimme war unverkennbar. Tim hatte recht gehabt. Die Fahndung nach ihm konnte Becks nicht von seinem liebsten Hobby abhalten.

Die Männer traten zusammen an die Theke und bestellten sich etwas zu trinken. Chandu ließ sich einen Platz an einem der Tische zuweisen, stellte sein Whiskeyglas ab und ging zur Toilette. Dort schloss er sich in eine Kabine ein und holte den Technikkram aus der Gürtelschnalle. Wie Max es ihm gezeigt hatte, schaltete er den Sender ein, klebte das Mikrofon in sein Revers und schlug den Kragen wieder um. Dann schob er den Empfänger in sein Ohr. Er betätigte die Spülung, verließ die Kabine und ging zum Waschbecken.

»Könnt ihr mich hören?«, fragte er, nachdem er das Wasser angeschaltet hatte.

»Überraschend gut, wenn man die Größe des Senders bedenkt«, vernahm er Jans Stimme. »Nur das Rascheln deines Anzugs stört etwas.«

»Das Ding ist klein und die Batterie reicht nur für vier Stunden«, erklärte Max. »Die ganze Nacht können wir das nicht machen.«

»Hier sind zwei Sicherheitsleute an der Tür und jemand, der das Geld tauscht«, erklärte Chandu. »Über dem Eingang ist noch eine Kamera, daher werden die drei nicht alleine sein.«

»Waffen?«, fragte Jan.

»Nicht offensichtlich, aber bei der Menge an Geld sicherlich schnell griffbereit.«

»Von wie viel Geld sprechen wir?«, fragte Max.

»Jeweils sechs Stühle an drei Tischen. Eine Geberin, also fünf Spieler pro Tisch. Jeder von denen hat mindestens fünfzigtausend Euro zum Spielen, plus zehntausend Kaution und noch mal eintausend für die Getränke.«

»Neunhundertfünfzehntausend«, sagte Max. »Da muss eine alte Frau lange für stricken.«

»Das weckt Begehrlichkeiten«, bemerkte Chandu. »Daher werden die drei Jungs nicht die einzige Security sein.«

»Was ist mit unserem Freund?«, fragte Jan.

»Becks ist schon da«, erklärte Chandu. »Gut verkleidet. Den hätten nicht einmal deine Kollegen vom Drogendezernat erkannt. Wo bist du gerade?«

»Ich bin im Nebenhaus auf dem gleichen Stockwerk wie du«, erklärte er. »Ist die Toilette frei?«

Chandu bejahte. Eine Zeit lang war Funkstille, dann sah er einen Schatten hinter einem Fenster.

»Das sind die Pissoirs«, erklärte Chandu. »Zwei Fenster weiter bist du bei den Kabinen.«

Der Schatten bewegte sich weiter. Chandu ging zurück in die erste Kabine und öffnete das Fenster dahinter einen Spaltbreit. »Ein Hoch auf die Sicherheitsbestimmungen und die zugehörigen Feuertreppen.«

»Das Fenster ist verdammt eng«, hörte er Jans Stimme.

»Ich habe dich vor den Folgen ungesunden Essens für das Gewicht gewarnt«, antwortete Chandu.

»Bei meinem Job kann man froh sein, wenn man überhaupt was zu essen bekommt.«

Chandu vernahm das Geräusch einer Sprühdose. »Was machst du?«

»Die Scharniere einfetten, damit sie nicht quietschen«, erklärte Jan. Dann öffnete sich das Fenster. Sein Freund reichte Chandu eine kleine Kamera in der Größe einer Zigarettenschachtel. Sie war in Weiß gehalten, sodass man sie an den Kacheln nur schwer erkennen konnte. Chandu klemmte sie unter das Waschbecken und schob den Mülleimer davor. So konnte man diese von vorne nicht sehen, aber der Toilettenbereich blieb in deren Fokus.

»Den Mülleimer ein Stück nach rechts«, hörte er Max' Stimme.

Chandu vernahm Schritte, nachdem er den Eimer verrückt hatte. »Besuch«, sagte er nur und schaltete das Wasser wieder an. Als die Tür aufging, konnte er noch Jans Schatten zurückhuschen sehen. Ein Mann mit schwarzem Anzug, weißem Hemd und Goldkette kam herein. Er hatte seine Haare mit Gel nach hinten gekämmt und kaute auf einem Zahnstocher. Chandu kannte ihn nicht. Er nickte ihm zu, wischte sich die Hände an einem Handtuch ab und ging zu den Pokertischen. Es war kurz vor einundzwanzig Uhr und die Runden würden bald beginnen.

* * *

Jan hastete zurück in das Nebengebäude und verbarg sich in einem kleinen Raum, in dem sich die Heizungssteuerung befand. Außerdem standen hier ein Putzwagen und ein großer Werkzeugkasten.

»Max, gibt es irgendetwas zu den Gästen zu berichten?«

»Deine Kollegen vom Dezernat 33 kennen zwei Drittel von ihnen«, erklärte der Hacker. »Überwiegend Leute, die ihr Geld nicht auf legalem Weg verdienen, ergänzt um ein paar Gutverdiener, denen ihr Alltag anscheinend zu langweilig ist. Dazu noch ein Hip-Hopper und ein Profifußballer«, fügte er nach einem Moment hinzu. »Aber niemand, der per Haftbefehl gesucht wird oder mit dem Chandu nicht fertigwerden würde.«

»Wir dürfen seine Tarnung nicht auffliegen lassen«, mahnte Jan. »Selbst wenn es kritisch wird.«

»Fünfzehn Besucher plus Sicherheitsleute sind eine Menge«, sagte Max. »Wenn Becks um Hilfe ruft, wirst du ordentlich rennen müssen.«

»Mit einer Pistole vor der Stirn wird er nicht schreien.«

»Ich kenne mich mit den Vorschriften nicht gut aus, aber das klingt nicht nach den üblichen Maßnahmen der Kriminalpolizei.«

»Wenn ich Becks meine Kripomarke zeige und ihn um ein Gespräch bitte, wird er mich bestenfalls auslachen«, erklärte Jan. »Ich muss mich schon auf sein Niveau begeben. Am Ende wird er nicht wissen, dass die Kripo überhaupt da war.«

»Bergman hat dies nicht abgesegnet, nehme ich an.«

»Natürlich nicht. Und das sollte auch so bleiben.«

»Dann lasst uns Poker spielen«, sagte Chandu auffällig laut.

»Die Runden gehen los«, bemerkte Max.

Jan überprüfte den Sitz seiner Pistole und nahm eine Sturmmaske aus der Tasche, um sie griffbereit zu haben. »Von mir aus kann es losgehen.«

* * *

Louis wartete, bis er keine Scheinwerfer mehr auf dem Fürstenwalder Damm sehen konnte, dann beschleunigte er kurz, schaltete das Licht ab und fuhr in den kleinen Feldweg, der von der großen Straße nach Norden abzweigte. Er hastete aus dem Auto und stellte die großen Äste vor das Fahrzeug, die er gestern extra dafür zusammengesammelt hatte.

»Von der Straße aus sind wir nicht mehr zu sehen«, wandte er sich dann an seine Schwester auf dem Beifahrersitz. Elli stieg aus, reichte ihrem Bruder einen Schutzanzug und schlüpfte anschließend selbst in einen solchen dunkelblauen Überzug.

»Die nächste S-Bahn kommt in zwölf Minuten«, erklärte sie mit Blick auf die Uhr. »Bis dahin müssen wir die Leiche über die Gleise geschafft haben.«

»Kein Problem.« Louis schloss den Reißverschluss des Anzugs bis nach oben und zog die Kapuze über. Glücklicherweise war der Vollmond noch eine gute Woche entfernt, sodass das

Licht im Wald fahl war, was ihren Plänen zugutekam. Er zog Handschuhe über, öffnete den Kofferraum und hob den nackten Issendorff aus der grünen Folie heraus. Der Körper hakte etwas, daher musste er fest ziehen. Obwohl der Tote im Vergleich zu Krüger ein Leichtgewicht war, würde seine Entsorgung schwerer werden. Sie konnten nicht mehr an einem Feldweg halten und die Leiche einfach dort ablegen. Schließlich hatte er Issendorff auf der Schulter, sodass er ein gutes Stück laufen konnte, ohne zu ermüden.

»Hast du die Bleiche?«, wandte er sich an seine Schwester.

Elli hob den Kanister hoch und nickte. »Zuerst müssen wir über die Schienen und dann in Richtung Nordwesten.« Sie hatte ihr Handy in der Hand und überprüfte die GPS-Koordinaten. »Von dort noch zweihundert Meter bis zum Ablageplatz. Schaffst du es bis dahin?«, fragte sie besorgt.

»Wenn ich Issendorff in dieser Position auf meiner Schulter halten kann, ist das ein einfacher Marsch«, erklärte Louis. »Nur stolpern sollte ich nicht, sonst wird es schwer.«

»Siehst du genug?«, wollte sie wissen und ging voran.

»Es muss reichen«, erwiderte er. »Licht zu machen wäre zu auffällig.«

Schweigend gingen sie ein Stück weiter. Obwohl er wusste, dass die nächste S-Bahn noch nicht kommen würde, hielt Louis an den Schienen an und sah nach beiden Seiten.

»Beeilung«, drängte Elli. »Wir müssen schon tief im Wald sein, bevor die Bahn kommt.«

»In Ordnung«, sagte er und trat mit großen Schritten über die Gleise.

Als sie das Geräusch der vorbeifahrenden Bahn hörten, waren sie schon weit im Wald. Niemand hätte sie sehen können, selbst wenn er genau in ihre Richtung geblickt hätte.

Kurz darauf sagte Elli: »Stopp!« Sie deutete auf eine kleine Senke und Louis warf den Leichnam hinein.

»Selbst das ist noch zu gut für dich, Dreckschwein«, sagte er zu Issendorff. Er unterdrückte das Bedürfnis, den Toten anzuspucken, schließlich durften sie keine Spuren hinterlassen. Vor allem nicht ihre DNS.

»Kümmere dich um die Bleiche«, sagte Elli und reichte ihm den Kanister. »Ich werde die falschen Spuren legen«, fuhr sie fort und holte mehrere Paar Stiefel aus ihrem Rucksack. »Und wenn wir wieder weg sind, werde ich den Fundort bekannt geben«, ergänzte sie lächelnd.

* * *

Glücklicherweise blieb immer eine Tür zu den Zimmern offen, sodass Chandu von seinem Sitzplatz aus den Thekenbereich stets im Blick hatte. So konnte er sehen, wann sich Becks etwas zu trinken holte und wann er dort vorbei zu den Toiletten ging. Es war fast absurd, dass der Erfolg der Mission vom Blasendrang eines Zuhälters und dem der anderen Mitspieler abhing, denn Becks musste allein die Toilette aufsuchen, sonst wäre eine Befragung unmöglich gewesen.

Wie immer bei Pokerrunden begann Chandu vorsichtig, setzte wenig und nur bei guten Karten. Ab und zu bluffte er offensichtlich, dann weniger offensichtlich, um es den Gegnern schwer zu machen, seine Taktik einzuschätzen.

Texas hold 'em war eigentlich kein Kartenspiel, da man nicht von Anfang an ein Blatt auf der Hand hatte, bei dem man Karten tauschen konnte, sondern davon abhängig war, was man bekam und was für alle auf den Tisch gelegt wurde.

Dass er immer wieder nach draußen sah und auf Becks wartete, ließ Chandu in keinen Spielflow kommen, den er eigentlich brauchte, um am Tisch zu gewinnen. Aber wenigstens verlor er auch nicht, sodass sich die Verluste der Kripo in Grenzen hielten.

Es dauerte zwei Stunden, bis Becks' Runde vollständig aus dem Zimmer ging. Chandu unterdrückte einen Fluch, dann jedoch fiel ihm auf, dass alle außer dem Zuhälter Raucher waren. Sie stellten sich an das einzige offene Fenster in der Nähe der Theke, während Becks weiter zur Toilette ging.

»Showtime, Leute«, sagte Chandu und schob einen kleinen Stapel Chips in die Mitte, mit der Hoffnung auf ein Full House. Tatsächlich aber war es das Stichwort, auf das Jan gewartet hatte.

* * *

Jan zog sich die Sturmmaske über das Gesicht, während er aus dem Raum hastete. Er trat durch das Fenster im Gang auf die Feuertreppe und schob sich an dem Gestänge entlang bis zur Toilette.

»Was macht Becks?«, fragte er leise.

»Er steht am Spiegel. Ich sehe nur seine Füße«, antwortete Max. »Sobald er sich bewegt, sage ich Bescheid.«

Jan bückte sich tief und ging geduckt zu dem dritten Fenster. Dasselbe drückte er vorsichtig nach vorne und es glitt leise auf. Das war der schwierigste Teil, denn Jan musste sich durch die schmale Öffnung winden. Sein Fuß durfte dabei weder auf dem dünnen Toilettendeckel aufkommen noch die Bürste umwerfen oder sonst ein Geräusch verursachen.

Es kam ihm unerträglich laut vor, als er seine Sneaker auf den Boden setzte und seine Jacke am Fensterrahmen entlangglitt, aber vielleicht dachte Becks, dass jemand auf der Toilette war. Sicherlich rechnete er nicht mit einem Einbruch.

»Er geht an die Pissoirs«, hörte er Max' Stimme in seinem Ohrhörer.

Jan stieß leise die Tür auf, zog seine Pistole beim Hinausgehen aus dem Holster und drückte sie dem Zuhälter an den Hinterkopf. Der Zeitpunkt war perfekt gewählt, denn

Becks hatte den Hosenschlitz auf und beide Hände an seinem Gemächt.

»Brav die Finger an deinem Ding lassen«, sagte Jan mit verstellter Stimme. »Sonst knipse ich dir die Lichter aus.« Er verstärkte kurz den Druck auf die Waffe.

»Was soll der Scheiß?«, fragte Becks, aber die Unsicherheit in seiner Stimme war deutlich zu hören, was Jan gut nachvollziehen konnte, immerhin war die Situation denkbar peinlich.

»Bin nur zum Plaudern hier«, sagte Jan. »Gib mir die Infos und ich schieße dir kein Loch in die Birne.«

»Hör zu, wenn …«

»Fresse halten«, unterbrach Jan. »Was wolltest du bei Issendorffs Abtreibungsklinik?«

»Von was redest du?«

»Beantworte die Frage, Arschloch.« Jan drückte den Lauf fester an den Kopf.

Becks schwieg einen Moment. Gerade als Jan dachte, er würde nichts mehr sagen, antwortete er in ruhigem Ton. »Issendorff suchte … Kunden.«

»Kunden?«

»Früher hatte er mit Bocher und seinen Kumpels genug zu tun, aber die sind alle tot oder haben sich aus Berlin verzogen.«

Erst jetzt bemerkte Jan, dass man die Toiletten von innen verschließen konnte. Er ging zur Tür und drehte den Knopf.

»Blick nach vorne«, befahl Jan, als Becks den Kopf ein Stück zu ihm drehte. »Welche Kunden wollte Issendorff?«

»Zuhälter, die bei ihren Mädchen Abtreibungen machen lassen.«

»Wie oft kommt das vor?«

»Bei meinen Mädchen gar nicht«, erklärte Becks. »Das ist beste Ware und ich behandle sie gut. Dazu gehört auch Verhütung.«

Jan hätte Becks am liebsten mit der Pistole eine übergezogen, weil er seine Huren als Ware bezeichnete, aber er brauchte noch mehr Informationen.

»Wie wollte Issendorff das trotz der Folgen seines Schlaganfalls machen?«

»Er war nur der Vermittler und stellte die Räumlichkeiten zur Verfügung. Angeblich hatte er zwei Ärzte aus dem Ausland an der Hand, die nicht weit von der deutschen Grenze praktizierten.«

Jemand rüttelte an der Tür. »Was soll der Scheiß?«, hörte man eine raue Stimme von draußen.

»Hat Issendorff Namen genannt?«, fragte Jan.

Es knallte an der Tür, sodass Jan befürchtete, der Rahmen könnte rausbrechen. »Ich muss pissen«, schrie der Mann.

»Weder er noch die anderen«, erwiderte Becks kopfschüttelnd.

»Welche anderen?«, fragte Jan verwundert.

»Kann mal jemand kommen?«, erklang es von draußen.

»Du musst weg«, hörte er Max' Stimme in seinem Ohr.

Ein weiterer Schlag ließ die Tür erbeben. Es knackte laut.

»Welche anderen?«, schrie Jan und presste ihm wieder die Pistole an die Stirn.

»Der eine hieß Krüger«, antwortete Becks. »Und da war noch eine Frau. Issendorffs Assistentin. Er hat sie Klara genannt.«

»Raus!«, schrie Max.

Jan verpasste Becks mit der Linken einen Haken in die Leber, der ihn stöhnend zu Boden gehen ließ. Er riss die Kamera von der Wand ab, öffnete das erste Fenster und sprang hinaus. Er hatte gerade noch Zeit, es wieder zuzuziehen, als er die Tür brechen hörte. Ohne sich umzudrehen, rannte er das kurze Stück über die Feuerleiter in das Nebengebäude, sprintete den Gang entlang und riss sich beim Laufen die Maske herunter. Dann hastete er die Treppen hinab bis in den Keller, von wo er ins nächste Nachbargebäude gelangte.

»Hast du das gehört, Max?«, sprach er in sein Mikrofon.

»Das mit der Frau?«, fragte dieser.

»Es gibt noch eine weitere Beteiligte«, stimmte Jan zu. »Und somit ein mögliches weiteres Entführungsopfer.«

»Dazu passt die SMS, die mir ein Kollege geschickt hat«, sagte Max. »Issendorffs Leichnam ist gefunden worden.«

Kapitel 9

Wie schon bei Hans Krüger war die Polizei nicht als Erste vor Ort. Im Vergleich zum Fund von Krügers Leiche war bei Issendorff die Anzahl der Gaffer überschaubar, denn erstens konnte man das Waldstück Friedrichshagen nicht ganz so leicht erreichen und zweitens hatten einige Influencer ein Problem damit, sich die Schuhe schmutzig zu machen.

Die Kollegen vom Kriminaltechnischen Institut waren schon am Arbeiten, während vier Polizisten ankommende Gaffer bereits auf dem Waldweg abfingen und wieder zurückschickten. Steckdosen waren hier nicht vorhanden, aber das Aggregat des KTI würde die Nacht über genug Strom für die LED-Strahler liefern, welche die Gegend taghell erleuchteten.

Bernhard Issendorffs Leiche war in einer kleinen Senke abgelegt worden. Ein zufällig vorbeikommender Spaziergänger hätte ihn nicht entdeckt. Er lag auf der Seite, die Beine ausgestreckt und den rechten Arm unter dem Kopf. Die Augen waren geschlossen, aber die Lippen zusammengepresst und die Fäuste geballt, als wäre der Körper im krampfhaften Schmerz verharrt. Der Täter hatte ihn vollständig entkleidet. An den Hand- und Fußgelenken erkannte man Verbrennungen, die von dem tödlichen Stromstoß stammen mussten. Sein Körper war ausgemergelt und nach dem chemischen Geruch zu schließen, wieder mit Bleiche übergossen. Auf dem Rücken war die Ziffer »2« tief in die Haut eingeritzt.

»Wurde der Fund der Polizei gemeldet?«, wandte sich Jan an Patrick, der gerade in einen weißen Plastikanzug schlüpfte.

Dieser schüttelte den Kopf. »Einer unserer ITler hat einen Post in einem Forum gefunden, der auf den Leichenfundort hinweist. Wahrscheinlich vom Täter initiiert. Dieses Mal waren wir etwas schneller, daher konnten wir von allen Gaffern eine DNS-Probe und Schuhabdrücke nehmen, damit wir sie ausschließen und jene des Täters identifizieren können.«

»Hier sind aber einige Abdrücke«, sagte Jan mit Blick auf den Boden.

Patrick nickte und deutete auf eine Fußspur, die von rotem Absperrband umgeben war. »Das könnte unser Mann sein.«

Jan ging in die Hocke und betrachtete den Abdruck. Er schätzte ihn auf Schuhgröße fünfundvierzig, mit quer laufenden Rillen wie bei einem Arbeitsschuh.

»Die Person war entweder ungewöhnlich schwer oder hat etwas Schweres getragen.« Patrick deutete auf die Tiefe des Abdrucks. »Da sich in der Umgebung keine Reifenspuren finden, ist er zu Fuß unterwegs gewesen.«

»Wie viel wog Issendorff?«

»Knapp siebzig Kilo. Von hier bis zum Fürstenwalder Damm sind es rund dreihundert Meter Luftlinie. Da wäre die nächste Möglichkeit, ein Auto abzustellen. Sportlich, aber nicht unmöglich«, kommentierte er noch.

»Wie kommst du darauf, dass die Abdrücke ausgerechnet vom Täter sind?«

»Sie gehen zum Leichenfundort hin, aber nicht mehr zurück«, erwiderte Patrick. »Entweder kann der Täter fliegen oder er hat die Schuhe gewechselt, als er die Leiche abgelegt hat.«

»Clever«, gab Jan zu.

»Aber nicht clever genug«, ergänzte Patrick lächelnd.

»Sind die Spuren schon zurückverfolgt?«

Patrick schüttelte den Kopf. »Weil heute Regen angekündigt wurde, wollen die Kollegen erst den Tatort sichern.« Er deutete nach Südosten. »Von der Richtung der Spuren zu schließen kam der Täter etwa von dort. Ein gutes Stück hinter dem Wald liegt der S-Bahnhof Rahndorf. Da beginnen wir mit der Suche und arbeiten uns bis hierhin weiter.«

»Der Bahnhof ist kameraüberwacht«, gab Jan zu bedenken. »Ich kann mir nicht vorstellen, dass er dort war.«

»Das nicht, aber es grenzt die Sache etwas ein, weil er mit der Leiche den kürzesten Weg genommen und nicht noch falsche Spuren gelegt haben wird.«

»Zeugen werden wir um diese späte Stunde nicht finden und selbst wenn, kann man in dem Wald kaum zehn Meter weit sehen.« Jan sah sich um. »Selbst mit einer Leiche auf der Schulter genügt ein größerer Baum, um sich zu verbergen.«

»Wir bereiten trotzdem einen Aufruf für die Bevölkerung vor«, erklärte Patrick. »Fichtenau ist nicht so weit und auch Rahndorf ist in der Nähe. Vielleicht hat ein nächtlicher Spaziergänger etwas gesehen.«

»Ein glücklicher Zufall würde genau zur richtigen Zeit kommen.«

»Eine kleine Nachlässigkeit haben wir schon entdeckt.« Patrick hob einen durchsichtigen Beweisbeutel hoch, in dem ein kleines grünes Stück Plastik aufbewahrt war. »Das fand sich in der Nähe des Ablageortes. Vermutlich war die Leiche darin eingepackt, damit keine DNS während des Transports vom Täter auf Issendorffs Körper kam.«

»Bist du ohne Analyse sicher?«

»Siehst du den weißen Fleck am Rand?« Patrick nahm eine Taschenlampe aus der Jacke und leuchtete das Beweisstück an. »Das kommt von der Bleiche.«

»Dann findet sich keine Täter-DNS darauf.«

»Vermutlich nicht, aber wir können das bei der Zeugensuche angeben«, erklärte er. »Vielleicht ist jemandem ein Paket mit dieser Folie aufgefallen.«

»Das wird hoffentlich nicht unser einziger Fund bleiben«, versuchte Jan sich in Optimismus. Er sah auf seine Uhr. Es war schon Mitternacht durch. »Ich werde mich ein paar Stunden schlafen legen, damit ich morgen den Wahnsinn etwas entspannter angehen kann. Wenn wir nicht bald einen Verdächtigen haben und den Zusammenhang zu Wank finden, wird Bergman den Druck von den offiziellen Stellen an uns weitergeben.«

»Bis morgen früh haben die Kollegen vom KTI die ersten Ergebnisse«, erklärte Patrick. »Wenn sich etwas findet, hast du es vor dem ersten Kaffee auf dem Schreibtisch.«

* * *

Als Jan um kurz nach sieben wieder ins Büro kam, fühlte er sich immer noch müde, aber er hatte lange genug geschlafen, um den Tag mit ausreichend Koffein durchhalten zu können. Er fuhr seinen Computer hoch, suchte Encks Nummer aus den Akten und rief sie sofort an.

»Mariella Enck«, meldete sich die Frau. Sie klang trotz der frühen Zeit nicht müde, daher hatte er sie wohl nicht geweckt.

»Hauptkommissar Tommen von der Kripo Berlin«, sagte Jan. »Hätten Sie einen Moment Zeit für mich?«

»Ich nehme an, es geht um Bernhard Issendorffs Tod?«

»Nicht direkt«, antwortete Jan. »Es geht eher um eine weitere Beteiligte. Eine Frau.«

»Das verstehe ich nicht.«

»Bernhard Issendorff hatte noch eine Assistentin namens Klara«, erklärte Jan. »Erinnern Sie sich an diese Person?«

»Vage.«

»Frau Enck«, versuchte Jan, seine Stimme ruhig zu halten. »Sie sind eine wichtige Zeugin, da Sie zu den wenigen Personen gehören, die das von Herrn Issendorff erzeugte Leid am eigenen Leib erfahren haben. Daher ist jeder Hinweis von Ihnen wichtig. Vor allem was die weiteren Beteiligten betrifft, denn diese könnten das nächste Opfer des Täters werden.«

»Ich glaube, dass Sie etwas missverstehen«, sagte Enck. »Ich bin nicht zu Ihnen gekommen, um Hinweise auf den Mörder von Krüger und Issendorff zu geben. Mir war nur wichtig, dass Sie wissen, dass Issendorff nicht der arme, unschuldige Mann war, zu dem er anfänglich gemacht wurde, als die ersten Bilder seiner Entführung veröffentlicht wurden. Er war ein Dreckschwein, das sich charakterlich von Menschen wie Adrian Bocher in keiner Weise unterschied. Wie schon gesagt, würde ich seinen Mörder feiern.« Ihre Stimme war ruhig und abgeklärt. »Die Abtreibung war eine der schlimmsten Erfahrungen in meinem Leben und wenn man meine Erlebnisse als Straßenhure bedenkt, können Sie sich vorstellen, wie schrecklich das gewesen sein muss. Vieles davon ist aus meiner Erinnerung gelöscht, sucht mich aber regelmäßig in Albträumen heim, sodass es kein Entrinnen aus der Zeit gibt, selbst Jahre danach. Und ja, da kommt auch eine Frau vor, die wahrscheinlich Issendorffs Assistentin war, aber das Letzte, was ich tun werde, ist Ihnen irgendeinen Hinweis geben, wer sie ist, denn sie hat den Tod ebenso verdient wie Krüger und Issendorff.«

»Sie wissen, dass Sie sich damit strafbar machen können?«

»Das schreckt mich nicht, Hauptkommissar Tommen. Kein Gefängnis ist schlimmer als meine Zeit auf dem Straßenstrich, daher lässt mich diese Drohung kalt.« Damit beendete sie das Gespräch.

Jan gönnte sich einen ausgiebigen Fluch. Enck war eine wichtige Zeugin, aber wenn sie nicht mit ihm reden wollte, konnte er nicht genug Druck auf sie ausüben, um ihre Entschlossenheit zu brechen. Er musste eine andere Methode finden, die Identität der unbekannten Frau aufzudecken.

* * *

Als Chandu die Tür öffnete, hielt er eine Schüssel in der Hand, in der Spaghetti mit einer dunkelgrünen Soße waren.

»Tut mir leid«, entschuldigte Jan sich. »Die Besprechung hat sich ewig gezogen.«

»Das ist ein Avocadopesto mit Cashews«, erklärte sein Freund, als er ihm die Schüssel mit einer Gabel überreichte »Weil unsere Prinzessin Hunger hatte, haben wir schon gegessen.« Er deutete auf Zoe, die mit einer Zigarette in der Hand auf der Couch saß.

»Ist besser so.« Mit einem dankbaren Lächeln nahm Jan die Schüssel entgegen. Zoe besaß ein Grundrauschen an schlechter Laune, das Nikotinmangel und Hunger erheblich verstärkten.

Trotz der eigenartigen Farbe rochen die Nudeln verführerisch, daher begann er schon auf dem Weg zur Couch davon zu essen. »Wegen Issendorffs Leichenfund habe ich ganz vergessen zu fragen, wie es nach meinem Toilettengang mit Becks bei der Pokerrunde weitergegangen ist«, wandte er sich an Chandu. »Wie war es?«

»Besser als Brot in Scheiben«, erwiderte er grinsend und setzte sich auf die Couch. »Zuerst kam der Organisator und hat seine Sicherheitsleute rund gemacht. Die Spiele wurden gestoppt und jeder hat seine aktuelle Summe an Geld mitgenommen.« Er verschränkte die Hände hinter dem Kopf. »Da ich kurz zuvor mit einem Full House einen großen Topf Kohle abgesahnt habe, war ich in dem Moment leicht im Plus.«

»Wie leicht?«, fragte Max.

»Achttausend.«

»Kein schlecht bezahlter Undercover-Einsatz«, bemerkte Zoe.

»Zur Entschuldigung für den Ärger haben wir sogar die tausend Euro Getränkeflat zurückbekommen, daher hat die Kripo Berlin keinen Verlust gemacht.«

»Ich erwähne Bergman gegenüber nichts davon«, bemerkte Jan kauend. »Ohne das Pokerspiel wüssten wir nichts von einer dritten Beteiligten, daher sind wir dir wieder etwas schuldig.«

»Hat besagter Bergman etwas über deine Verhörmethode gesagt?«, wollte Zoe wissen.

»Er wäre mit dieser Art von Wortwahl und Gewalt sicher nicht einverstanden gewesen, aber als ich von meinem Versteck zur Toilette gelaufen bin, hat die Aufnahme gestreikt.«

»Die moderne Technik«, sagte Max, wobei er breit grinste.

»So ein Glück aber auch«, bemerkte Zoe mit hochgezogener Augenbraue.

»Was ist mit unserer neuen Verdächtigen?«, unterbrach Chandu das Geplänkel. »Oder mit unserem neuen potenziellen Opfer, je nachdem, wie man es betrachtet.«

»Mariella Enck hat quasi bestätigt, dass Issendorff eine Assistentin hatte, aber sie will die Frau auch tot sehen, daher kooperiert sie nicht.«

»Bei allem, was ihr angetan wurde, kann ich sie verstehen«, sagte Zoe.

»Hast du das Interview mit ihr in der Zeitung gelesen?«, wandte sich Chandu an Jan.

Er nickte.

»Ich musste abbrechen, als sie von dem Eingriff und den Schmerzen im Unterleib berichtete, die sie heute noch hat, mehr als zehn Jahre nach ihrer Zwangsabtreibung«, sagte Chandu.

»Das alles will ich nicht kleinreden«, sagte Jan. »Aber sie hat in dem Interview explizit davon gesprochen, dass sie dem Mörder sogar helfen würde, weitere Beteiligte zu finden.«

»Wenn man dir das angetan hätte, würdest du das auch anbieten«, sagte Zoe.

»Mir ist der Rachegedanke auch nicht fremd, aber ich bin ein Freund der Unschuldsvermutung, daher will ich die Frau vor dem Mörder identifizieren. Und wenn sie sich als willentliche Mitarbeiterin herausstellt, wird sie auch entsprechend bestraft.«

»Sie wird nicht zufällig dort gewesen sein und von nichts gewusst haben«, bemerkte Zoe.

»Fahndet ihr nach der Unbekannten?«, fragte Chandu.

»Wir haben nichts«, erklärte Jan. »Weder den vollen Namen noch eine äußerliche Beschreibung.« Er aß wieder von den Spaghetti. »Die Kollegen nehmen sich gerade die wenigen Fotoalben von Issendorff vor und erstellen eine Galerie von allen Frauen, die dafür infrage kommen. Aber mehr lässt sich nicht machen.«

»Habt ihr die ehemaligen Angestellten in seiner Praxis überprüft, in der er als Allgemeinmediziner praktiziert hat?«, fragte Zoe.

»Die wurden schon am Tag seiner Entführung ohne Ergebnis befragt«, sagte Jan. »Nachdem wir die Abtreibungsklinik gefunden haben, war das allgemeine Entsetzen groß, aber nach einer erneuten Befragung gab es keine Hinweise, dass eine von ihnen die gesuchte Assistentin war.«

»Was ist mit Fingerabdrücken?«, fragte Chandu.

»Wie ihr wisst, gibt es einige, die nicht in der AFIS-Datenbank sind. Da könnte auch unsere Klara dabei sein, aber solange wir nicht einmal einen Verdacht haben, nützen uns die Abdrücke erst einmal nichts.«

»Und Krügers Wohnung?«, fragte Zoe.

»Bis auf ein paar einzelne Fotos, die in einem Schrank herumgeflogen sind, fanden sich erschreckend wenig persönliche Dinge. Keine Alben, kein Adressbuch oder irgendetwas, das man bei anderen Menschen normalerweise findet.«

»Also warten wir auf das nächste Video«, schloss Zoe. »Dieses Mal mit einer Frau.«

»Es ist zum Verrücktwerden«, gab Jan zu. »Wir haben keine Ahnung, wer der Mörder ist, und keinen Hinweis auf den Unterschlupf, wo er Krüger und Issendorff gefangen gehalten hat. Ebenso wenig wissen wir, wer Klara ist und ob es vielleicht noch weitere Beteiligte gegeben hat. Wir hoffen, dass sie sich bei uns meldet, denn wenn man die Anzahl an Artikeln und Sonderberichten bedenkt, die momentan durch die Medienlandschaft geistern, dann kann man sich dem nicht entziehen.«

»So viel Aufmerksamkeit hatten wir lange nicht mehr«, bestätigte Max.

»Dazu gehört auch deine vermeintliche Zeugin Mariella Enck, die einer großen Tageszeitung gestern ein Interview gegeben hat«, sagte Chandu.

»Wenn man das gelesen hat, lässt sich die Freude über Krügers und Issendorffs Tod nur schwer unterdrücken«, ergänzte Zoe.

»In einem bekannten Forum läuft gerade eine Abstimmung, wen der Mörder als Nächstes entführen soll«, sagte Max.

»Verdammte kranke Welt«, murmelte Jan.

»Völlig abwegig ist diese Wut nicht«, sagte Chandu.

Jan stellte seine Schüssel zur Seite. »Irgendetwas Interessantes bei der Obduktion?«, wandte er sich an die Pathologin.

»Wie bei Krüger hat der starke Stromstoß den Tod verursacht«, erklärte Zoe. »Wegen des Schlaganfalls stand es gesundheitlich nicht gut um ihn, aber er hätte noch ein paar Jahre gehabt, da seine Beeinträchtigungen vor allem motorischer Art waren. Sein Kopf war so weit noch in Ordnung, trotz der Sprachprobleme.«

»Was ist mit der 2 auf seinem Rücken?«, fragte Chandu.

»Postmortal eingeritzt«, antwortete Zoe. »Und bevor ihr fragt, wir konnten an der Leiche keinerlei Spuren des Täters sichern.« Sie zog an der Zigarette und blies einen Rauchkringel zur Decke. »Den Toten auszuziehen und mit Bleiche zu übergießen ist eine äußerst wirksame Methode, um Spuren zu vermeiden.«

»Wie geht es Wank?«, wollte Chandu wissen.

»Wird von Tag zu Tag unleidlicher«, erwiderte Jan. »Die Öffentlichkeit hat ihn längst als Mitschuldigen verurteilt, deshalb kann er nicht ohne Polizeischutz vor das Haus. Er hat sogar einen Anwalt beauftragt, uns zu verklagen, weil er sich als Opfer von Medienhetze sieht und wir nichts dagegen unternehmen.«

»In den Foren und den Social-Media-Kanälen hat sich die Meinung insoweit gedreht, dass Issendorff nicht mehr als armer alter Mann gesehen wird, sondern sein Tod gefeiert wird«, erläuterte Max. »Von daher wird nicht mehr Wanks Kopf gefordert, aber unverändert glaubt niemand an seine Unschuld.«

»Zugegebenermaßen ist es eigenartig, dass der Mörder seinen Tod verlangt«, sagte Jan. »Aber bis auf die Tatsache, dass Issendorff der Hausarzt der Wanks war, gab es keine Verbindung zu ihm. Auch nicht zu Krüger, und wir haben alles überprüft.«

»Und wie geht es weiter?«, fragte Chandu.

»Keine Ahnung«, antwortete Jan frustriert. »Normalerweise melden sich potenzielle Opfer bei der Polizei, aber unter den Umständen wird Klara aus Angst vor Strafe nicht aus ihrer Deckung kommen.«

»Und wenn der Mörder mehr Informationen hat als wir?«, fragte Max.

»Dann wird er sie entführen und auf die gleiche Art töten wie Krüger und Issendorff.«

* * *

Ihre Jahre auf der Straße hatten Mariella eine Art sechsten Sinn für Gefahren entwickeln lassen. Sie spürte es, wenn ihr jemand auflauerte, danach trachtete, ihr die Handtasche zu stehlen, oder sie zu vergewaltigen versuchte. Das war wahrscheinlich der Grund, warum sie überhaupt noch am Leben war.

Die Gestalt folgte ihr schon, seit sie das Haus verlassen hatte. Eigentlich wollte sie sich nur etwas zu essen holen und ihren Kaffeevorrat auffüllen, aber anstatt zum Supermarkt zu gehen, bog sie in den kleinen Park ein, der um diese Zeit verlassen war. Am anderen Ende sah sie noch einen Jogger mit einer Stirnlampe, aber am Spielplatz und der daneben aufgebauten Metallbank war niemand mehr.

Mariella musste sich nicht umdrehen, um zu wissen, dass die Gestalt ihr in den Park gefolgt war. Sie nahm auf der Bank Platz und wartete, bis sie ein leises Rascheln vernahm. Ihr Verfolger war zwar geschickt und kaum hörbar, aber sie wusste, dass er da war.

»Guten Abend«, begrüßte sie ihn, ohne sich umzudrehen.

Das Rascheln hörte kurz auf, als wäre er stehen geblieben. »Guten Abend, Frau Enck«, sagte er schließlich. Seine Stimme war dunkel, aber sie vernahm eine gewisse Anspannung.

»Wollen Sie mehr über die Frau wissen?«

Der Mann schwieg.

»Deswegen sind Sie doch hier«, ermunterte sie ihn.

»Ich habe Ihr Interview gelesen«, antwortete er schließlich. »Ich war nur nicht sicher, ob es eine Falle ist.«

»Ich verstehe Ihre Vorsicht, schließlich werden Sie wegen zweifachen Mordes gesucht.«

»Das ist kein Mord«, rechtfertigte er sich mit zorniger Stimme. »Diese Menschen haben es verdient, zu sterben. Niemals hätten sie unbehelligt dieses Leben weiterleben dürfen.«

»Mein … Eingriff ist schon mehr als zehn Jahre her, doch noch immer spüre ich den Schmerz in meinem Körper und des

Nachts suchen mich die Erinnerungen heim. Hans Krüger und Bernhard Issendorff sterben zu sehen, war befreiend. Es bereitete mir eine Freude, wie ich sie lange nicht mehr gespürt habe. Daher habe ich die Wahrheit gesprochen. Ich arbeite nicht mit der Polizei zusammen und hoffe, dass alle Beteiligten bestraft werden.«

»Dann wissen Sie von der Frau?«

Sie nickte. »Ich erinnere mich nur noch an wenig, er rief sie Klara.«

»Das weiß ich, es ist das Einzige, was ich aus Issendorff herausbekommen habe«, antwortete er. »Den Vornamen.«

»Wegen der Stromstöße?«

»Es schien, als hätte er diese Erinnerung aus seinem Kopf gelöscht«, erklärte er. »Außerdem erschwerte der Schlaganfall das Sprechen. Die meiste Zeit hat er nur gebrabbelt und sich vollgepisst.«

Sie lächelte und legte sich die Hand auf den Bauch. »Sie können sich nicht vorstellen, wie gerne ich ihn so gesehen hätte.«

»Er hat bekommen, was er verdient hat«, sagte der Mann zufrieden. »Aber wir sind noch nicht fertig. In seiner Wohnung konnten wir allerdings nichts über eine Klara finden. Weder in seinem Adressbuch noch in seinem Fotoalbum.«

Mariella schloss die Augen und versuchte das erste Mal in ihrem Leben, sich bewusst an die Zeit in der Klinik zurückzuerinnern. Tatsächlich fiel es ihr nun mit dem Wissen darum, dass Krüger und Issendorff einen qualvollen Tod gestorben waren, weit weniger schwer, sich ihre Gesichter vor Augen zu holen. »Klara war etwa zehn Jahre jünger als Issendorff«, begann sie. »Sie hatte blonde Haare, die ihr bis zu den Schultern reichten, und eine schmale Nase. Sie hätte eine schöne Frau sein können, aber da war etwas Bösartiges, Hartes in ihren dunkelbraunen Augen, das noch grausamer war als Krügers mieses Grinsen oder

Issendorffs Behandlung, als wäre ich ein Stück Schlachtvieh. Und dieser Gestank nach Zigaretten!« Sie schüttelte sich.

»Sie hat geraucht?«

»Von dem Geruch, der ihr anhaftete, und ihren gelb verfärbten Zähnen zu schließen, mindestens eine Schachtel am Tag.«

»Hat Issendorff Klara jemals bei ihrem Nachnamen genannt?«

Mariella schüttelte den Kopf. »Aber sie hatte einen leichten osteuropäischen Akzent und immer, wenn ihr etwas nicht passte, sagte sie ›To lischa‹ oder etwas Ähnliches. Wobei ich keine Ahnung habe, was das bedeutet und welche Sprache das ist.«

»Do licha«, wiederholte er. Mit dem weichen »D« und dem »ch« klang es ähnlich wie bei Klara.

»Das ist es.« Mariella hätte sich beinahe umgedreht. »Wissen Sie, was es bedeutet?«

»Das ist polnisch und heißt so viel wie ›verdammt noch mal‹.«

»Also stammt sie aus Polen?«

»Von denen gibt es einige in Berlin. Aber es ist immerhin eine erste Spur.«

»An mehr kann ich mich leider nicht erinnern.«

»Das war sehr viel und hat mir geholfen«, antwortete er.

»Hoffentlich finden Sie diese Frau.«

»Das werde ich«, sagte er bestimmt. »Und sie wird für ihre Taten büßen.«

Mariella hörte wieder Schritte. Sie blieb noch eine Minute sitzen und genoss die Ruhe im Park. »Ich kann es kaum erwarten, Klara sterben zu sehen«, murmelte sie. Sie erhob sich und machte sich auf den Weg zurück nach Hause. Ein Lächeln lag auf ihrem Gesicht, als sie sich über den Bauch rieb.

* * *

»Wer hätte gedacht, dass mein polnischer Zellennachbar im Knast einmal von Nutzen sein würde«, sagte Louis mit breitem Lächeln. Es war einer der wenigen Momente, in denen er frei und unschuldig wirkte, nicht wütend und voller Zorn. Wie sehr wünschte Elli sich, dass er immer so sein könnte! »Do licha«, murmelte er, als er den Laptop auf dem Schreibtisch startete. »Jetzt weißt du, warum wir die Wohnung von Issendorff bis ins kleinste Detail durchsucht haben«, erklärte er.

»Würden wir nicht in Berlin wohnen, könnten wir mit den Hinweisen etwas anfangen, aber bei dreieinhalb Millionen Einwohnern wird es jede Menge blonde Klaras mit polnischen Wurzeln geben, die gerne rauchen«, bemerkte Elli, die das Gespräch im Park mitgehört hatte. »Ich kann mich nicht daran erinnern, dass Krüger oder Issendorff etwas zu einer Klara notiert haben.«

»Haben sie nicht«, bestätigte er. »Aber meine Jahre als Einbrecher kommen mir zugute. Ich kann in wenigen Sekunden die Einrichtung einer Wohnung erfassen und beurteilen, was sich zu klauen lohnt und was nicht.« Er ließ einen Film ablaufen. »Diese Aufnahmen haben wir gemacht, während wir auf Issendorff gewartet haben.« Das Video begann im Eingangsbereich, dann schwenkte die Kamera durch das Wohnzimmer und die Bücherregale, bis sie in der Küche ankam. »Hier.« Louis stoppte die Aufnahme und zoomte größer. »Siehst du das?« Er deutete auf ein verschlossenes Glas in einem Regal.

»Irgendeine grüne Masse«, erwiderte sie. »Was ist das?«

»Grochowka Wojskowa«, las Louis vor. »Frei übersetzt: Erbsensuppe vom Militär.«

»Und die ist anders als übliche Erbsensuppen?«, sagte sie verwundert.

»Durch die Schweinerippchen wird die Suppe fleischhaltig und herzhafter. Ist Geschmackssache, aber manche Leute schwören darauf.« Er ließ den Film weiterlaufen, bis die Stelle kam, wo er den Kühlschrank öffnete. An dieser hielt er ihn wieder an und zoomte größer. »Und hier.« Louis deutete auf zwei Packungen mit dunkelgrauen Würsten. »Kaszanka Swojska«, las er vor. »Graupenwurst.«

Elli schüttelte sich. »Nicht meine Vorstellung von einem guten Essen.«

»Es gibt Schlimmeres«, erklärte Louis. »Aber dank meines Zellennachbarn weiß ich, dass es in Berlin einige polnische Spezialitätenläden gibt, bei denen man diese Dinge kaufen kann. In einem normalen Supermarkt findet man so etwas nicht.«

»Und was willst du tun? Jeden von den Läden abklappern und nach Klara suchen?«

Louis nickte. »Die polnische Community in Berlin wird klein genug sein, damit man sich kennt.«

Normalerweise hätte Elli ihm erklärt, dass dies ein schlechter Plan war, da besagte Klara durch den Tod von Krüger und Issendorff gewarnt war und sich wohl eher versteckt hielt. Aber da Louis leicht zu kränken war, gerade wenn er so enthusiastisch und überzeugt war, verzichtete sie auf den Einwand.

»Ich hätte eine Idee, wie uns die Besitzer der Läden bei der Suche sogar helfen können«, erklärte sie vorsichtig.

»Wie willst du das anstellen?«, fragte er verwundert.

»Ich nutze die Gier der Menschen«, erwiderte sie lächelnd. Dann begann sie ihren Plan zu erläutern.

* * *

Jans Büro war voller Akten. Überall lag Papier herum und am Whiteboard hingen Fotos von den Fällen, trotz allem hatte er jedoch nicht das Gefühl, dass sie vor einem Durchbruch standen. Die Abtreibungsklinik lieferte ihnen ein Motiv, aber die Anzahl der potenziellen Täterinnen war unüberschaubar groß. Es konnte jede der zur Abtreibung gezwungenen Frauen sein. Oder vielleicht auch ein Freund oder Verwandter einer Misshandelten.

Ihre einzige Hoffnung war, die unbekannte Dritte zu finden, aber nur mit dem Namen Klara würden sie nicht weit kommen, wenn dieser Name überhaupt der richtige war. Alle Frauen, mit denen Krüger oder Issendorff Kontakt gehabt haben konnten, waren überprüft. Vor allem Issendorffs ehemalige Praxishelferinnen, aber keine von ihnen hatte von der Nebentätigkeit ihres Chefs gewusst, oder zumindest behaupteten sie das.

Als die Tür aufgerissen wurde und an den Aktenschrank dahinter knallte, hob Jan noch nicht einmal den Kopf, denn es gab nur eine Person, die ohne anzuklopfen in sein Büro kam und dabei schwungvoll die Tür öffnete.

»Ich habe sie gefunden.« Max stellte seinen Laptop auf den Aktenstapel vor Jan. Ein weiteres Mal überlegte Jan, ob er seinem Freund einen Kamm zum Geburtstag schenken sollte, denn Max' Haare sahen aus, als wäre er an einer startenden Flugzeugturbine vorbeigelaufen. An dem Fleck auf dem Star-Wars-T-Shirt erkannte er, dass der Hacker irgendetwas mit Ketchup gefrühstückt hatte.

»Wen?«, fragte Jan und wandte sich ihm zu.

»Jelena Hrdličková.« Max drückte eine Taste und das Bild einer jungen Frau erschien auf dem Bildschirm des Laptops. Sie lag auf einer Chrombahre, die Augen geschlossen. Das Gesicht war leicht blau verfärbt.

»Das ist wer?«, wollte Jan wissen. Er erkannte weder die Frau noch sagte ihm der Name etwas.

»Erinnerst du dich an das Gespräch mit Mariella Enck?«

»Die Prosituierte, die ihr aus Bochers Auto noch zugewunken hat …«

»… und dann nicht mehr gesehen wurde«, beendete Max den Satz für ihn. »Man fand ihre Leiche im Dezember 2004 in der Spree unter der Spennrathbrücke.«

»Was war die Todesursache?«

»Laut Obduktion innere Blutungen. Das Wasser in ihrer Lunge war postmortal.«

»Bei dem Eingriff in Issendorffs Abtreibungsklinik ist etwas schief gegangen«, schloss Jan.

»Und dann hat man sie wie Müll in die Spree entsorgt«, ergänzte Max.

»Hast du die Akte dazu?«

»Habe ich, aber darin steht wenig Erhellendes«, erklärte er. »Das Wasser hat alle Spuren abgewischt und es gab keine Zeugen. Die Kollegen haben Bocher befragt und sich auf dem Straßenstrich umgehört, aber der Zuhälter hat behauptet, sie nicht zu kennen, und die anderen Frauen haben wie das sprichwörtliche Grab geschwiegen.«

»Einer der zahllosen ungeklärten Todesfälle in Berlin.«

Max nickte.

»Wie wurde sie identifiziert?«

»Hrdličková wurde mehrfach wegen illegaler Prostitution verhaftet, daher waren ihre Fingerabdrücke im System.« Er nahm den Laptop wieder an sich. »Ich suche nach weiteren Fällen von Frauen, die aufgrund von inneren Blutungen verstorben sind und als Prostituierte gearbeitet haben könnten. Vielleicht stoßen wir darüber auf diese Klara.«

Jan hob den Daumen, als Max das Zimmer wieder verließ. Er wollte sich gerade wieder in den Akten vergraben, als Patrick an den Türrahmen klopfte. »Die Kriminaltechniker haben einen weiteren Fingerabdruck identifizieren können«, sagte er. »Bedauerlicherweise nicht einer von der gesuchten Klara.«

»Von wem dann?«

Patrick sah auf sein Handy, auf dem er immer alle Notizen festhielt. »Es handelt sich um eine gewisse Rita. Eine ehemalige Prostituierte, deren Fingerabdrücke wegen Ladendiebstahls und Drogendelikten in unserem System sind.«

»Besser als keine Spur«, sagte Jan und erhob sich. »Befragen schadet nicht.«

»Ich schicke dir ihre Adresse auf das Handy«, sagte Patrick. »Vielleicht weiß sie mehr als nur Klaras Vornamen.«

* * *

Der Laden für polnische Spezialitäten erinnerte mehr an einen Supermarkt als an ein kleines Geschäft mit ein paar Dosen und Würsten. Draußen waren ein Regal mit frischem Obst und ein Stehtisch mit Aschenbecher aufgestellt. In der Auslage des Schaufensters standen Kuchen und Pralinenschachteln. Das Geschäft war gepflegt, die Regale üppig mit Waren gefüllt und die Wursttheke am Ende konnte mit denen in deutschen Metzgereien durchaus mithalten. Eine junge Frau war in das Gespräch mit einigen älteren Damen verwickelt, die wahrscheinlich weniger zum Einkaufen als zum Reden vorbeigekommen waren. Elli verstand kein Wort, aber von ihrem Lachen zu schließen, schienen sie sich gut zu amüsieren.

Elli drehte sich kurz zum Schaufenster und kontrollierte ihr Aussehen. Das Businesskostüm saß perfekt. Die hochgesteckten Haare und die Brille mit den großen Gläsern machten den Eindruck einer spießigen Beamtin perfekt. Sie hatte sich außerdem kaum geschminkt und auf Parfüm verzichtet. Unter dem Arm trug sie ein großes, längliches Paket.

»Guten Tag«, wurde sie in akzentfreiem Deutsch angesprochen. Die junge Frau von der Theke war zu ihr herangetreten. Elli schätzte sie auf Anfang zwanzig. Sie hatte ein attraktives Gesicht und wallende schwarze Haare, die ihr über die Schultern fielen. Über ihrem bunt gemusterten Kleid trug sie eine grüne Schürze mit der Fahne Polens und dem Wort »Pierogi« aufgedruckt. »Kann ich Ihnen helfen?«, fragte sie mit einem Lächeln.

»Mein Name ist Elvira Marbeck.« Sie schüttelte ihr die Hand. »Ich bin Nachlassverwalterin von Bernhard Issendorff.« Am Gesichtsausdruck ihres Gegenübers erkannte Elli, dass die Frau keine Ahnung hatte, wer dies war. »Herr Issendorff hat uns beauftragt, dieses Gemälde an seine ehemalige Assistentin Klara zu übergeben.« Sie hob das Paket kurz hoch. »Bedauerlicherweise sind die Unterlagen unvollständig, daher wissen wir nur wenig über diese Frau. Dazu gehört, dass sie polnischer Herkunft ist.«

»Klara ist kein typisch polnischer Name. Ich kenne nur eine mit diesem Namen.«

»Könnten Sie bei ihr nachfragen?« Elli setzte ein zerknirschtes Gesicht auf. »Sie sind schon der vierte polnische Spezialitätenladen, den ich heute aufsuche, und ich kann meine Arbeit nicht beenden, bevor ich dieses Meisterwerk nicht abgegeben habe.«

»Meisterwerk?«, fragte die Frau mit Blick auf das Paket.

Elli sah sich um und kam einen Schritt näher. »Ich darf es Ihnen eigentlich nicht sagen, aber das ist eine Radierung von Picasso namens ›Françoise‹«, flüsterte sie verschwörerisch. »Sie können sich nicht vorstellen, was Kunstsammler dafür bezahlen.« Tatsächlich war das Werk viele Tausend Euro wert, nur hing das Original in Münster und in ihrem Paket war eine auf alt gemachte Kopie. Doch das hätte nur ein Kunstkenner bemerkt und für einen solchen hielt sie besagte Klara nicht.

Die Information hatte den gewünschten Effekt, denn der Gesichtsausdruck der Frau wechselte von Desinteresse zu Gier. »Warten Sie einen Moment.« Sie nahm ihr Handy aus der Hosentasche und ging in den Hinterraum.

Währenddessen schlenderte Elli durch den Supermarkt und blieb an der Auslage mit Kuchen stehen. Sie verstand die polnische Beschreibung der Ware nicht, vermutete jedoch eine Art Nusskuchen, der mit einer Schokoladenglasur überzogen war. Sollte ihre Suche hier erfolgreich sein, würde sie zwei Stücke davon für sich und Louis kaufen.

Bald darauf kam die Verkäuferin zurück. »Ich glaube, ich habe Ihre Klara gefunden«, sagte sie mit strahlendem Lächeln. »Sie ist in zehn Minuten hier.«

»Wie kann ich Ihnen nur danken«, sagte Elli überschwänglich.

»Nicht der Rede wert«, winkte die Frau ab. »Darf ich Ihnen einen Kaffee bringen?«

»Das wäre schön.«

Die Frau verschwand wieder nach hinten, während Elli auf ihre Uhr sah. In zehn Minuten würde sie wissen, ob sie Klara wirklich gefunden hatten oder ob nur jemand das angebliche Meisterwerk kassieren wollte.

* * *

Als die Frau die Tür öffnete, musste Jan wegen des Gestanks den Kopf abwenden. Eine Mischung aus Schweiß, talgigem Fett und Zigarettenrauch wehte ihm entgegen.

Die braunen Haare der Frau waren weitgehend ergraut. Sie hatte tiefe Falten im Gesicht und bis auf zwei braune Stummel keine Zähne mehr im Mund. »Was ist los?«, fragte sie mit heiserer Stimme.

»Kripo Berlin. Tommen mein Name.« Er zeigte seine Marke. »Ich würde gerne Frau Rita Hauer sprechen.«

»Was wollt ihr Scheißbullen von mir?«, fuhr sie auf. »Ich habe nix geklaut.«

Jan hoffte, dass man ihm seine Verwunderung nicht ansah. Er hatte die Frau vor ihm auf Mitte sechzig geschätzt. Laut den Unterlagen war Rita Hauer gerade vierzig.

»Wir Scheißbullen hätten ein paar Fragen an Sie, weil wir Ihre Fingerabdrücke am Tatort eines möglichen Mordes gefunden haben.« Das entsprach nicht ganz der Wahrheit, vermied aber lange Erklärungen.

»Ich habe niemanden umgelegt«, fuhr sie patzig fort.

»Kennen Sie Bernhard Issendorff?«

»Wen?«, fragte sie laut.

Jan nahm sein Handy aus der Tasche und zeigte ihr ein Bild von ihm.

Hauer presste die Lippen zusammen und ihre Augen wurden groß. Sie begann zu zittern. Dann schrie sie: »Schweinehund!« und spuckte auf das Handy, wobei der größte Teil des Speichels auf Jans Arm landete.

Während Hauer weitere Schimpfworte durch den Gang brüllte, gab sich Jan größte Mühe, seine aufkeimenden Gewaltfantasien zu unterdrücken. Die Frau war die einzige verbliebene Spur und sie standen unverändert unter Zeitdruck, daher durfte er es nicht zur Eskalation kommen lassen.

»Offensichtlich kennen Sie den Mann«, bemerkte Jan, während er den bespuckten Ärmel an seiner Hose abwischte.

»Wissen Sie, was der Drecksack mit mir gemacht hat?«

»Er hat gegen Ihren Willen eine Zwangsabtreibung vorgenommen. Und das unter schrecklichen Umständen.«

Hauers Gesichtsausdruck wurde milder. Sie schloss die Augen, als würde sie die Erinnerung immer noch körperlich schmerzen. »Ich wusste nicht, dass sein Name Issendorff ist«, sagte sie schließlich. »Wurde er dort umgelegt?«

»An einem anderen Ort«, erklärte Jan, wobei er sich wunderte, dass Hauer Issendorffs Ermordung nicht mitbekommen hatte, deren Verbreitung man sich eigentlich nicht hatte entziehen können.

»Gut so«, sagte sie leise. In ihren Worten war kein Zorn zu hören, eher Erleichterung. »Aber ich war es nicht, auch wenn ich in den langen Nächten immer davon geträumt habe, ihn umzubringen.«

»Ich verdächtige Sie nicht«, erwiderte Jan. »Ich will nur fragen, ob Sie mir mehr zu den anderen Beteiligten sagen können.«

»Welche anderen?«

»Herr Issendorff hat den Eingriff nicht alleine gemacht. Es waren weitere Personen anwesend, von denen ich gerne mehr wissen würde.«

»Wie mein Zuhälter, der mich dorthin geprügelt hat?«, fragte sie. »Um den haben sich die Albaner gekümmert.«

»Erinnern Sie sich noch an eine Frau?«

»Warum wollen Sie das wissen?« Der Zorn war in ihre Stimme zurückgekehrt. »Der Schweinehund Issendorff ist tot. Bocher auch.«

»Vielleicht weiß die Frau etwas, das uns weiterbringen …«

»Wann wird Issendorff begraben?«, unterbrach sie.

»Ich verstehe die Frage nicht.«

»Sagen Sie mir, wann er begraben wird«, wiederholte sie.

»Die Obduktion ist abgeschlossen und die Leiche von der Staatsanwaltschaft freigegeben«, erläuterte Jan. »Ich weiß nicht, wer das Begräbnis veranlasst hat, aber Herr Issendorff wird morgen beigesetzt.«

»Gut«, sagte sie. »Sehr gut.« Sie fuhr sich mit der Hand über den linken Arm. »Vielleicht schieße ich mir heute etwas weniger rein, damit ich den Morgen bei vollem Bewusstsein erleben darf.« Ein Lächeln erschien auf ihrem Gesicht, als stellte sie sich Issendorffs Begräbnis vor.

Dann trat sie einen Schritt zurück und knallte die Tür zu.

* * *

Elli war immer noch in die Betrachtung der Kuchenauslage vertieft, als sich jemand hinter sie stellte. Bevor die Person etwas sagen konnte, nahm sie den Gestank nach kaltem Zigarettenrauch wahr.

»Hallo?«, erklang die Stimme einer Frau. »Suchen Sie Klara?« Der osteuropäische Akzent war deutlich zu hören.

Elli drehte sich um. Ihr Gegenüber war etwa eins sechzig groß und besaß eine für eine Frau ungewöhnlich kräftige Statur und breite Schultern. Die langen blonden Haare waren zu einem Pferdeschwanz gebunden. Trotz der Schminke war es der Person nicht gelungen, von ihren Falten abzulenken. Sie trug eine weiße Sweatjacke, Jeans und beige Sneaker.

»Ich bin Elvira Marbeck, die Nachlassverwalterin von Bernhard Issendorff«, stellte Elli sich vor. »Es geht um ein Gemälde, das laut Testament Herrn Issendorffs ehemaliger Assistentin Klara überlassen werden soll.«

»Das bin ich«, sagte sie. »Meine Schwägerin sagte etwas von Meisterwerk?« Ihr Blick ging zu dem Paket.

Elli nickte. »Vorher muss ich überprüfen, ob Sie wirklich die betreffende Klara sind. Formeller Kram«, sagte sie mit entschuldigendem Lächeln. »Kennen Sie Herrn Issendorffs vollständigen Namen und sein Geburtsdatum?«

»Bernhard Wilhelm Issendorff«, antwortete Klara. Dann nannte sie das korrekte Geburtsdatum.

Elli nickte wieder. »Dann herzlichen Glückwunsch, Frau …«

»Vaas«, sagte sie, als sie das Paket entgegennahm. »Katarzyna Vaas.«

»Nicht Klara?«

»Klara hat mich nur Bernhard genannt«, erklärte sie. »Katarzyna war ihm zu kompliziert auszusprechen und außerdem würde ich dieser Klara aus ›Heidi‹ so ähnlichsehen.«

Elli hatte Mühe, einen Jubelschrei zu unterdrücken. Da diese Frau nicht Klara hieß, würde die Kripo sie niemals finden, selbst wenn sie alle Klaras von Berlin überprüfte.

Während die Frau das Papier von dem Paket entfernte, beobachtete Elli sie genau. Auf den ersten Blick wirkte sie harmlos und freundlich, aber das hatten die Menschen auch von Bernhard Issendorff gedacht, dabei war er ein skrupelloses, geldgieriges Tier gewesen. Glücklicherweise war sie es, die Klara gefunden hatte, denn Louis hätte die Frau in seinem Zorn gleich hier totgeschlagen. Und das wäre zu gnädig gewesen.

Katarzyna Vaas sollte noch leiden und die ganze Welt würde zusehen, damit niemand vergaß, was sie getan hatte.

Kapitel 10

Als Jan um zwanzig Uhr den Videocall mit seinen Freunden startete, musste er ein Gähnen unterdrücken. Wie immer waren alle pünktlich. Chandu saß auf der Couch in seinem Wohnzimmer, ein Glas Wein vor sich stehend, während Zoe irgendwo in der Rechtsmedizin war, die Füße auf einen Tisch gelegt und eine Zigarette in der Hand. Max stopfte sich mit der Linken ein Stück Pizza in den Mund, während er mit der Rechten sein Headset geraderückte.

»Guten Abend, Jan«, sagte der Hacker kauend. »Beginnen wir mit der guten Nachricht. Es gibt keine neuen Videos und auch keine entsprechenden Ankündigungen.«

»Das ist nur bedingt eine gute Nachricht, weil wir alle wissen, dass es ein nächstes Opfer geben wird«, bemerkte Chandu. »Somit ist es nur eine Frage der Zeit.«

»Diesem potenziellen Opfer sind wir noch keinen Schritt näher gekommen«, ergänzte Jan.

»Eine blonde Frau namens Klara, die in Berlin wohnt, möglicherweise aber längst tot oder weggezogen sein kann.« Zoe schnaubte. »Wie will man die finden?«

»Tatsächlich wurden einige Sachbearbeiter von der Kripo zusammengezogen, um eine Liste von allen in Berlin gemeldeten

Klaras zusammenzustellen, deren Alter ungefähr dem der Gesuchten entsprechen könnte.«

»Und wie viele waren das?«, fragte Zoe.

»Über tausend.«

»Und war Issendorffs Assistentin dabei?«, fragte sie.

»Bisher nicht«, antwortet Jan. »Aber die Datenlage ist auch erschreckend schlecht. Viele haben wir gar nicht erreichen können oder sie sind umgezogen, ohne sich umzumelden. Stand heute Abend haben wir einunddreißig Prozent der Klaras erreicht.«

»Wenn man bedenkt, was in der Abtreibungsklinik gemacht wurde, bezweifele ich, dass Issendorffs Assistentin sich wirklich als die Gesuchte zu erkennen geben würde«, sagte Zoe. »Wir reden hier von schwerer Körperverletzung in Hunderten von Fällen.«

»Wahrscheinlich auch von Totschlag oder Mord, wenn man Jelena Hrdličková berücksichtigt, deren Leiche 2004 unter der Spennrathbrücke gefunden wurde«, bemerkte Max.

»Wobei zu befürchten ist, dass diese Frau nicht das einzige Todesopfer war«, ergänzte Chandu.

»Mehr können wir momentan nicht machen«, sagte Jan. »Die Ermordungen von Krüger und Issendorff sind immer noch auf den Titelseiten, ganz zu schweigen vom Internet, wo man sich dem nirgends entziehen kann. Hoffentlich versteht Klara, in welcher Gefahr sie schwebt.«

»Sind die eingeritzten Nummern auf den Rücken der Toten in die Öffentlichkeit gelangt?«, fragte Chandu.

Jan schüttelte den Kopf.

»Möglicherweise ist ihr die Gefahr nicht bewusst.«

»Was sehr naiv wäre«, bemerkte Jan.

»Aber nicht undenkbar.«

»Deshalb bereiten wir noch einen Aufruf an die Öffentlichkeit vor, in dem wir vor der Bedrohung warnen«, erklärte Jan. »Aber nur als letzten Ausweg, wenn das Abtelefonieren erfolglos ist.«

»Warum nur als letzten Ausweg?«, wollte Max wissen.

»Zuerst einmal ist morgen früh Issendorffs Begräbnis«, erklärte Jan. »Vielleicht lässt sich der Mörder dort blicken oder begeht einen anderen Fehler. Außerdem will ich keine schlafenden Hunde wecken. Momentan weiß niemand von einem möglichen dritten Opfer, denn Enck hat nichts davon im Interview erwähnt. Ich möchte mir nicht vorstellen, was in der Presse und in den sozialen Medien passiert, wenn das bekannt wird.«

»Es könnte aber Klaras Leben retten«, gab Zoe zu bedenken.

»Oder den Mörder direkt zu ihr führen, wenn sie sich ungeschickt anstellt«, widersprach Jan.

»Dann lasst uns hoffen, dass der Mörder nicht über mehr Informationen verfügt«, äußerte sich Chandu besorgt. »Sonst werden wir bald ein drittes Video zu sehen bekommen.«

* * *

»Das war eine großartige Idee, Schwester«, sagte Louis mit einem zufriedenen Lächeln. »Ich wäre niemals auf die Idee gekommen, dass Klara nicht ihr richtiger Name sein könnte.«

Sie saßen in einem gemieteten Pkw direkt vor Katarzyna Vaas' Haus, das am Ende einer kleinen Nebengasse stand. Es sah aus wie so viele Reihenhäuser in Berlin. Nur war der Eingangsbereich von hohen Büschen verdeckt und das Eingangstor fast zwei Meter hoch.

»Damit habe ich auch nicht gerechnet«, sagte Elli. »Aber das verschafft uns alle Zeit der Welt.«

»Ich verlasse mich nicht auf Glück, daher schaue ich mir heute noch das Haus an, damit wir morgen einbrechen können.«

»Benötigst du nicht mehr Zeit, um den Einbruch vorzubereiten?«, fragte sie verwundert. »Schließlich ist sie einen großen Umweg gefahren, um von dem polnischen Spezialitätenladen nach Hause zu kommen. Das deutet auf eine gewisse Vorsicht hin.«

»Diese Vorsicht wird sie morgen wieder abgelegt haben«, zeigte sich Louis überzeugt. »Selbst wenn du das Gemälde nicht mit einem Sender versehen hättest, hätten wir ihr folgen können. Hier in Spandau ist es ruhig und in der Nacht sind kaum Autos auf der Straße unterwegs. Die Beleuchtung ist unzureichend und die nächste Dienststelle der Polizei ist weit genug entfernt, dass wir im Notfall verschwinden können.« Er deutete auf die kleine Einfahrt neben dem Reihenhaus. »Ihr Auto ist so groß, dass wir sie im Kofferraum transportieren können. Sie hat es in der Garage geparkt und das vordere Tor ist geschlossen. Bei Häusern wie diesen besitzt die Garage immer einen Hinterausgang, über den wir sie in das Auto schaffen können. Dann fahren wir hinaus, bringen sie in den Unterschlupf und entsorgen sofort das Auto. Bevor wir das erste Video hochgeladen haben, sind alle Spuren verwischt. Wahrscheinlich wird die Kripo den halben Tag benötigen, bis sie überhaupt die Identität von Vaas festgestellt hat.«

»Bei Issendorff war sie sehr schnell«, mahnte Elli.

»Und wenn schon«, wiegelte er ab. »Wenn wir sie erst im Keller haben, findet uns niemand mehr.«

»Was hast du jetzt vor?«

»Ich verteile in der Straße ein paar Flyer und mache dabei ein Foto von ihrem Schloss«, erklärte er. »Soweit ich es von hier sehe, gibt es nur ein Licht an einem Bewegungsmelder und keine Kamera. Mit dem entsprechenden Werkzeug sind wir schnell drin und betäuben sie, bevor sie richtig wach ist.«

»Wo ist das Schlafzimmer?«

»Dort, wo als Letztes das Licht ausgeschaltet wird«, erklärte er. »Wahrscheinlich im ersten Stock in einem Raum, der nach hinten in den kleinen Garten geht.«

»Dann kann also nichts schiefgehen?«, fragte sie.

»Es geht immer etwas schief«, erwiderte er mit einem Lächeln. »Aber in meiner Zeit als Einbrecher habe ich alles schon erlebt, daher werde ich darauf vorbereitet sein.« Er nahm einen kleinen Stapel mit Flyern einer nahe gelegenen Pizzeria, den er auf der Straße gefunden hatte. »Ich schaue mir die Gegend an«, bemerkte er, während er sich Handschuhe überzog und das Auto verließ. »Ich bin gleich wieder zurück.«

* * *

Als Jan seine Runde um die Friedhofskapelle beendet hatte, nahm er Blickkontakt zu Patrick auf, der an eine Eiche gelehnt den Eingang des roten Backsteingebäudes im Auge behielt. Er nickte ihm kurz zu, sodass Jan wusste, dass bisher alles in Ordnung war.

Die Trauerfeier für Bernhard Issendorff verzögerte sich, weil jeder der Gäste von den Kollegen der Polizei durchsucht und seine Identität festgestellt wurde, um aufdringliche Fotografen oder sensationslüsterne Influencer draußen zu halten.

Jan ging in das Gebäude, wo der dunkelbraune Sarg vor dem Altar aufgebahrt war. Ein Kranz mit weißen Lilien lag darauf. Dahinter war ein Gestell mit einem Bild von Issendorff, auf dem er ein fröhliches Lächeln zeigte. Links und rechts standen zwei hohe Kandelaber mit brennenden Kerzen.

Die Bänke waren voll besetzt, was Jan nach den Enthüllungen um Issendorff verwunderte. Immerhin waren keine Würdenträger der Stadt anwesend. Denen war ein Besuch des Begräbnisses offenbar zu heikel. In der ersten Reihe hatten fünf Frauen Platz genommen, die Jan als die ehemaligen Assistentinnen aus Issendorffs Praxis erkannte. Hinter ihnen saß ein Mann mit Hut, der trotz des warmen Tages einen Schal um den Hals hatte. Selbst mit Brille auf dessen Nase erkannte er Paul Wank. Obwohl die Proteste gegen ihn nachgelassen hatten, war es mutig von ihm, das Haus zu verlassen. Er schien sich das Begräbnis seines ehemaligen Hausarztes nicht entgehen lassen zu wollen.

In der letzten Reihe hatte Mariella Enck Platz genommen, den Arm um die stark zitternde Rita Hauer gelegt. Deren Finger waren um ein Taschentuch gekrallt, in das sie immer wieder hineinhustete. Im Gegensatz zu den anderen Besuchern waren die Frauen nicht in Schwarz gekleidet, sondern trugen beide eine orange Bluse.

Zehn Minuten später als geplant setzte die Orgelmusik ein. Der Priester im Ornat trat nach vorne, bekreuzigte sich und sprach vor dem Sarg einen Segen.

Jan ging leise nach draußen. »Ist es eine gute Idee, dass Enck und Hauer hier sind?«, wandte er sich an Patrick.

»Es ist ein öffentliches Begräbnis«, erwiderte sein Kollege. »Wir können nur uns bekannte Störenfriede draußen halten und verbieten, dass Aufnahmen gemacht werden. Sonst sind uns die Hände gebunden.«

»Wer hat das Begräbnis organisiert?«

»Jemand aus der Ärztekammer«, erklärte Patrick. »Issendorff hat wohl schon zu Lebzeiten Anweisungen gegeben, wie er es haben wollte. Dazu gehörte auch, dass die Zeremonie für jeden offen sein sollte.«

»Diese Anweisung hat er nicht für den Fall gemacht, dass die Öffentlichkeit herausfand, was für ein Mensch er war.«

»Dafür geht es noch recht gesittet zu.«

»Das wird sich ändern, wenn Issendorff unter der Erde und ein Stein auf seinem Grab liegt«, bemerkte Jan. Er wollte sich die kommenden Schändungen lieber nicht vorstellen. »Sonst irgendetwas Auffälliges?«

»Wenn der Mörder unter den Besuchern ist, hat er sich nicht verraten«, antwortete Patrick. »Bedauerlicherweise dürfen wir hier keine Aufnahmen machen und die Stichproben am Eingang haben auch keinen verdächtigen Straftäter ermittelt.«

Das Orgelspiel in der Kirche endete. Ein älteres Paar ging schnellen Schrittes an ihnen vorbei in die Kirche.

»So intelligent, wie sich der Mörder bei Krügers und Issendorffs Entführung angestellt hat, glaube ich auch nicht, dass er sich heute verrät.«

»Wir bleiben trotzdem aufmerksam«, beendete Patrick den Gedanken.

Jan klopfte seinem Kollegen noch auf die Schulter, dann begab er sich wieder in die Kirche. Vielleicht würde ihm doch noch etwas auffallen.

* * *

Als Klara das Bild betrachtete, das eine Frau mit lockigen schwarzen Haaren, einem ovalen Gesicht und einem unnatürlich langen Hals zeigte, wunderte sie sich, warum jemand dafür Geld bezahlen sollte. Es war mit dunklem Bleistift gezeichnet, ohne Farbe, ohne Hintergrund und mit nur wenig Details. Ihr linkes Auge sah aus, als wäre sie verprügelt worden, und die Augenbrauen waren ungleichmäßig. Sie selbst hatte als Zehnjährige im Kunstunterricht schon Besseres gemalt, aber was dieses Bild so besonders machte, war die Unterschrift am rechten Rand. »Picasso«. Mit einem schwungvollen Strich.

Klara hätte vor Freude beinahe in die Hände geklatscht. Sie hatte keine Ahnung, was dieses Bild wert war, aber wenn es aus Bernhards Sammlung kam, handelte es sich mit Sicherheit um einen fünfstelligen Betrag. Vielleicht sogar mehr.

Sie schaltete das Licht an, setzte sich auf die Couch und begann mit dem Handy nach Galerien in Berlin zu suchen, die auch Gemälde kauften. Sie browste gerade durch die erste Webseite, als sie ein Kratzen an der Tür vernahm. Das

Handy zeigte 22.14 Uhr. Es war dunkel und um diese Zeit kaum noch jemand auf der Straße unterwegs. Das Licht des Bewegungsmelders war nicht angegangen. Vielleicht war es einer dieser lästigen Flyer-Verteiler, die auch gestern ihren Briefkasten verstopft hatten. Sie musste die Batterien in dem Bewegungsmelder austauschen, dachte sie noch, als sie ihre Aufmerksamkeit wieder der Galerie zuwandte. Es kratzte erneut. Das Geräusch klang wie von einem Tier, das mit den Krallen über Holz fuhr.

Letztes Jahr war einem Nachbarn von einem Marder ein Motorkabel kaputtgebissen worden, ansonsten gab es höchstens Ratten. Doch dafür war das Geräusch zu laut.

Ein weiteres Kratzen.

»Do licha.« Sie ging in die Küche, nahm den Fleischklopfer aus einer Schublade und ging zur Tür.

Vorsichtig schob sie diese auf und sah zum Treppenabsatz. Dort war nichts zu sehen. Aber links von ihr hatte jemand ein Paket in den Garten geworfen, es lag neben der Mülltonne. Klara machte einen Schritt nach vorne, als ihr etwas Hartes in den Bauch gerammt wurde. Sie wollte vor Schmerz schreien, aber ihr blieb die Luft weg. Eine Gestalt erhob sich neben der Treppe, vollständig in Schwarz gekleidet, mit einer Skimaske über dem Kopf. Sie drückte Klara die rechte Hand auf den Mund und legte ihr den linken Arm um den Hals. Mit einem harten Ruck zog sie Klara zurück in die Wohnung und warf sie auf den Boden. Klara versuchte, Luft zu holen, als ihre Arme auf dem Rücken gefesselt wurden. Ein weiterer Schlag in die Seite ließ sie aufstöhnen.

»Guten Abend, Klara«, sagte die Gestalt mit dunkler Stimme und zerrte sie an den Haaren ins Wohnzimmer. »Schön, dass wir uns endlich kennenlernen.«

* * *

Jan war froh, vor Mitternacht ins Bett zu kommen, dennoch kam er nicht zur Ruhe. Er beneidete Lan, die binnen weniger Minuten eingeschlafen war. Ihre langen schwarzen Haare bildeten einen schönen Kontrast zu dem weißen Kissen. Ihr Gesichtsausdruck war friedlich und er vermeinte, ein Lächeln zu erkennen. In Momenten wie diesen wünschte er sich einen normalen Job, in dem man nicht täglich die Abgründe der Menschen zu sehen bekam. Doch dann drängte sich die Vorstellung an eine langweilige Tätigkeit in einem Großraumbüro in seine Gedanken, wo er morgens schon frustriert zur Arbeit ging und die Stunden bis zum Feierabend zählte. Sofort war der Wunsch nach Normalität wieder verschwunden.

Er schloss die Augen und legte eine Hand auf Lans Brust, spürte, wie sie sich gleichmäßig hob und senkte. In seinen Gedanken konzentrierte er sich auf ihren Herzschlag, langsam und stetig. Er war gerade am Einschlafen, als sein Handy kurz vibrierte.

Mit einem ungehaltenen Brummen öffnete er die Augen und nahm das Telefon vom Nachttisch. Um Lan nicht zu wecken, las er die Nachricht unter der Bettdecke.

»Wir haben ein neues Video«, schrieb Max. »Meeting in 45 Minuten.«

1.00 Uhr

Jan hatte schon auf der Fahrt zur Dienststelle geahnt, dass der Täter Klara entführt hatte, aber als er im großen Besprechungsraum angekommen war und Max ein Bild des Opfers auf die Leinwand projizierte, entfuhr ihm ein lauter Fluch.

»Wie hat er das geschafft?«, wollte Jan wissen. »Wir haben mit allen verfügbaren Leuten nach Klara gesucht und keine Spur gefunden.«

»Der Entführer muss Klaras Identität von Krüger oder Issendorff erfahren haben«, erklärte Patrick neben ihm. »Oder von jemand anderem, den wir noch nicht kennen.«

Die Aufnahme zeigte eine blonde Frau um die fünfzig. Ihre langen Haare hingen ungekämmt über die Schulter. Schweiß stand auf ihrer Stirn und die Unterlippe war blutig. Sie trug eine Maske, doch am Zittern ihres Körpers konnte man erahnen, dass sie Angst hatte. Sie war in dem gleichen Raum wie Krüger und Issendorff festgekettet.

»Aktuell läuft die Identifizierung noch«, erklärte Bergman. »Ich gehe davon aus, dass es die besagte Klara ist, aber wir wissen nicht, wie ihr vollständiger Name lautet, doch das wird hoffentlich die Öffentlichkeit erledigen, wie wir es bei Issendorff erlebt haben.«

»Issendorff wurde über den Ring an seinen Fingern identifiziert, da sein Gesicht wegen der Maske kaum zu erkennen gewesen war«, sagte Jan. »Den Fehler haben sie dieses Mal nicht gemacht.«

»Vielleicht doch.« Max spulte das Video zurück. »Sieh genau hin.«

In den ersten drei Sekunden war das Licht noch gedimmt, dann wurde eine Lampe angeschaltet. Klara drehte den Kopf zur Seite. Unter ihrem Hals reflektierte das Licht in einem Anhänger. Nur eine Sekunde.

»Hast du es gesehen?«, fragte Max.

»Eine Kette oder etwas mit Glitzersteinen.«

Max hielt das Video an der Stelle an und zoomte größer. Es war ein schwarzes Plastikherz, auf dem Glitzersteine aufgeklebt waren.

»Was ist das für ein Schmuck?«, fragte Jan.

»Das konnte bisher niemand beantworten«, erwiderte der Hacker. »Aber vielleicht ist es ein persönliches Geschenk, das uns zu einem Verwandten oder einem Bekannten führen könnte.«

»Das Detail ist bereits auf der Homepage von Kripo und Polizei veröffentlicht«, erklärte Patrick.

»Das Video wurde kurz nach Mitternacht hochgeladen und hat sich seitdem rasend schnell verbreitet«, erklärte Max. »Schneller als das von Krüger oder Issendorff.«

»Was machen die Menschen um diese Zeit nur?«, erwiderte Jan kopfschüttelnd. »Sollten sie nicht schlafen?«

»Durch die Nummerierung von Krügers und Issendorffs Leiche sowie Encks Interview war offensichtlich, dass es noch ein weiteres Opfer geben muss«, erklärte Max. »Ein neues Video würde um Mitternacht hochgeladen werden, daher ist in dieser Zeit die Aufmerksamkeit sehr hoch.«

Bergman nickte ihm zu und das Video begann zu laufen.

»Bitte«, flehte Klara. »Bitte lassen Sie mich frei. Ich habe nichts getan. Ich bitte Sie.« Sie sprach mit einem osteuropäischen Akzent.

»Das ist eine Lüge«, sagte die mechanische Stimme.

»Bernhard hat mich gezwungen, ihm zu helfen«, erklärte sie. »Ich hatte keine Wahl.«

»Auch das ist eine Lüge.« Es summte kurz. Klaras Muskeln spannten sich in Schmerz an und sie biss sich erneut in die Lippe. Ihre Augen waren weit aufgerissen und ihr Kopf zitterte. Dann hörte das Summen auf und Klara sank in den Ketten zusammen. Ein leises Röcheln entwich ihrem Mund.

»Sie haben wieder die Wahl«, fuhr die mechanische Stimme fort. »Töten Sie Paul Wank oder diese Frau stirbt um Mitternacht.«

Dann endete das Video.

Nach einem kurzen Moment der Stille begannen die Kripobeamten zu diskutieren. Schließlich erhob sich Bergman und stellte sich neben die Leinwand.

»Unsere Priorität gilt der Identifizierung des Opfers«, erklärte er. »Gleichzeitig will ich, dass alle bereit sind, vor allem das KTI.« Er wandte sich an Patrick. »Informiere die Kollegen der Polizei. Sobald wir eine Adresse haben, müssen wir die Anwohner aus den Betten holen und befragen. Vielleicht hat jemand etwas gesehen.«

Patrick nickte.

»Was ist mit der Gesichtserkennung?«, wollte Jan von Max wissen.

»Schwierig wegen der Maske, wir versuchen aber unser Bestes mit den vorhandenen Merkmalen«, antwortete der Hacker. »Wenn es einen Treffer gibt, sage ich sofort Bescheid.«

»Und was will der Entführer von Paul Wank?«, fragte der Kripochef an Jan gerichtet.

»Wir wissen es nicht«, antwortete dieser wahrheitsgemäß. »Wir haben alles von ihm überprüft, angefangen von der Steuererklärung über Kontoauszüge und Telefonlisten. Bis auf die Tatsache, dass Issendorff der Hausarzt der Familie war, gibt es keine Verbindung. Nichts zu Krüger und noch weniger zu einer Klara. Vielleicht ist es nur ein Ablenkungsmanöver, das unsere Kapazitäten binden soll«, ergänzte Jan. »Eine bessere Erklärung habe ich nicht.«

»Und Wanks Unterstützung beim Missbrauchsskandal der Kirche in Wilmersdorf?«

»Eine falsche Behauptung.«

»Die angeblichen Beweise waren auch schlecht gefälscht«, ergänzte Max.

»Dann zurück an eure Schreibtische, bis wir die Frau identifiziert haben«, sagte Bergman. »Nehmt euch die Notrufe und eingegangenen Telefonate der letzten zwölf Stunden vor. Vielleicht hat jemand etwas gesehen.« Mit einem Nicken entließ der Kripochef seine Mitarbeiter.

Als Jan an seinem Schreibtisch war und den Computer startete, wusste er nicht genau, wo er mit der Ermittlung anfangen sollte. Die Suche nach Klara war erfolglos geblieben, daher würden sie bis zur Identifizierung warten müssen.

Er hoffte, dass die Frau Freunde oder Familie hatte, denn jede Minute, die verstrich, brachte sie näher an einen schmerzhaften Tod.

Es war 1.19 Uhr. Sie hatten weniger als dreiundzwanzig Stunden Zeit.

6.37 Uhr

Obwohl die Sonne aufgegangen war, fühlte sich Jans Körper immer noch wie im Schlafmodus an. Die Aufregung um das neue Video hatte sich gelegt und die schlaflose Nacht machte sich bemerkbar. Wenigstens hielten Max' Energydrinks, was sie versprachen, obwohl sie wie schlechtes Kaugummi schmeckten. Er wollte gerade eine weitere Dose aufmachen, als es einen kleinen Tumult vor seinem Büro gab – irgendetwas war passiert. Patrick kam in sein Büro gelaufen und Jan erhob sich von seinem Stuhl.

»Wir haben sie identifiziert«, sagte sein Kollege.

Jan griff nach seiner Jacke und lief aus seinem Büro.

»Ihr Name ist Katarzyna Vaas«, fuhr sein Kollege fort.

»Nicht Klara?«, fragte Jan, als er in seine Jacke schlüpfte.

»Offensichtlich war das ein Spitzname.« Patrick zeigte ihm das Foto einer attraktiven blonden Frau um die fünfzig.

Draußen im Gang waren alle auf den Beinen, einige auf dem Weg zurück in die Büros, andere, wie Patrick und Jan, unterwegs zu ihren Autos.

»Das erklärt, warum unsere Suche ergebnislos war«, bemerkte Jan, als sie durch die Tür nach draußen gingen.

»Sie lebt in einem kleinen Reihenhaus in Spandau.« Patrick winkte Jan zu seinem Auto, das vor der Dienststelle geparkt war. Mehrere Streifenwagen bogen in die Straße ein, sodass sie schlagartig hell erleuchtet war. »Die Kollegen von der Polizei machen uns den Weg frei«, fuhr er fort. Hastig stiegen sie in den Wagen. »Das KTI ist auch schon unterwegs«, bemerkte Patrick noch, als er sich in den Wagentross einfädelte.

Dass der Entführer die Videos immer nach Mitternacht veröffentlichte, war aus verkehrstechnischer Sicht von Vorteil, denn um diese Zeit und danach waren die Straßen von Berlin fast leer, sogar noch um halb sieben morgens.

Sie waren etwa fünfzehn Minuten unterwegs, als sich Max bei Jan meldete. »Ich habe ein paar Details zu unserer Klara«, begann er. »Sie ist 51 Jahre alt, geboren in Stettin und gelernte Krankenschwester. Offiziell hatte sie ihre letzte Anstellung im Jahr 1996 an der Charité in Berlin.«

»Also hat Issendorff sie schwarz bezahlt«, schloss Patrick.

»Was nicht wirklich überraschend ist«, bemerkte Jan.

»Klara ist seit 2004 geschieden und hat eine Tochter namens Agata, die uns auch über die Entführung ihrer Mutter informiert hat. Sie wartet an Klaras Haus und lässt uns rein.«

»Wie hat Agata davon erfahren?«, wollte Jan wissen.

»Laut ihrer Aussage hat eine Freundin sie angerufen, die das Video kurz nach ein Uhr gesehen und die Stimme erkannt hat. Agata selbst hat geschlafen, aber als sie die Aufnahme im Internet aufgerufen hat, war sie sicher, dass es ihre Mutter ist, und hat sofort die Kripo informiert.«

»Sonst irgendetwas?«, fragte Patrick. »Haben wir Zeugen für die Entführung?«

»Ein Anruf dazu kam nicht herein«, erklärte Max. »Auch keine anderen Notrufe aus der Gegend um Klaras Reihenhaus. Wir gehen trotzdem allem nach, gerade um Spandau herum. Vielleicht hat Klara während der Fahrt zu dem Versteck auf sich aufmerksam gemacht oder jemand hat gesehen, wie man sie aus dem Auto gezerrt hat.«

»Konntest du Klaras Handy tracken?«, wollte Jan wissen.

»Hätte ich früher gewusst, dass Klara in Wirklichkeit Katarzyna Vaas heißt, dann ja«, erklärte Max. »Aber aktuell ist die Verbindung tot, daher wird uns das Gerät nicht zu ihr führen. Das letzte Signal war in ihrem Haus.«

»Kannst du die Bewegungen des Telefons nachvollziehen?«, fragte Patrick.

»Ich lade gerade die Daten vom Provider herunter. Damit müsste ich ein Bewegungsprofil erstellen können, das dauert aber noch.«

Sie waren in Spandau angekommen. Nach einem weiteren Kilometer Fahrt in hohem Tempo bremsten die Polizeiautos und hielten am Straßenrand. Kaum waren die Dienstfahrzeuge der Kripo und das KTI weitergefahren, sperrten die Polizisten mit den Autos die Gegend ab.

»Da vorne ist es.« Patrick deutete auf ein Reihenhaus in einer Sackgasse.

»Wir reden später weiter«, sagte Jan und beendete das Gespräch mit Max.

Vor dem Haus wartete eine Frau, der man ansah, dass sie mit Klara verwandt war. Sie hatte ebenfalls ein attraktives Gesicht und lange blonde Haare. Die Nase und die hohen Wangenknochen ähnelten denen ihrer Mutter. Die Augen wirkten verheult und sie hatte beide Hände um einen Schlüsselbund gekrallt.

Jan sprang aus dem Auto und lief zu ihr. »Hauptkommissar Tommen von der Kripo Berlin«, stellte er sich vor und schüttelte ihre Hand.

»Agata«, sagte sie zaghaft. »Ich bin Katarzynas Tochter.«

»Ich verspreche Ihnen, dass wir alles in unserer Macht Stehende tun werden, um Ihre Mutter zu befreien.« Er deutete auf seine Uhr. »Noch ist Zeit.«

Sie nickte und wischte sich eine Träne von der Wange. »Wissen Sie, wer das getan hat?«

»Noch nicht«, musste Jan zugeben. »Aber wir werden ihn fassen.«

»Ist das der gleiche Täter, der die anderen Männer entführt hat? Wegen diesem Wank?«

Jan nickte. Er hätte der Frau gerne etwas anderes gesagt, aber so konnte er sicher sein, dass er ihre volle Aufmerksamkeit hatte, vor allem, wenn man die knappe Zeit bedachte.

»Ich kenne diese Menschen nicht«, sagte sie. »Die beiden anderen Opfer aus dem Internet oder diesen Wank. Mama hat nie von ihnen geredet. Was hat sie mit ihnen zu tun?«

»Das Motiv des Entführers ist aufgrund der knappen Zeit zweitrangig«, wich Jan einer Antwort aus. »Wir müssen so schnell es geht in das Haus Ihrer Mutter. Vielleicht findet sich eine Spur zum Entführer.«

»Hier ist der Ersatzschlüssel.« Sie reichte Jan den Schlüsselbund, den er sogleich an einen Mann des KTI weitergab, der schon hinter ihm darauf gewartet hatte.

»Soll ich Sie durch die Wohnung führen?«

Jan schüttelte den Kopf. »Danke für das Angebot, aber wir lassen erst den Kollegen von der Spurensicherung den Vortritt, damit wir keine Beweise zerstören.« Er deutete auf die Männer und Frauen in ihren weißen Plastikanzügen. »Wenn Sie Zeit haben, würde ich Ihnen gerne ein paar Fragen stellen.«

Sie nickte. »Die Kinder schlafen und mein Mann ist zu Hause.«

»Wann haben Sie Ihre Mutter das letzte Mal gesehen?«

»Das war vor zwei Tagen«, erklärte Agata. »Mein Mann und ich waren auf einen Geburtstag eingeladen und Mama ist vorbeigekommen, um den restlichen Tag bei den Kindern zu verbringen.«

»Wie wirkte Ihre Mutter auf Sie?«

»Etwas missmutig, weil sie sich beim Sport den Fuß verdreht hatte und nicht mit den Kindern auf den Spielplatz gehen konnte«, erklärte sie. »Aber sie hatte ein neues Brettspiel dabei, daher war der Frust bei den Kleinen schnell verflogen.«

»Wobei hat sich Ihre Mutter verletzt?«

»Sie sagte, beim Sport im Fitnessstudio. Es war keine große Sache, aber sie konnte wohl nicht gut auftreten.«

Jan nahm seinen Block aus der Tasche und notierte sich etwas.

»War Ihre Mutter an diesem Tag aufgeregt? Wirkte sie besorgt oder ängstlich?«

Agata schwieg einen Augenblick, sodass Jan befürchtete, dass er etwas Falsches gesagt hatte.

»Das war sie wirklich«, antwortete sie schließlich. »Weniger aufgeregt, eher unkonzentriert. In Gedanken woanders.«

»Wie hat sich das geäußert?«

»Normalerweise erkläre ich ihr immer ein paar Dinge, bevor wir gehen. Wo das Essen für die Kinder ist, wann sie ins Bett sollen, solche Sachen eben. Meist winkt sie beleidigt ab und erklärt mir, dass sie sich mit Kindererziehung auskenne, aber an dem

Abend fragte sie zwei Mal nach und sah dabei immer wieder auf ihr Handy«, fügte sie noch hinzu.

»Und das war ungewöhnlich?«

»Sobald sie bei meinen Kindern ist, schaltet sie das Gerät auf Favoriten, damit nur wir sie erreichen können. Aber in den fünf Minuten, in denen wir zusammen waren, hat sie mindestens drei Mal auf das Display gesehen.«

»Wissen Sie den Grund für diese Unruhe?«

»Ich habe mir an dem Abend keine Gedanken darüber gemacht und es auf ihre schlechte Laune wegen der Verletzung geschoben, aber vielleicht hat sie da schon etwas geahnt.« Wieder lief ihr eine Träne über die Wange. »Sie war Krankenschwester. Hat sie etwas getan, weshalb ihr jemand so etwas antun will?«

Eine ehrliche Antwort hätte zu viele weitere Fragen nach sich gezogen, daher erwiderte Jan nichts. Stattdessen riss er ein Blatt vom Notizblock und reichte es Agata zusammen mit seinem Stift. »Vermutlich hat der Entführer das Handy Ihrer Mutter mitgenommen und ausgeschaltet. Wir werden ihre letzten Telefonate nachverfolgen und die entsprechenden Personen anrufen. Können Sie mir Verwandte, Bekannte und Freunde aufschreiben, damit wir möglichst schnell alle Personen aus ihrem Umfeld befragen können? Vielleicht hat Ihre Mutter sich jemandem offenbart und wir erfahren den Grund für ihre Unruhe.«

Agata nickte, nahm den Zettel samt Stift entgegen und begann zu schreiben.

Jan wandte sich währenddessen den Kollegen vom KTI zu. Die Tür zum Haus war geöffnet und die Blitze innen bedeuteten, dass die Spurensuche begonnen hatte. Noch war es zu früh, um hineinzugehen, aber er nahm sich schon einmal einen Plastikanzug aus dem Materialwagen heraus.

Wenn etwas gefunden wurde, wollte er es sofort sehen.

8.31 Uhr

Als Chandu die Tür öffnete, wehte Jan der Duft von frisch gebrühtem Kaffee entgegen. Zusammen mit dem Geruch nach gebratenem Speck entlockte ihm dieser einen wohligen Seufzer, als er die Wohnung betrat.

»Ein gemeinsames Frühstück hatten wir schon lange nicht mehr«, bemerkte sein ruandischer Freund und reichte ihm ein Glas frisch gepressten Orangensaft, das Jan durstig in einem Zug leer trank.

»Du bist meine Rettung.« Jan spürte, wie der Saft seine Müdigkeit vertrieb.

Am Tisch saß Zoe vor einem Berg Rührei, die Gabel in der Rechten und ein mit Butter bestrichenes Croissant in der anderen Hand. Max schmierte sich ein Brötchen mit Marmelade und an Chandus Platz stand eine Schüssel mit Joghurt und klein geschnittenen Früchten.

»Wie läuft es?«, fragte Zoe kauend, während sich Jan eine Tasse Kaffee einschenkte.

»Es ist zum Verrücktwerden«, antwortete Jan. »Das KTI arbeitet sich im Rekordtempo durch das Reihenhaus und die Kollegen von der Polizei haben schon die Nachbarn aus den Betten geholt, aber bisher ist kein brauchbarer Hinweis dabei herumgekommen.« Er trank einen Schluck Kaffee. »Wir wissen nur, dass der Entführer Klaras Auto genommen hat und dass die Tat in den späten Abendstunden durchgeführt worden ist.«

»Das ist über zehn Stunden her«, sagte Chandu mit Blick auf die Uhr. »Da wird eine Fahndung nach dem Auto wenig bringen.«

»Sehe ich genauso, aber wir machen es trotzdem.« Jan wollte zu einem Croissant im Brotkorb greifen, aber Zoes eisiger Blick ließ ihn in der Bewegung innehalten. Schließlich streckte er die

Hand weiter nach rechts und nahm ein Brötchen, das er mit einem Messer aufschnitt.

»Ist der Entführer ein verdammter Geist oder wie schafft er das immer, ungesehen zu bleiben?«, wollte Chandu wissen.

»Er kennt sich mit Einbruch, Entführung und anderen Verbrechen dieser Art aus«, antwortete Jan. »Wenn wir ihn fassen, werden wir sehen, dass es eine Akte über ihn gibt.«

»Aber warum kennen wir seine Identität nicht?«, wollte Zoe wissen. »Er muss in irgendeiner Form mit Krüger, Issendorff, dieser Klara und Wank zu tun gehabt haben. Sonst würde er sie nicht ermorden und Wanks Tod fordern.«

»Vielleicht ist es eine Prostituierte wie Enck, bei der eine Zwangsabtreibung durchgeführt worden ist«, vermutete Chandu.

»Das Motiv wäre offensichtlich«, sagte Jan. »Aber eine Amateurin hätte die drei Entführungen nicht so perfekt hinbekommen.«

»Von den benötigten technischen Skills bezüglich der Videos ganz abgesehen«, ergänzte Max.

»Interessant war eine Bemerkung von Klaras Tochter Agata«, sagte Jan. »Ihre Mutter hatte sich zwei Tage vor ihrem letzten Treffen den Fuß verletzt und konnte deshalb nicht mit den Kindern auf den Spielplatz.«

»Worauf willst du hinaus?«, fragte Chandu verwundert.

»Agata wohnt in Britz und nicht weit davon liegt der Buschkrugpark, seines Zeichens der größte Spielplatz von Berlin.«

»Wegen des angeschlossenen Cafés und des Motorikparks herrscht dort immer sehr viel Betrieb«, ergänzte Chandu.

Jan nickte. »Und wir haben nichts in Klaras Wohnung gefunden, was auf eine kürzlich zugezogene Verletzung hindeutet, also keine Bandagen, Verbände oder Schmerzmittel.

Außerdem war sie sehr nervös und hat immer wieder auf ihr Handy gesehen, hat ihre Tochter berichtet.«

»Sie hat geahnt, dass sie in Gefahr ist, und die Öffentlichkeit gemieden«, beendete Zoe den Gedanken.

»Wäre sie besser zur Polizei gegangen«, bemerkte Max.

»Wenn man bedenkt, welcher Straftaten sie sich schuldig gemacht hat, ist die Zurückhaltung verständlich«, widersprach Chandu.

»Aber warum ist sie nicht abgetaucht?«, fragte Max. »Wenigstens eine Zeit lang.«

»Sie hatte viel zu verlieren«, erklärte Jan. »Ein abbezahltes Reihenhaus in einer bürgerlichen Gegend, eine Tochter samt Enkeln und das alles in Frührente.«

»Jetzt verliert sie vielleicht ihr Leben«, murmelte der Hacker.

»Nicht, wenn wir es verhindern können«, sagte Jan.

»Ich habe mir die ersten Berichte angesehen und keinen Hinweis gefunden, der uns diesbezüglich Mut machen könnte«, widersprach Max.

»Was gibt es denn zu berichten?«, wollte Chandu wissen.

»Die erste KTI-Runde durch Klaras Reihenhaus ist abgeschlossen«, begann Jan. »Es gab keine Einbruchsspuren und nichts in der Wohnung deutet auf eine Entführung hin. Man hat den Eindruck, dass Klara aufgestanden und gegangen ist.« Er trank einen Schluck Kaffee. »Die Kriminaltechniker haben den Eingangsbereich und die Garage nach Fingerabdrücken untersucht und sind dabei auf keinen einschlägigen Verbrecher oder sonst involvierte Person gekommen. Die meisten Abdrücke befinden sich nicht in unserer Datenbank, daher werden sie von Freunden und Verwandten Klaras stammen. Vielleicht noch vom Paketzusteller und vom Postboten.«

»Was ist mit Computern, Tablets und Handys?«, wandte sich Chandu an Max.

»Fehlanzeige«, erwiderte er kopfschüttelnd. »Sie hat noch nicht einmal einen Smart-TV.«

»Das hat uns Agata bestätigt«, ergänzte Jan. »Klara besaß ein Handy, mit dem sie alles gemacht hat. Auch Mails geschrieben.«

»Dessen letztes Signal wurde um 22.09 Uhr von der Wohnung gesendet. Danach war nichts mehr.«

»Das Handy wurde nicht in der Wohnung gefunden, daher wird es der Entführer mitgenommen haben«, fügte Jan noch hinzu.

»Wie kann es sein, dass der Täter ein drittes Mal zuschlägt und die Kripo noch immer keine Spur zu ihm hat?«, fragte Chandu verwundert.

»Weil einige Faktoren von Entführungen hier nicht gelten«, erklärte Jan. »Es gibt keine freundschaftliche oder verwandtschaftliche Verbindung des Täters zu den Opfern. Wir haben sein Motiv«, fügte er noch hinzu. »Aber bei der Menge an Abtreibungen, die Issendorff in der Klinik durchgeführt hat, kommen wir auf eine dreistellige Zahl an Opfern. Und diese Opfer kennen wir fast ausnahmslos nicht.«

»Außerdem gibt es keine Lösegeldforderung«, sagte Max.

»Das ist das zweite Problem«, stimmte Jan zu. »Denn eine solche Forderung gibt den Ermittlungsbehörden Spielraum, den Täter zu orten oder zu fassen. Unser Entführer greift sich nur seine Opfer, verlangt Wanks Tod und postet ab und zu ein Video im Internet. Dadurch haben wir keinen Kontakt zu ihm.«

Chandu wollte etwas ergänzen, als Jans Handy brummte.

»Hi, Patrick«, begrüßte er seinen Kollegen, als er dessen Namen auf dem Display sah. »Gibt es was Neues?«

»In Katarzyna Vaas' Wohnung nicht, aber es gab einen Zwischenfall bei Paul Wank«, antwortete er. »Du kommst besser gleich zu ihm nach Hause.«

9.41 Uhr

Als Jan bei Paul Wanks Haus eintraf, führten zwei kräftige Kollegen gerade einen Mann in Handschellen vom Grundstück. Er war etwa 1,90 Meter groß, mit breiten Schultern und kräftigen Armen. Er wehrte sich gegen die Behandlung und schrie etwas in einer fremden Sprache, das Jan nicht verstehen konnte, aber die beiden Polizisten schoben ihn schließlich in das Dienstfahrzeug und schlossen die Tür.

»Wer war das?«, wandte sich Jan an Patrick vor der Zufahrt.

»Michal Vaas«, antwortete dieser. »Der Ex-Mann von Katarzyna.« Patrick deutete auf die Hauswand. Erst jetzt fiel Jan das zerbrochene Fenster und der mit weißem Löschschaum vollgespritzte Rahmen auf.

»Hat das dieser Mann verursacht?«

Patrick nickte. »Zuerst hat er mit einem Pflasterstein in der Rechten die Scheibe zerstört. Dann hat er mit der Linken einen Molotowcocktail hinterhergeworfen, der glücklicherweise danebengegangen ist und nur den Fensterrahmen getroffen hat. Die Dämmung hat nicht gut gebrannt, sodass die Kollegen das Feuer schnell löschen konnten.«

»Wie konnte Vaas mit einem Molotowcocktail in die Nähe des Hauses gelangen?«

»Indem er einen Freund darauf angesetzt hat, die Polizisten abzulenken.«

Jan schüttelte den Kopf. »Wir reden hier von versuchtem Mord und Beihilfe zum versuchten Mord.«

Patrick nickte. »Das ist keine wirkliche Überraschung, immerhin hat der Entführer Wanks Tod für Klaras Leben gefordert.« Er deutete auf das Haus. »Und wenn der Molotowcocktail durch die zerstörte Scheibe geflogen wäre, wäre es vermutlich auch so gekommen.«

»Ein Wahnsinn«, murmelte Jan. »Wie geht es Wank?«

»Noch schlechter gelaunt als sonst. Er hat eine Verletzung am Arm, aber sie ist nicht gravierend.«

»Hat das der Notarzt gesagt?«

»Wank will keinen Arzt.« Patrick zeigte ein freudloses Lächeln.

Jan seufzte. »Ich rede mit ihm«, sagte er dann und machte sich zum Haus auf.

Die Tür war angelehnt, sodass er nach kurzem Klopfen ins Wohnzimmer ging. Unter dem Schein seiner Leselampe behandelte Wank eine blutende Wunde an seinem linken Arm. »Herr Wank?«, fragte er. »Ist alles in Ordnung mit Ihnen?«

»Mir ging es noch nie besser«, antwortete dieser mit unverhohlenem Zynismus und klebte ein breites Pflaster auf den Arm.

»Wollen Sie nicht einen Arzt auf die Verletzung sehen lassen?«

»Nein.« Er drückte das Pflaster fest. »Wenn Sie mir einen Gefallen tun wollen, sorgen Sie dafür, dass die Kollegen vor der Tür in der Lage sind, mich zu beschützen, sonst können Sie diese auch gleich abziehen.«

»Sie wurden von einem Freund des Täters abgelenkt, als …«

»Hören Sie mit diesen Ausreden auf«, wehrte Wank ab. »Ständig erzählen Sie mir, dass die Kripo alles unternimmt, um den Täter zu fassen, stattdessen gibt es ein drittes Entführungsopfer und mit diesem einen weiteren Aufruf, mich zu töten.« Er deutete auf das kaputte Fenster. »Das war doch nur eine Frage der Zeit.«

»Ich empfehle Ihnen erneut, sich an einen sicheren Ort zu begeben, bis …«

»Niemals«, unterbrach er schroff. »Ich habe mein ganzes Leben lang viele Steuern bezahlt, daher ist es Ihre Aufgabe, mich vor diesem Pöbel zu beschützen.« Er schlug mit der unverletzten Hand auf den Tisch. »Ich werde mich nicht diesen … Asozialen beugen und mich wie ein feiges Kind verstecken.« Er stand auf und verließ das Wohnzimmer in Richtung Küche. »Sie finden den Weg nach draußen.«

Jan wollte gerade etwas erwidern, als er Patrick in der Einfahrt sah. Der winkte ihm zu, hinauszukommen.

»Was gibt es?«, fragte Jan draußen.

»Die Kollegen haben ein weiteres Handy von Klara gefunden«, erklärte er. »Es lag gleich neben dem Bett in der Nachttisch-Schublade und ist immer noch in Gebrauch.«

10.36 Uhr

Als Jan bei den Kollegen von der IT ins Büro kam, konnte er Max noch dabei beobachten, wie er einen Klebestreifen auf das Display des aufgefundenen Handys legte. Es piepste kurz. »Entsperrt«, sagte der Hacker mit breitem Grinsen.

»Das geht so einfach?«, wandte sich Jan.

»Nicht mehr, aber das Handy ist ein altes S10-Modell, dessen biometrisches System schlecht war.« Er zeigte Jan den Klebestreifen. »Ein Plastikstreifen mit Klaras Fingerabdruck und schon war all die Mühe, es abzusichern, umsonst.« Er wandte sich dem Monitor zu. »Lass uns sehen, was sie hier draufhat.« Er startete ein Programm und einen Augenblick später erschien eine Liste von installierten Apps.

»Das sind doch höchstens zwanzig Apps«, rief Jan verwundert.

»In der Tat ungewöhnlich wenig«, stimmte Max zu und tippte etwas. »Die meisten davon sind auch vorinstalliert. Die blende ich aus.« Einen Moment später befand sich nur noch eine App auf dem Bildschirm. »Ein Hundetracker?«, fragte Max ungläubig. »Klara hatte einen Hund?«, wandte er sich an Jan.

Er schüttelte den Kopf. »Darauf gab es keinen Hinweis. Weder einen Hund noch einen Korb, Futter oder sonst etwas.«

»Und warum hat sie einen Hundetracker installiert?«

»Warte kurz.« Jan nahm sein Handy und wählte Agatas Nummer.

»Guten Morgen, hier spricht Hauptkommissar Tommen«, begrüßte er sie, nachdem sie abgenommen hatte.

»Gibt es etwas Neues?«, fragte Agata hoffnungsvoll.

»Bedauerlicherweise noch nicht«, musste Jan sie enttäuschen. »Aber können Sie mir sagen, ob Ihre Mutter einen Hund hatte.«

»Kalinka«, antwortete Agata. »Ein wunderschöner Weimeraner. Er ist aber vor sechs Wochen gestorben. Warum fragen Sie?«

»Weil wir ein altes Handy Ihrer Mutter gefunden haben, auf dem eine Hundetracker-App installiert war.«

»Kalinka hatte einen starken Jagdtrieb und trotz aller Erziehungsversuche ist sie immer wieder weggelaufen und hat meine Mutter damit fast um den Verstand gebracht. Wenn ich Zeit hatte, bin ich daraufhin nach Spandau gefahren und habe ihr beim Suchen geholfen. Haben Sie den Tracker nicht bemerkt? Der müsste Ihnen doch aufgefallen sein.«

»Die Kollegen von der Kriminaltechnik sind noch nicht fertig, aber wieso sollte er uns aufgefallen sein?«

»Es ist ein schwarzer Plastikanhänger, auf dessen Vorderseite ich mit Glitzersteinen ein ›K‹ aufgeklebt habe. Sehr kitschig.«

»Sagten Sie Glitzer?«, fuhr Jan auf.

»Nur Schmucksteine. Nichts Teures.«

»Warten Sie.« Er schaltete das Telefon auf stumm. »Ruf das Video von Klara auf«, wandte er sich an Max.

»Was ist denn?«, fragte dieser und klickte mit der Maus. Einen Augenblick später begann die Aufnahme zu laufen. Jan sah gebannt auf den Bildschirm, die Finger um das Handy gekrallt. Nachdem Licht anging schrie er: »Stopp!«

Max drückte eine Taste.

»Vergrößere den Bereich um den Hals.«

Max zoomte das Bild näher. An einer Kette um den Hals konnte man den Anhänger erkennen. »Den haben wir doch schon bemerkt«, erwiderte der Hacker irritiert.

»Das ist der Hundetracker«, erwiderte Jan grinsend.

Max war aus dem Stuhl gesprungen. »Ich hoffe, sie trägt ihn noch.« Er tippte hektisch auf der Tastatur und die App startete. Zehn Sekunden später erschien eine Übersicht von Berlin. Und ein roter Punkt.

Max zoomte die Karte größer, bis zur Grenze zwischen Berlin und Brandenburg.

»Das ist Erkner«, sagte Jan nach einem Moment. »Östlich von Wilhelmshagen.«

»Verdammt, wir haben sie!«, entfuhr es Max.

»Informiere das SEK in Brandenburg«, sagte Jan, als er bereits das Büro verließ. Rasch verabschiedete er sich von Agata und beendete das Telefonat. »Ich trommle die Kollegen zusammen. Zuständigkeit oder nicht, wir sehen uns dort.«

Kapitel 11

11.56 Uhr

Zufrieden browste Elli durch ein Forum, in dem das erste Video von Vaas geteilt worden war. Es war mehr als eine Million Mal angesehen und fast zweitausend Kommentare waren dazu gepostet worden.

»Es funktioniert«, sagte sie lächelnd zu ihrem Bruder, der seine Tasse gerade erneut mit Kaffee füllte. Er nahm einen kleinen Hocker, setzte sich ihr gegenüber an den Küchentisch und schloss die Augen, was ihr Gelegenheit gab, ihn zu betrachten. Er war längst nicht mehr so angespannt wie sonst, die Lippen nicht zusammengepresst oder die Fäuste geballt, bereit auf jeden und alles einzuschlagen.

»Du hattest recht«, sagte er in ruhigem Tonfall, ohne die Augen zu öffnen. »Es war gut, sie nicht sofort zu töten, sondern der Öffentlichkeit zu zeigen, welche … Menschen es waren.«

»Wobei die Kripo uns einen großen Gefallen getan hat, als sie Issendorffs Behandlungsräume gefunden hat.«

»Dieser Tommen ist wirklich so fähig, wie man sagt.« Er öffnete die Augen und trank einen Schluck Kaffee. »Hoffen wir, dass er uns erst morgen auf die Schliche kommt.«

Statt zu antworten, lächelte Elli nur. Sie wollte nicht, dass Louis sich Sorgen machte, aber die Kripo war ihnen dichter auf den Fersen, als ihr Bruder vermutete. Elli war nicht sicher, dass sie bis Mitternacht noch unbehelligt bleiben würden, aber dafür hatten sie einen Fluchtplan.

»Glaubst du, sie wäre stolz auf uns?« In seiner Stimme lag ein trauriger Unterton, den sie nicht von ihm kannte. »Auf das, was wir machen, und auf das, was wir geworden sind?«

Sie griff über den Tisch nach seiner Hand und sagte: »Das wäre sie.«

Er ließ die Vertrautheit zu und für einen Moment zeigte sich ein Lächeln auf seinem Gesicht.

Plötzlich sprang er vom Stuhl hoch und riss die Augen auf. »Hörst du das?«

Elli drehte den Kopf und sah aus dem Fenster. Sie waren in der Nähe eines Waldes, der die Geräusche der nahen A10 fast vollständig verschluckte. Nur ab und an war noch ein Lkw zu vernehmen. Die Löcknitz rauschte in der Nähe.

»Das Hubschraubergeräusch.« Louis hatte die Fäuste geballt.

Jetzt hörte sie es auch. »Was ist ungewöhnlich an einem Hubschrauber?«

»Die fliegen hier nicht.«

»Vielleicht ein Rettungshubschrauber?«

Er schüttelte energisch den Kopf. »Die sind leichter und brummen nicht so tief.« Er klappte den Laptop zu und griff nach dem Rucksack, den er für solche Fälle hergerichtet hatte. »Wir müssen raus. Schnell!« Er zog ein Klappmesser aus der Tasche. »Ich kümmere mich um Klara.«

»Keine Zeit«, rief Elli, als das Dröhnen des Rotors immer lauter wurde.

»Sie muss sterben«, schrie er sie an.

»Ein anderes Mal«, widersprach sie kopfschüttelnd und nahm den Laptop unter den Arm. Dann zog sie ihn mit der Linken mit und beide hasteten hinten aus dem Haus.

Zwei Schritte weiter rannte er an ihr vorbei. »Zum Fluss«. Er deutete auf einen kleinen Pfad, der zum Wasser führte.

»Wollen wir es nicht durch den Wald versuchen?«

»Dazu ist es zu spät.« Das Brummen der Rotorblätter wurde lauter. »Die Löcknitz ist er einzige Weg, der uns noch bleibt.« Dann rannte er den Pfad entlang und kam zu einem kleinen Blätterhaufen am Ufer. Er griff hinein und riss die Arme hoch. Ein schmales Boot fiel klatschend ins Wasser.

Behände kletterte Louis hinein und reichte Elli die Hand. »Komm schon«, spornte er sie an. Der Hubschrauber war schon am Himmel zu sehen. Er kam von Süden.

Das Boot wackelte, als sie einen Schritt hinein machte, Louis konnte es gerade noch halten. Dann griff er nach zwei kurzen Paddeln. Eines reichte er Elli, während er mit dem anderen schon zu paddeln begann.

»Wir müssen uns links nahe der Bäume halten«, erklärte er. »Dann sieht man uns nur von oben, wenn der Hubschrauber genau über dem Fluss ist.«

Sie nickte und begann ebenfalls zu paddeln. Hoffentlich würden ein Mann und eine Frau bei einem Bootsausflug nicht verdächtig erscheinen. Sonst war ihre Flucht schnell beendet.

12.14 Uhr

»Geht es nicht genauer?«, fragte Jan, als er mit den Kollegen des SEK an der Kreuzung stand. Er telefonierte mit der Rechten, während er mit der Linken sein anderes Ohr zuhielt. Der Hubschrauber über ihnen machte eine Unterhaltung schwierig, aber er konnte hilfreich sein, sollte der Täter mit einem Motorrad oder Ähnlichem durch den Wald entkommen wollen.

»Hundetracker haben nicht die Präzision eines Handys«, erklärte Max. »Das Signal kommt aus einem der Häuser zwischen Rudolf-Breitscheid-Straße und Löcknitzstraße. Tendenziell eher der westliche Teil.«

Jan gab die Informationen an die Kollegen aus Brandenburg weiter, die aus ihren Autos gestiegen waren. Auch der Befehlshaber des SEK war bei ihnen. Der Mann war in voller Montur, mit einer kugelsicheren Weste und einem Helm, und hatte sein Gewehr mit einem Gurt über der Schulter. »Mehr kann ich nicht bieten, aber Vaas' Anhänger sendet noch immer ein Signal.«

Der Mann nickte und rief seine Leute zu sich. »Folgende Aufteilung«, begann er zu erklären. »Wir bilden Zweiergruppen. Ihr sichert die Rudolf-Breitscheid-Straße und ihr die Löcknitzstraße.« Er deutete auf vier Mann, die den Daumen hoben. »Der Rest durchkämmt die Häuser. Denkt daran, dass es sich mit Ausnahme des Täters um unbeteiligte Zivilisten handelt. Seid vorsichtig und bleibt ständig in Kontakt. Ich will keine Verletzten haben.« Die Männer nickten. »Oberstes Ziel ist die Befreiung von Katarzyna Vaas. Wir haben keine Informationen zum Täter, nicht einmal das Geschlecht, aber es ist mit hoher Gewaltbereitschaft zu rechnen. Er wird bewaffnet sein.«

»Eine Spur könnte das Auto von Katarzyna Vaas sein«, fügte Jan hinzu, als er sicher war, dass der Mann vom SEK fertig gesprochen hatte. Jan gab ihnen eine Beschreibung des Fahrzeugs und das Kennzeichen.

Schließlich gab der Mann vom SEK das Zeichen zum Aufbruch.

Jan stellte sich zu seinen Kollegen von der Kripo Brandenburg, die ebenfalls nur warten konnten. Diese Art Einsatz war ein verdammter Albtraum. Die Menschen waren in ihren Vorgärten oder schauten aus den Fenstern, als versuchten sie zu verstehen, was dieser Aufmarsch sollte. Wie gerne wäre Jan zu ihnen gegangen und hätte ihnen den Grund erklärt, warum die Polizei alle Straßen abgesperrt hatte, warum ein Hubschrauber über ihnen kreiste und was die Männer in den Kampfanzügen in ihrem Viertel zu suchen hatten. Aber weil sie nichts vom Täter wussten, konnte es jeder sein, Frau oder Mann, alt und jung. Selbst der rüstige Herr mit der Gehhilfe konnte involviert sein, wenn der Täter seine Frau als Geisel genommen und Klara in seinem Keller versteckt hatte.

Fast wünschte Jan, dass irgendwo ein Fenster aufgehen und der Täter losschießen würde, damit sie den Feind kannten und die anderen Bewohner in Sicherheit bringen konnten.

»Was machen die?«, fragte ein Kollege neben ihm, als er das SEK beim Durchkämmen der Gegend beobachtete. Sie mieden die Häuser und winkten alle Bewohner zurück.

»Sie suchen zuerst nach dem Auto von Vaas«, antwortete ein anderer. »Das ist der einzige Hinweis.«

»Und wenn es der Täter schon entsorgt hat?«

»Werden sie Haus um Haus inspizieren.«

»Hoffentlich bleibt uns das erspart«, murmelte Jan. Er hielt unverändert das Handy an sein Ohr, aber vonseiten der IT schien sich nichts Neues zu ergeben.

Als die Männer fast alle Häuser durchsucht hatten, durchbrach ein Funkspruch die Stille: »Wir haben das gesuchte Fahrzeug.«

Ein Seufzer der Erleichterung ging durch die Anwesenden. Jemand schlug Jan auf die Schulter.

»Es ist das Haus am hinteren Ende der Löcknitzstraße. Rotes Spitzdach mit altem Dachfenster, gelbe Fassade und einem zugewachsenen Vorgarten. In der Einfahrt rechts steht das Auto.«

Die Männer vom SEK rannten alle in diese Richtung. Es fiel Jan schwer, nicht hinterherzulaufen, aber er blieb mit seinen Kollegen weiter an der Kreuzung stehen.

»Wir gehen rein«, sagte der Mann. Den Knall, als die Tür aufbrach, konnte man bis zu Jan hören. Eine Minute lang herrschte Funkstille. Dann knackte es wieder in der Leitung.

»Wir haben Katarzyna Vaas«, sagte der SEKler. »Und sie lebt.«

* * *

Für eine Frau, die mehr als zwölf Stunden in den Händen der Entführer gewesen war, wirkte Klara erstaunlich gefasst. Ein Sanitäter stützte sie beim Hinausgehen, aber außer den Rötungen an den Handgelenken erkannte Jan keine Verletzungen. Ihre Augen waren vom Weinen gerötet, aber sie hatte einen trotzigen Gesichtsausdruck, den er als gutes Zeichen wertete. Sie fluchte etwas auf Polnisch, das er nicht verstand.

Vincent kam zu ihm gelaufen. »Was habt ihr mit ihr vor?«, fragte sein Kollege aus Brandenburg und deutete auf Klara, die gerade zum Krankenwagen geführt wurde.

»Zuerst lassen wir sie untersuchen, dann bringen wir sie an einen sicheren Ort«, erklärte Jan. »Bis der Täter gefasst wurde, lassen wir sie nicht mehr aus den Augen.«

»Diesbezüglich habe ich keine guten Nachrichten, denn außer dem Entführungsopfer war niemand im Haus.« Er sah zum Krankenwagen, in dem ein Arzt gerade die Wunden an den Handgelenken inspizierte. »Sie hat die Täter leider auch nur mit Masken gesehen und kann uns bei der Identifizierung nicht helfen.«

»Die Täter?«

»Ein Mann und eine Frau.«

»Das ist interessant«, sagte Jan nachdenklich.

»Nach dem herumstehenden Essen in der Küche zu schließen, sind sie überhastet geflohen, daher hatten sie keine Zeit, ihre Spuren zu verwischen«, erklärte Vincent. »Ein Kanister Bleiche steht noch unverschlossen im Keller.«

»Also haben wir bald ihre Fingerabdrücke und ihre DNS?«

Vincent nickte. »Unsere Kriminaltechniker sind schon im Haus. In ein paar Stunden wissen wir mehr.«

»Habt ihr eine Fahndung veranlasst?«

Er nickte wieder. »Außer der Information, dass es sich um einen Mann und eine Frau handelt, wissen wir noch immer nicht, nach wem wir fahnden. Momentan versuchen wir, mithilfe der Nachbarn eine Phantomzeichnung zu erstellen, aber bis die fertig ist, werden sie schon weg sein.« Er deutete auf den Wald hinter sich. »Die Rüdersdorfer Heide ist unübersichtlich. Dann noch der Flakensee im Norden und der Dämeritzsee im Westen. Außerdem endet unsere Kompetenz an der Grenze zu Berlin und da ist nordwestlich ebenfalls ein großes Waldgebiet.« Er schüttelte den Kopf. »Wenn sich der Täter nicht ausgesprochen dumm verhält oder uns der Zufall zu Hilfe kommt, werden wir ihn jetzt noch nicht fassen. Trotzdem bin ich überzeugt, dass wir mit den Fingerabdrücken zwei Treffer in der AFIS-Datenbank erhalten – und dann geht die Jagd richtig los.«

»Zum ersten Mal sind wir im Vorteil«, sagte Jan und schlug seinem Kollegen auf die Schulter. »Ein weiteres Mal werden sie uns nicht entkommen.«

* * *

Als Jan den sicheren Unterschlupf betrat, saß Klara auf einem Stuhl und schaute in den kleinen Garten hinter dem Haus.

Der Raum war einfach eingerichtet, ein Tisch mit vier Stühlen, eine Couch und ein Fernseher, der mit einer Halterung an die Wand geschraubt war. Es war ein gutes Zeichen, dass der Arzt sie nach der Untersuchung wieder hatte gehen lassen. Einzig an ihren Handgelenken war ein Verband. Ihre langen blonden Haare waren noch feucht und sie trug ein Sweatshirt, das ihr zwei Nummern zu groß war.

»Ich will nach Hause«, sagte sie zu Jan, nachdem er in den Raum getreten war. »Sofort.«

Jan zwang sich zu einem Lächeln und setzte sich auf die Couch. »Zuerst einmal: gern geschehen.« Es war unprofessionell, aber er konnte sich die Spitze nicht verkneifen. Die letzten Tage waren sehr anstrengend gewesen und ihm fehlte immer noch der Schlaf.

»Was meinen Sie?«, fragte sie mit bissigem Unterton.

»Gern geschehen, dass wir Ihr Leben gerettet haben, obwohl Sie wussten, dass Sie in Gefahr waren und nicht zur Polizei gegangen sind.«

»Wie kommen Sie darauf, dass ich wusste …?«

»Hören Sie auf«, unterbrach Jan sie ungeduldig. »Nachdem Hans Krüger und Bernhard Issendorff entführt worden waren, war Ihnen klar, dass Sie die Nächste sein würden. Deshalb haben Sie bei Ihrer Tochter eine Verletzung vorgetäuscht, damit Sie mit Ihren Enkeln nicht auf den Spielplatz mussten. Und deshalb haben Sie auch den Hundetracker getragen.«

»Seit meine Kalinka gestorben ist, habe ich ihn immer bei mir«, sagte sie mit ruhiger Stimme und legte ihre Hand auf die Brust. »Er erinnert mich jeden Tag an sie.«

»Und warum war der Tracker aufgeladen, ebenso wie das alte Handy mit der Tracking-App?«, fragte Jan. »Ist das auch Sentimentalität oder war es eine Absicherung für den Fall, dass Sie entführt wurden?«

Sie senkte beschämt den Kopf und wandte sich dann wieder dem Ausblick in den Garten zu. »Sie wissen, warum ich nicht zur Polizei gegangen bin.«

»Nach Bernhard Issendorffs Tod wussten wir von der Abtreibungsklinik«, erklärte Jan. »Mittelfristig wären Sie uns sowieso nicht entkommen. Und wenn wir Sie vor dem Täter gefunden hätten, hätten wir ihm eine Falle stellen und ihn schnappen können. Dann wäre das alles vorbei, Sie würden zu Hause sein und müssten sich nicht hier umgeben von Polizisten verstecken.«

»Ich bin nicht stolz auf das, was ich getan habe.«

»Deswegen bin ich nicht hier«, erklärte Jan. »Ich will die Täter finden, die Hans Krüger, Bernhard Issendorff und Sie entführt haben. Um alles andere kümmert sich der Staatsanwalt.« Er stand auf und ging näher zu ihr. »Wer sind die beiden?«

»Ich weiß es nicht«, erklärte sie. »Sie haben mich zu Hause überfallen, mich geknebelt und mir etwas über die Augen gezogen. Dann haben sie mich in den Kofferraum meines Autos verfrachtet und dorthin gefahren, wo mich die bewaffneten Polizisten an der Wand festgekettet gefunden haben.«

»Gab es vor Ihrer Entführung Hinweise, dass Sie in Gefahr sind? Den Tod von Hans Krüger und Bernhard Issendorff einmal ausgenommen.«

Sie schüttelte den Kopf. »Seit Bernhards Schlaganfall haben wir keine Eingriffe mehr vorgenommen. Ich dachte, dass alles verjährt und vorbei sei.«

»Das ist noch lange nicht verjährt und vorbei«, erklärte Jan. »Aber wie schon erwähnt, bin ich nicht deswegen hier.«

»Es waren ein Mann und eine Frau«, sagte sie »Der Mann hatte eine dunkle, raue Stimme, die ich zuvor noch nie gehört habe. Die Frau hat nur geflüstert. Mehr weiß ich nicht«, fügte sie noch hinzu.

»Die ganze Kripo Berlin war auf der Suche nach Ihnen«, sagte Jan. »Wie konnten die Täter Sie vor uns finden?«

»Vielleicht hat Bernhard Ihnen etwas erzählt«, erwiderte sie.

»Ihn können wir leider nicht mehr fragen.« Jan schloss für einen Moment die Augen und versuchte, seine Professionalität wiederzuerlangen. Wie gerne hätte er Klara Handschellen angelegt und sie ins Gefängnis gesteckt, aber solange sie die Entführer nicht gefasst hatten, musste dieses Vergnügen warten. »In Ordnung«, fuhr er schließlich fort. »War in den letzten Tagen etwas ungewöhnlich?«

Klara schüttelte den Kopf, doch hielt in der Bewegung inne. »Das Bild von Bernhard«, sagte sie.

»Welches Bild?«

»Ich habe von Bernhard einen Picasso vererbt bekommen.«

»Vererbt?«, fragte Jan verwundert nach. »Meines Wissens ist der Nachlassverwalter noch bei der Arbeit. Und außerdem kann ich mich nicht erinnern, dass auf der Inventarliste ein Gemälde von Picasso gestanden hat.«

»Und wer hat mir dann das Bild gegeben?«

Jan verkniff sich eine Bemerkung und zwang sich zu einem Lächeln. »Vielleicht sollten Sie vorne anfangen. Wer hat Ihnen das Bild gegeben und wann war das?«

* * *

»Gerade noch rechtzeitig«, begrüßte ihn Chandu, als er Jan die Tür öffnete. Sein großer ruandischer Freund hatte zwei Teller in der Hand, auf denen Jan Reis, Bohnen und etwas undefinierbares Gelbes erkannte.

»Es riecht fantastisch.«

»Frijoles charros«, erklärte der Ruander, während er mit Jan zum Tisch ging und ihm das Essen hinstellte. Wie immer hatte Zoe schon angefangen und war Max damit beschäftigt,

Ovomaltine in seine Cola zu rühren. »Also Bohnen im Charros-Stil«, übersetzte er. »Eigentlich wird das wie ein Eintopf serviert, aber ich lasse es länger kochen, damit die Soße besser bindet, setze es auf ein Reisbett und bestreue es mit Tacochips.«

»Unglaublich«, bemerkte Jan, als er davon gekostet hatte. Nach zwei Bissen musste er sich allerdings eingestehen, dass die Charros wohl nicht an Chili sparten. Eilig griff er nach seinem Bier, das Chandu schon vor ihn hingestellt hatte. Es bedurfte der halben Flasche, bis der Schmerz in seinem Hals nachließ.

»Weichei«, murmelte Zoe neben ihm.

Er war froh, dass sie während des Essens nicht über den Fall redeten, denn die Schärfe, die den Schweiß auf seine Stirn trieb, hätte seine Stimme wahrscheinlich wie die eines achtzigjährigen Alkoholikers klingen lassen.

Während Zoe ungerührt zwei weitere Teller des Eintopfes aß, beschränkte sich Jan auf den Reis, der zur Linderung des Brennens in seinem Rachen beitrug.

Nach dem Essen stand Max auf und startete den Laptop, während Zoe sich eine Zigarette anzündete und auf der Couch Platz nahm. Chandu begann mit dem Abräumen und schaltete die Kaffeemaschine an.

»Beginnen wir mit den guten Nachrichten«, begann Jan. »Wir haben Klara vor Ablauf der Frist befreien können. Sie ist wohlauf und an einem sicheren Ort untergebracht.«

»Hurra!«, rief Chandu von der Küche aus.

»Offensichtlich haben wir die Täter überrascht, denn sie sind Hals über Kopf geflohen«, fuhr Jan fort. »Das hat uns ausreichend DNS und Fingerabdrücke verschafft. Darunter auch die eines gewissen Louis Röder, eines Serieneinbrechers und Hehlers.«

Max blendete ein Bild des Mannes ein. Sein Gesicht war das eines Jugendlichen, höchstens zwanzig Jahre alt, ohne

Bartwuchs und mit Pickeln, aber der zornige Blick, mit dem er in die Kamera sah, ließ erahnen, dass er kein netter Mensch war.

»Kein Entführer und Mörder?«, fragte Zoe.

Jan schüttelte den Kopf. »Er saß zwei Jahre im Gefängnis, weil er bei einem Einbruch in einen Schmuckladen erwischt worden war, aber von den harten Sachen hat er sich ferngehalten. Bisher.«

»Wie konnte er entkommen?«, fragte Chandu. »Was man so hört, haben die Kollegen aus Brandenburg die volle Kapelle anrücken lassen.«

»Wenn ich das wüsste«, antwortete Jan. »Bedauerlicherweise war der Unterschlupf gut gewählt, in einer abgelegenen Gegend, nahe am Wald und an der Löcknitz. Nicht weit davon der Flakensee und der Dämeritzsee, die bei dem guten Wetter einen entsprechenden Menschenauflauf bewirken.« Er zuckte die Achseln. »Die Täter haben sich bei den Entführungen sehr geschickt verhalten, daher ist ein guter Fluchtplan nicht überraschend. Aber die Fahndung nach Röder und der unbekannten Frau läuft, was ihnen ein Untertauchen erschweren wird.«

»Was ist mit dem Motiv?«, wollte Zoe wissen.

»Da sind wir immer noch nicht weiter«, erklärte Jan. »Wir können nur auf eine Verwandtschaft oder Freundschaft Röders zu einer der Frauen tippen, die in der Klinik behandelt wurden. Vielleicht ist die Mittäterin ein Opfer von Issendorff.«

»Das Haus liefert uns auch keine Spur«, wandte Max ein. »Es wurde von einer gewissen Sabrina Müller gemietet, zu der ich nichts gefunden habe. Da die Zahlungen aus dem Ausland gekommen sind, lassen sich diese auch nicht nachverfolgen.«

»Ein Typ wie Röder hat ein Konto im Ausland?«, hakte Chandu verwundert nach.

»Er sicherlich nicht, aber wir kennen die Frau nicht«, antwortete Jan.

»Was ist mit dem Raum, in dem die Entführten gefangen gehalten worden sind?«, fragte Zoe. »Haben sich da irgendwelche Spuren ergeben?«

»Das Foltergefängnis war im Keller«, erklärte Jan. »Der Raum wurde künstlich mit Erde und Lehm präpariert, damit man den Eindruck bekommen sollte, dass es ein Versteck irgendwo im Wald oder sonst wo in der Natur war.«

»Das Equipment für die Aufnahme sowie der Stromgenerator waren noch dort«, ergänzte Max. »Bedauerlicherweise fand sich kein Laptop oder Computer, von dem aus die Videos hochgeladen wurden, daher fällt diese Möglichkeit, etwas zu gewinnen, weg.«

»Es ist gut, dass wir Klara retten konnten und zumindest die Identität eines Entführers kennen, aber zusammengefasst klingt das ziemlich mager«, stellte Chandu fest.

»Obwohl die Untersuchung des Hauses noch nicht abgeschlossen ist, erhoffe ich mir auch da keine neuen Erkenntnisse«, stimmte Jan zu. »Wenigstens können wir eine gerettete Geisel und einen Verdächtigen vorweisen, was die Öffentlichkeit beruhigen müsste.«

»Wenn man sich in den sozialen Medien umsieht, dann ist die Öffentlichkeit alles andere als beruhigt«, sagte Max. »Viele wollen Klara tot sehen und haben Röder schon für das Bundesverdienstkreuz vorgeschlagen.«

Jan gab ein mürrisches Brummen von sich.

»Ganz absurd ist das nicht«, erklärte Zoe. »Denn ohne Issendorffs Entführung wären seine Machenschaften und die illegale Abtreibungsklinik nicht aufgedeckt worden. Röders Art, das aufzuarbeiten, ist … diskussionswürdig, aber er hat zumindest verhindert, dass Issendorff die Klinik wieder eröffnet, denn genau das hatte er vor seinem Tod vor.«

Jan wollte etwas erwidern, als sein Handy in der Tasche brummte. »Das ist Bergman«, sagte er nach kurzem Blick auf das Display. »Hallo?«, meldete er sich, als er das Gespräch annahm.

»Wir müssen uns um Wank kümmern«, begann der Kripochef ohne Gruß.

»Was ist mit ihm?«

»Vor seinem Haus wurde heute Abend wieder eine spontane Demonstration abgehalten. Manche Teilnehmer verlangen, er solle seine Beteiligung an den Entführungen zugeben. Andere beschuldigen ihn, gemeinsam mit Issendorff die Abtreibungsklinik betrieben zu haben.«

»Nachdem wir Klara befreit und mit Röder einen Tatverdächtigen präsentiert haben, der in keiner Weise mit Wank in Verbindung steht, dachte ich, dass sich das erledigt hat.«

»Wenn du dir die Fassade von Wanks Haus ansiehst, dann weißt du, dass das nicht so ist.«

»Und was soll ich jetzt machen?«

»Wank hat gedroht, sich an die Presse zu wenden, damit sie über die Inkompetenz der Berliner Polizei berichtet, wenn wir nichts dagegen unternehmen«, antwortete Bergman. »Außerdem hat er einflussreiche Bekannte aktiviert, um Druck auf politische Würdenträger auszuüben, die wiederum mich nerven.«

»Obwohl Wank mir alles andere als sympathisch ist, würde ich ihm die öffentliche Empörung gerne ersparen. Fragt sich nur, was wir machen können, außer sein Haus zu sichern? Gegen die Hetze im Internet sind wir machtlos.«

»Er will sich mit Klara treffen.«

»Was will er?«, entfuhr es Jan.

»Er will mit ihr reden, um den Beweis zu erbringen, dass sie sich nicht kennen und er nichts mit alledem zu tun hat. Und das vor möglichst vielen Zeugen.«

»Vor Zeugen?«

»Er wollte ein Kamerateam dabeihaben, was ich natürlich abgelehnt habe. Ebenso wie den von ihm geforderten Journalisten einer Tageszeitung. Schließlich hat er sich damit zufriedengegeben, dass du als Zeuge dabei bist, vorausgesetzt, du versicherst danach der Öffentlichkeit, dass zwischen ihm und Klara keine Verbindung besteht.«

»Ein ungewöhnlicher Wunsch«, sagte Jan.

»Ich halte das Ganze zwar für ausgemachten Blödsinn«, erwiderte Bergman. »Doch wenn er danach Ruhe gibt, soll es mir recht sein. Vielleicht besänftigt das tatsächlich die Öffentlichkeit, dann können wir unsere Energie der Fahndung nach Röder widmen.«

»Und wie sollen wir dieses Treffen bewerkstelligen? Soll Wank in das sichere Haus zu Klara?«

»Für so dumm kannst du mich nicht halten«, widersprach der Kripochef. »Wir müssen sie sowieso noch einmal befragen, also schaffen wir sie in einen Besprechungsraum auf der Dienststelle und laden Wank dorthin ein. Du holst ihn ab und bringst ihn dorthin.«

»Ohne es an irgendetwas festmachen zu können, habe ich kein gutes Gefühl dabei.«

»Es ist eine dumme Idee, aber vielleicht passiert etwas Unerwartetes, denn noch immer wissen wir nicht, wie Wank in die Sache involviert ist und warum Röder ausgerechnet seinen Tod will.«

»Und wann soll das Treffen stattfinden?«

»Morgen früh um zehn Uhr«, sagte Bergman. »Du bist um 9.30 Uhr bei Wank und bringst ihn über den Hintereingang in die Dienststelle. Klara wird schon dort sein. Wir geben den beiden fünf Minuten, um sich zu beschnuppern, und beenden den Zirkus.«

»Hoffentlich ist der Zirkus dann wirklich beendet«, murmelte Jan.

»Von Wanks Seite wird er das sein«, erklärte Bergman. »Um Klara kümmert sich der Staatsanwalt, der ist aber noch dabei, Beweise zu sammeln. Bis wir Röder und seine Komplizin gefunden haben, wird sie in unserer Obhut bleiben.«

»Dann sehen wir uns morgen früh«, sagte Jan und beendete das Gespräch.

Er wollte sich gerade an seine Freunde wenden, als Max mit einem Grinsen auf ein an die Wand projiziertes Bild deutete. »Kam gerade rein.« Es war eine Aufnahme von einer Gruppe Menschen an einem Bootssteg, die alle in die Kamera winkten. »Soziale Medien haben durchaus auch ihre Vorteile.«

»Was ist das?«

»Die Kripo Brandenburg hat die Öffentlichkeit gebeten, ihnen alle Aufnahmen rund um Erkner zuzuschicken, und zwar um den Zeitraum von Röders Flucht.« Er deutete auf das Bild. »Und dieser Schnappschuss stammt von einem Bootsverleih nordöstlich des Flakensees.«

»Was ist das für eine Gruppe?«, wollte Jan wissen und trat näher an die Wand heran.

»Irgendwelche Freunde, die den Tag am See verbracht haben«, erklärte Max. »Aber beachte den Hintergrund.« Er zoomte das Bild größer, bis der Steg zu sehen war. Dort sah man einen Mann, der gerade einer Frau beim Aussteigen aus einem Boot half.

»Das ist Röder«, entfuhr es Jan.

»Und die Frau wird seine Komplizin sein«, erklärte Max.

»Von wann ist das Bild?«

»Siebzehn Minuten, nachdem das SEK Klara befreit hat.«

»So sind sie aus Erkner geflohen«, schloss Jan. »Sie hatten ein Boot an der Löcknitz und sind in dem Trubel auf dem Flakensee untergetaucht.«

»Ziemlich clever«, gab Chandu zu.

»Aber nicht clever genug, denn jetzt kennen wir nicht nur Röders Fluchtroute, sondern auch seine Komplizin.« Max vergrößerte die Frau, der Röder die Hand gereicht hatte.

»Sie ist in seinem Alter«, sagte Zoe. »Wenn man Augenfarbe, die Wangenknochen und die Form der Nase berücksichtigt, scheinen sie sogar miteinander verwandt zu sein. Mindestens Geschwister, dem Alter nach vielleicht sogar Zwillinge.«

»Die Frau ist mit Anfang zwanzig kein Opfer aus der Abtreibungsklinik.«

»Vielleicht musste ihre Mutter dort leiden«, riet Chandu.

»Oder eine Freundin, eine Bekannte oder jemand ganz anderes«, ergänzte Jan. »Das Motiv werden wir auf dem Ermittlungsweg nicht herausbekommen, aber die zweite Täterin identifiziert zu haben, wird uns bei der Suche helfen.«

»Die Kollegen in Brandenburg sind ebenso informiert wie unser Team«, erklärte Max. »Die Bilderkennungssoftware ist aktiv und die Fahndung wurde aktualisiert. Bald werden wir sehen, ob Röder seine Flucht genauso gut geplant hat wie die Entführungen.«

* * *

Als Jan an dem Steg angekommen war, konnte er seinen Dienstwagen direkt an der Straße parken. Außer einem einsamen Paddler war niemand auf dem Wasser und nur ab und zu fuhr ein Auto vorbei. Obwohl die Sonne längst aufgegangen war, erwachten die Bewohner um den Flakensee nur allmählich. Hier und da ging ein Rollladen nach oben oder holte ein Frühaufsteher die Zeitung hinein.

Jan wusste auch nicht, was ihn so früh hierhergezogen hatte, denn seit Krügers Entführung litt er unter Schlafmangel. Der Fall ließ ihm keine Ruhe, also war er schon um sechs Uhr aus dem Haus gegangen. Er fühlte sich seltsam energiegeladen, wie ein Jäger, der nach Tagen endlich eine Spur seiner Beute gefunden hatte und diese nicht mehr verlieren wollte.

Als Vincent von der Straße zum Steg gelaufen kam, konnte sich Jan nur schwer ein Grinsen verkneifen. Die kurze Nacht war trotz seiner Sonnenbrille deutlich erkennbar.

»Sieben Uhr«, murrte dieser mit rauer Stimme. »Hättest du das nicht alleine machen können?« Er trank einen Schluck Kaffee aus einem billigen Plastikbecher.

»Das ist nicht mein Zuständigkeitsgebiet, daher wollte ich die Formalien einhalten«, rechtfertigte sich Jan.

»Das ist ja mal was ganz Neues«, bemerkte Vincent, ohne seinen Sarkasmus zu verbergen. »Also, was machen wir hier?«

»An dem Steg sind Louis Röder und die noch unbekannte Frau aus dem Boot gestiegen.«

»Weiß ich«, nuschelte Vincent in seinen Becher. »Die Kollegen von Kripo und Polizei stehen auch schon in den Startlöchern, um die Anwohner und Besucher zu befragen. Aber nicht um sieben Uhr morgens«, fügte er noch vorwurfsvoll hinzu. »Da schlafen die meisten noch.«

»Ich wollte nur sehen, ob es Kameras gibt, die wir vielleicht anzapfen können.«

»Das ist nicht der Yachthafen Köpenick«, erklärte Vincent. »Die Stege sind kleiner als mein Vorgarten.« Er nippte wieder an seinem Kaffee. »Dafür hätten wir nicht hier raus müssen.«

»Und wo ist das Boot von Röder?«

»Haben die Kollegen von der KTI gestern Nacht noch eingesackt und ins Labor geschafft.«

»Wahrscheinlich sind Röder und seine Komplizin mit dem Auto weitergefahren«, sprach Jan seine Vermutung aus.

Vincent nickte.

»Wo könnten sie das Fahrzeug geparkt haben?«

»Das ist Brandenburg, nicht Berlin-Mitte, Tommen. Hier gibt es kaum Parkverbotszonen. Es hätte überall stehen können«, erklärte sein Kollege. »An seiner Stelle hätte ich das Auto an der Maiwiese oder am Wilhelmsbad weiter südlich geparkt. Dort gibt es keine unmittelbaren Anwohner und niemand wundert sich, wenn ein Auto länger als einen Tag steht.« Er fuhr sich mit der Hand durch die Haare. »Aber auch das versuchen die Kollegen im Laufe des heutigen Tages noch herauszubekommen.«

»Es tut mir leid, dass ich so ungeduldig bin«, entschuldigte sich Jan. »Ich schlafe zurzeit nur ein paar Stunden und statt wach im Bett zu liegen, wollte ich die Zeit vor dem Treffen mit Paul Wank sinnvoll nutzen.«

»Was man so hört, ist der ein ziemlicher Stinkstiefel«, bemerkte Vincent. »Was willst du von ihm?«

»Er hat verlangt, sich mit Katarzyna Vaas zu treffen.«

»Ach, du meinst diese Klara«, sagte der Kollege nach einem Moment des Nachdenkens. Es war offensichtlich, dass seine Gehirnzellen noch nicht auf voller Leistung waren. »Was will er von ihr?«

»Bezeugen, dass er sie nicht kennt und er nichts mit den Entführungen zu tun hat.«

»Gibt es denn Indizien, dass er involviert ist?«

Jan schüttelte den Kopf. »Er hofft, durch die Aktion endlich von der Presse und der Öffentlichkeit in Ruhe gelassen zu werden. Denn die glauben nicht an seine Unschuld, denn warum sonst hätte Röder seinen Tod gefordert.«

»Wenn das so leicht wäre«, murmelte Vincent. »Ich muss zugeben, dass mir diese Forderung nach Wanks Tod ebenfalls Kopfzerbrechen bereitet hat, einerseits, dass jemand so dumm sein kann, das zu verlangen, und auf der anderen Seite, warum Röder nicht Wank als Ersten entführt hat.«

»Ich hoffe, Röder diese Frage bald persönlich stellen zu können«, bemerkte Jan mit einem Lächeln.

»Willst du sonst noch was wissen oder überprüfen?« Vincent schob die Sonnenbrille hoch und rieb sich gähnend das linke Auge.

Jan betrachtete das Haus, das dem Steg gegenüberlag. Die Rollläden waren noch geschlossen und auch durch die Ritzen war kein Licht zu sehen. Wie gerne hätte er sich in die laufenden Ermittlungen eingebracht, anstatt den Babysitter zu spielen, aber möglicherweise hatte Bergman recht und die Begegnung zwischen Klara und Wank würde etwas Unvorhergesehenes ergeben. »Ich wollte mir nur einen Eindruck von dem Ort machen, weil ich den Flakensee bisher noch nicht kannte.«

»Ist ganz nett hier, wenn nicht gerade Mörder aus dem Boot steigen.«

Jan umarmte seinen Kollegen kurz. »Danke für die Hilfe und entschuldige die frühe Störung.«

»Wenn es geholfen hat«, murmelte Vincent und erwiderte die Geste. »Ich fahre zurück zur Dienststelle und lasse mich zur Befragung der Anwohner einteilen.« Er trank den restlichen Kaffee aus, zerdrückte den Becher und warf ihn in einen nahen Mülleimer. »Wenn sich was ergibt, erfährst du es sofort.«

»Die Firma dankt«, bemerkte Jan noch und ging zurück zu seinem Auto. Der Blick auf die Uhr bestärkte ihn darin, unterwegs noch einen Stopp an einem Café einzulegen. Zwei Schokocroissants und ein weiterer Kaffee würden Wanks notorisch schlechte Laune erträglicher machen.

* * *

Als Jan Wanks Grundstück betrat, grüßte er die beiden Kollegen von der Polizei mit einem Nicken. Er klingelte an der Tür, die einen Moment später geöffnet wurde.

»Sie sind zu früh«, murrte Wank und ging zurück ins Wohnzimmer.

»Guten Morgen auch Ihnen, Herr Wank«, sagte Jan mit übertriebener Freundlichkeit und betrat das Haus.

Der Mann setzte sich an den Tisch, vor ihm eine Rolle Pflaster, Verbandsmaterial und eine kleine Schere. »Sie erlauben, dass ich zuerst noch meine Verletzung versorge, bevor wir loskönnen?« Jan ignorierte den vorwurfsvollen Unterton der Bemerkung und setzte sich ihm gegenüber.

Wank tupfte die Wunde mit einem weißen Tuch ab. Sie schien immer noch zu bluten, wie es aussah, hatte er sie nicht nähen lassen. Jan verkniff sich eine Bemerkung und beobachtete Wank bei seiner Selbstverarztung. Er ging sehr konzentriert und präzise vor, sodass Jan sich nicht gewundert hätte, wenn Wank die Länge des Pflasters mit einem Lineal abgemessen hätte. Nachdem er dieses über die Wunde geklebt hatte, öffnete er Päckchen mit dickem Mullband und begann Letzteres über das Pflaster zu wickeln. Er stellte sich dabei etwas ungeschickt an. Normalerweise hätte Jan seine Hilfe angeboten, aber wahrscheinlich hätte sich Wank davon beleidigt gefühlt, daher stand er auf, nahm sein Handy aus der Tasche und browste durch die neusten Nachrichten.

Vincent hatte ihm geschrieben. Die Befragungen rund um den Steg am Flakensee hatten einen Zeugen gebracht, der sich an die beiden erinnert hatte. Sie waren nach dem Aussteigen in nordöstliche Richtung gelaufen, also hatten sie wahrscheinlich an dieser Stelle ihr Auto geparkt, denn dort gab es nur Wald und keine S-Bahn oder andere öffentliche Verkehrsmittel.

Jans Handy brummte und erinnerte ihn an den bevorstehenden Termin um 9.30 Uhr. Als hätte Wank das geahnt, wandte er sich an Jan. »Lassen Sie mich ins Bad und ein Schmerzmittel nehmen. Dann können wir los.« Der Verband um seinen Arm war fertig. Wank trug ein kurzärmeliges weißes Hemd, als wollte er seine Verwundung bewusst zur Schau stellen. Wahrscheinlich würde er Klara entsprechende Vorwürfe machen und ihr eine

Mitschuld geben. Aber das konnte Jan gelassen angehen, schließlich war dieser Termin Bergmans Idee gewesen.

Glücklicherweise hatten sich noch keine Demonstranten oder Gaffer vor Wanks Haus versammelt, sodass Jan den Mann ohne Schwierigkeiten in sein Auto bringen konnte. Während der Fahrt zur Dienststelle war Wank ungewöhnlich ruhig. Er sah aus dem Fenster und betrachtete den Verkehr. Ab und zu rieb er sich abwesend über den Verband.

Als Jan in die Tiefgarage fuhr, hatte Wank noch immer kein Wort gesagt. Schweigend betraten sie die Dienststelle und gingen zum Besprechungsraum. Vor der Tür warteten zwei Kollegen, die Wank mit einem Metalldetektor absuchten, was ihm ein empörtes Schnauben entlockte. Der Scanner schlug einmal bei der Gürtelschnalle an, blieb ansonsten aber still.

Danach führte er Wank in den Besprechungsraum, in dem Klara schon wartete. Neben ihr lag eine Schachtel Zigaretten, von denen sie wahrscheinlich vorgehabt hatte, eine zu rauchen, doch in den Räumen der Dienststelle war dies verboten. Und solange Röder samt Komplizin nicht gefasst war, würde sie nicht einfach draußen rauchen können. Zumindest nicht ohne Bewachung.

»Kripochef Dr. Klaus Bergman und meinen Kollegen Hauptkommissar Patrick Stein kennen Sie schon«, stellte Jan die Kollegen vor. Wank war höflich genug, ihnen die Hand zu schütteln. »Und das ist Frau Katarzyna Vaas.« Er deutete auf Klara.

»Ist das der Typ, dem ich meine Entführung zu verdanken habe?«, fragte sie mit rauer Stimme.

»Sie haben Ihre Entführung Ihrer Arbeit in einer illegalen Abtreibungsklinik zu verdanken«, erwiderte Wank bissig. »Ich habe damit nichts zu tun.«

»Das fängt ja gut an«, murmelte Jan. Bergman hob zwar eine Augenbraue, schien jedoch von den ersten Reaktionen bei diesem Aufeinandertreffen nicht überrascht zu sein.

Wank ging an den Besprechungstisch und nahm sich einen Stuhl.

»Wenn Sie nichts mit allem zu tun haben, warum wollten die Entführer Sie tot sehen?«, fragte sie.

Ohne zu antworten, setzte er sich ihr gegenüber. »Keine Ahnung. Sagen Sie es mir.«

»Was soll der Blödsinn«, wandte sie sich an Bergman. »Warum bin ich hier?«

»Wie Sie schon bemerkt haben, wollte der Entführer Herrn Wanks Tod, daher muss es einen Zusammenhang zwischen Ihnen beiden geben«, antwortete der Kripochef.

»Ich kenne diesen Mann nicht«, erklärte sie. Obwohl Klara genervt war, schien sie die Wahrheit zu sagen. »Was willst du von mir?«, fuhr sie ihn an. Sie griff nach ihren Zigaretten, erinnerte sich dann aber wieder an das Rauchverbot. »Do licha«, murmelte sie.

»Was ich von Ihnen will?« Wank zeigte ein freudloses Lächeln. »Sagt Ihnen der Name Lina Christen etwas?« Er rieb sich über den Verband.

»Nie gehört.« Sie nahm eine Zigarette aus der Schachtel.

Jan sah kurz zu Patrick, der mit den Achseln zuckte. Der Name Lina Christen war im Laufe der Ermittlungen noch nicht aufgetaucht.

»Das ist bedauerlich, sind Sie doch für Ihren Tod mitverantwortlich«, sagte Wank und erhob sich mit zornig blitzenden Augen.

Jan reagierte zu spät. Wank hatte plötzlich eine weiße Klinge in der Hand, die er mit blitzschnellen Bewegungen Klara drei Mal in den Hals stieß. Sie ließ die Zigarette fallen und fiel seitwärts vom Stuhl, die Hand an den Hals gedrückt.

Jan sprang nach vorne und rammte Wank mit der Schulter um, während Patrick zu Klara gehastet war und seine Hände vergeblich auf die Einstiche presste. Wank hatte die Hauptschlagader genau getroffen. Blut spritzte durch den ganzen Raum und das Leben floss mit jedem Herzschlag aus ihr heraus.

»Ruft den Notarzt!«, schrie Bergman und rannte nach draußen.

Jan drehte Wank den Arm auf den Rücken, sodass dieser vor Schmerz stöhnte. Dabei ließ er das Messer los, das Jan wegkickte. »Sind Sie wahnsinnig?«, schrie er Wank an, der keine Antwort gab. Blut war auf sein Gesicht und auf sein Hemd gespritzt, aber das schien den sonst so eitlen und peniblen Mann nicht zu stören. Ganz im Gegenteil, er lächelte, den Blick auf die sterbende Klara gerichtet, um die sich eine immer größere Blutlache bildete.

Katarzyna Vaas war tot, noch bevor der Notarzt im Besprechungsraum eingetroffen war.

Kapitel 12

Als Jan die Videokonferenz startete, füllte sein Gesicht kurz den Bildschirm aus. Hätte das ein Freund gesehen, hätte dieser ihm dringend geraten zu schlafen. Seine geröteten Augen und die Ringe unter den Augen hätten eher zu einem Achtzigjährigen als zu einem Mann seines Alters gepasst. Auch der Dreitagebart wirkte heute nicht mehr stylish, sondern verstärkte den schlechten Eindruck noch.

»Hallo, Jan«, hörte er Chandus Stimme. Kurz darauf erschien ein Bild von seinem Freund, der auf der Couch in seinem Wohnzimmer saß. »Wie geht es dir?«

»Es geht«, antwortete er zögerlich und rieb sich über das Gesicht. Er wusste, dass er Chandu alles erzählen konnte, aber er hatte nicht die Kraft, Klaras Tod ein weiteres Mal durchzusprechen. Noch nicht.

»Max hat uns schon aufgeklärt«, fuhr sein Freund fort. »Was für ein Wahnsinn!«

»Ich hätte es vorhersehen müssen.«

»Wir hatten alles überprüft«, widersprach Max, der ebenfalls der Konferenz beigetreten war. »Es gab nur eine schwache Verbindung zwischen Issendorff und Wank, weil Issendorff der

Hausarzt der Familie war. Nichts zwischen ihm und Krüger oder Klara. Auch jetzt nicht.«

»Du hast alles getan, was du tun konntest«, sagte Chandu. »Es ist nicht deine Schuld, dass so etwas passiert ist.«

»Ich weiß, alter Freund«, räumte Jan schließlich ein. »Aber momentan fühlt es sich noch so an.«

»Was ist mit der Frau, die Wank erwähnt hat?«, fragte Zoe, die bisher schweigend zugehört hatte.

»Lina Christen«, sagte Jan. »Wir haben nur wenig über sie gefunden.«

»War sie ein Opfer von Issendorff und der Abtreibungsklinik?«, wollte Zoe wissen.

»Schwer zu sagen«, antwortete Jan. »In ihrer Akte gibt es zwei Einträge wegen illegaler Prostitution, daher gehörte sie zu den möglichen Opfern. Wir können sie aber nicht mehr fragen, weil sie im Februar 2000 Selbstmord begangen hat.«

»Das ist doch verrückt«, murmelte Chandu.

»Es wird noch verrückter, denn Max hat mir ein Bild von ihr zugeschickt«, sagte Zoe. Die Aufnahme einer Frau erschien auf dem Bildschirm. Sie hatte eine lockige rote Mähne und fein geschnittene Gesichtszüge. Die hohen Wangenknochen betonten ihre auffallend grünen Augen.

»Sie würde jeden Schönheitswettbewerb gewinnen«, bemerkte Chandu. »Irgendwie kommt sie mir bekannt vor.«

»Sie ist die Mutter von Louis Röder und seiner Schwester«, erklärte Zoe. Gleichzeitig erschienen die Fotos der beiden neben Lina.

»Die Ähnlichkeit zu der Frau ist nicht zu übersehen«, sagte Chandu. »Aber was hat Wank mit all dem zu tun?«

»Die Merkmale sind nicht so ausgeprägt, aber er könnte als deren Vater durchgehen«, erklärte sie.

Max blendete ein Bild von ihm dazu.

»Nicht so offensichtlich wie bei der Mutter, aber durchaus denkbar«, befand Chandu.

»Ohne DNS-Vergleich können wir es nicht mit Sicherheit sagen, denn es gibt keine Geburtsurkunde von Röder«, sagte Max. »Mutter und Vater sind unbekannt und entsprechend ist auch keine Schwester vermerkt.«

»Wo ist Louis aufgewachsen?«, wollte Zoe wissen.

»Er wurde eines Nachts vor einem Kinderheim aufgefunden«, erläuterte Max. »Aber nur er allein. Keine Schwester, daher können wir keine Schlüsse von ihm auf sie ziehen. Außer eben ihre offensichtliche Verwandtschaft zu Lina Christen und Paul Wank.«

»Bei Wanks Familiengeschichte möchte ich mir nicht vorstellen, was geschah, als Pauls Verbindung zu einer Prostituierten herausgekommen ist«, bemerkte Chandu.

»Das wirft unsere ganze Theorie über den Haufen«, sagte Jan. »Wir haben Wanks Haus auf den Kopf gestellt und alles mit der Lupe angesehen, aber es gibt nichts, was auf eine Beziehung zu Lina Christen oder den beiden Kindern hindeutet. Keine Fotos, keine Verbindungsnachweise, keine Mails oder sonst etwas.«

»Ihre Forderung, Wank zu töten, deutet nicht auf ein gutes Verhältnis hin«, sagte Chandu.

»Zum zehnten Mal dieselbe Frage: Warum haben sie ihn nicht direkt getötet?«, fragte Zoe. »Die Möglichkeit hatten sie, bevor sie mit Krüger begonnen haben.«

»Es gibt nur eine logische Erklärung dafür«, sagte Jan. »Sie waren von Anfang an Komplizen.«

»Obwohl keine Kommunikation zwischen ihnen stattfand?«, fragte sie.

Jan nickte.

»Aber warum haben sie Wank in alles hineingezogen?«, wollte Chandu wissen. »Hätten sie nicht seinen Tod gefordert, hätte er vom Hintergrund aus agieren können, ohne dass die Polizei vor seiner Tür gestanden, Leute vor seinem Haus demonstriert und die Presse ein vernichtendes Urteil über ihn gefällt hätte.«

»Eine gute Erklärung habe ich noch nicht gefunden, aber vielleicht äußert er sich noch dazu«, sagte Jan. »Oder seine Kinder, wenn wir sie fassen.«

»Habt ihr ihn noch nicht verhört?«, fragte Chandu verwundert.

»Doch, aber die Zeit hätten wir uns sparen können«, erwiderte Jan. »Morgen früh um zehn Uhr würden wir alles verstehen, sagte er kryptisch. Das war alles. Nichts zu seinen Kindern, zu seiner Beteiligung oder warum er Klara ermordet hat. Seitdem schweigt er.«

»Was passiert morgen um zehn Uhr?«, fragte Chandu.

»Wir haben keine Ahnung, aber der größte Teil der Mordkommission ist damit beschäftigt, das herauszufinden«, musste Jan zugeben. »Morgen ist Freitag, der 30. Juni 2023. Nichts an diesem Datum ist ungewöhnlich, generell nicht und auch nicht in Bezug auf die Beteiligten.«

»Vielleicht haben die Kinder eine weitere Mitarbeiterin in der Abtreibungsklinik im Visier«, schlug Zoe vor.

»Es kann alles sein«, bemerkte Jan. »Wir nehmen uns noch mal die Unterlagen von Krüger, Issendorff und Klara vor und versuchen, weitere gemeinsame Bekannte zu ermitteln, aber bisher gab es keinen neuen Treffer.«

»Wie läuft die Fahndung nach Röder und seiner Schwester?«, fragte Zoe.

»Obwohl sich die Kollegen in Brandenburg ins Zeug gelegt haben, haben wir keinen entscheidenden Hinweis gefunden«, antwortet Jan. »Sie sind verschwunden. Laut Zeugen könnte das Fluchtfahrzeug ein Škoda Combi sein. Oder ein VW. In Dunkelblau oder Dunkelgrau. Wahrscheinlich ein Berliner Kennzeichen.«

»Na, super«, murmelte Chandu.

»Jetzt versteht ihr meinen Frust«, erklärte Jan. »Wir haben zwar viele neue Erkenntnisse, sind aber noch weit davon entfernt, den Fall abzuschließen. Klara ist tot und wir haben ihren Mörder direkt zu ihr geführt.«

»Es konnte niemand ahnen, dass Wank eine scharfe Klinge aus Porzellan in seinem Verband versteckt hat und vorhatte, Klara zu ermorden«, sagte Chandu.

»Das wird uns bei den internen Untersuchungen wenig nützen und das Presseecho wird vernichtend sein.« Er lehnte sich auf dem Stuhl zurück und schloss die Augen. »Ich kenne mich mit der Geschichte der Berliner Polizei nicht gut aus, aber das war wahrscheinlich die erste Zeugin, die auf der Dienststelle ermordet worden ist. Und das im Beisein dreier Kripobeamter.«

Jan sah Chandu an, dass er etwas Besänftigendes sagen wollte, aber ihm schien nichts einzufallen, was die Situation besser gemacht hätte. Die Uhr auf dem Computer zeigte 22.42 Uhr. »Eine weitere Nacht durchzumachen überstehe ich nicht«, sagte Jan müde. »Ich lege mich für ein paar Stunden hin, damit ich morgen um zehn Uhr bereit bin.« Er hob den Daumen und zwang sich zu einem Lächeln. »Danke für eure Unterstützung, Leute. Wenn sich was Neues ergibt, melde ich mich.«

Zoe und Max hoben die Hand zum Gruß. »Gute Nacht«, sagte Chandu.

Dann war die Besprechung beendet.

* * *

Ein externer Beobachter hätte vermuten können, dass ein Besuch des Bundespräsidenten bevorstand, so sehr war die Dienststelle gesichert. Die Kollegen von der Polizei standen vor allen Eingängen und kontrollierten die Ausweise, selbst von Kripochef Bergman. Rollläden waren heruntergelassen und die

Büros voll besetzt. Der Kripochef hatte die Anweisung gegeben, dass alle verfügbaren Leute um 9.30 Uhr auf der Dienststelle sein mussten.

Von dem Trubel scheinbar unbeeindruckt saß Paul Wank in einem Verhörzimmer auf einem Stuhl. Er trug eine leichte Baumwollhose und ein weißes Hemd. Seine Hände waren mit Handschellen gefesselt und zwei bewaffnete Kripobeamte standen hinter ihm.

Jan hatte einen Stuhl genommen und sich dem Mann gegenübergesetzt. Es war 9.57 Uhr und mit jeder Minute, die es näher an zehn Uhr ging, wurde er nervöser, auch wenn er es äußerlich nicht zeigte.

»Alles ruhig so weit«, vernahm er Max' Stimme, mit dem er über einen Ohrhörer verbunden war.

»Sie haben jetzt noch die Gelegenheit, uns zu sagen, was um zehn Uhr passieren wird.« Jan deutete auf seine Armbanduhr. »Eine Beteiligung wird genauso bestraft wie das Verbrechen selbst.« Das entsprach nicht völlig der Wahrheit, war aber auch nicht ganz falsch.

Entweder interessierte es Wank nicht oder er hörte Jan nicht zu. Stattdessen starrte er nur auf die Tischplatte vor sich.

Auch den Kollegen hinter Wank war die Anspannung anzumerken. Einer von ihnen kontrollierte sogar seine Pistole, als erwarte er eine Schießerei, doch als die Anzeige auf 10.00 Uhr umsprang, passierte nichts. Wank blieb noch immer unbewegt sitzen und auch vor dem Verhörraum entstand kein Tumult.

Jan wandte sich kurz ab. »Irgendetwas Neues, Max?«, fragte er leise.

»Ein Auffahrunfall auf der Stadtautobahn und eine verbotene Demo vor dem Reichstag, die gerade von der Polizei aufgelöst wird.«

»Was immer passieren sollte, ist offensichtlich nicht passiert«, sagte Jan zu Wank.

Der Mann starrte unverändert auf den Tisch. »Es sollte auch nichts passieren«, sagte er leise.

»Und warum dann diese kryptische Ankündigung gestern?«

Wank hob den Kopf und sah Jan in die Augen. »Ich wollte meinen Kindern mehr Zeit zur Flucht verschaffen. Ich habe diese Ankündigung gemacht, um möglichst viele Kräfte zu binden.«

»Das werden Sie bereuen«, versprach Jan.

Wank schüttelte mit dem Kopf. »Ich bereue unglaublich viel in meinem Leben, aber das, was ich die letzten vierundzwanzig Stunden getan habe, gehört nicht dazu.«

»Sie meinen den Tod von Katarzyna Vaas?«

Er nickte.

»Warum haben Sie sie ermordet?«

»Einerseits weil sie den Tod verdient hat«, antwortete er ungerührt. »Aber vor allem, weil Louis keine Ruhe gehabt hätte, wenn sie noch am Leben gewesen wäre.«

»Nachdem er gescheitert ist, haben Sie es zu Ende gebracht.«

Er nickte wieder. »Für mich wäre es ausreichend gewesen, wenn Krüger, Issendorff und Vaas einfach tot gewesen wären, aber Louis und seine Schwester wollten den Grund für ihre Taten an die Öffentlichkeit bringen. Daher haben sie diese Methode gewählt.«

»Und wieso haben die beiden immer Ihre Ermordung gefordert?«

»Zur Verwirrung«, erklärte Wank. »Ich habe sie gewarnt, dass man Sie auf den Fall ansetzen würde und dass Sie ein wirklich guter Ermittler sind. Daher haben wir viel vorbereitet und geplant.«

»Es geht hier um bestialische Morde an drei Menschen«, entfuhr es Jan. »Und Sie reden darüber, als hätten Sie einen Restaurantbesuch mit ihnen geplant.«

»Nach alledem, was Sie in den letzten Tagen aufgedeckt haben, bedauern Sie den Tod dieser drei?«

»Ich glaube nicht an Selbstjustiz, sondern an unser Rechtssystem.«

»Im Grundsatz gebe ich Ihnen recht, aber besagtes System hat seit den 1990er- und 2000er-Jahren versagt, was vielen bedauernswerten Frauen ein schreckliches Schicksal beschert hat. Manchen sogar den Tod.«

»Also haben Sie das Recht in Ihre Hände genommen, um Vergeltung zu üben?«

»Es ging nicht ausschließlich um Vergeltung, sondern auch um das Seelenheil meines Sohnes«, erklärte Wank.

Jan schüttelte in Unverständnis den Kopf.

»Von allen Kripobeamten auf dieser Dienststelle haben Sie den tiefsten Einblick. Warum schütteln Sie den Kopf?«

»Das Seelenheil Ihres Sohnes?«, erklärte Jan. »Das klingt nach einem verwirrten religiösen Fanatiker.«

»Ich mag vieles sein, aber sicherlich kein religiöser Fanatiker«, erwiderte er. »Vor allem nicht nach den Vorfällen in den letzten Jahren.«

»Sie meinen die Missbrauchsfälle?«

Ein erneutes Nicken.

»Den Sinn dieser falschen Spur habe ich bis heute nicht verstanden«, gab Jan zu. »Schließlich hat es Sie in Zusammenhang mit Kinderschändern gebracht.«

»Wir wollten die Kripo in die Irre leiten, genauso wie wir es mit dem angeblichen Erpresserbrief von Daniel Farcher getan haben. Die Vorfälle in der Gemeinde St. Ludwig waren ernst genug, damit Sie diesen Hinweis nicht ignorieren konnten, daher eigneten sie sich hervorragend für eine falsche Spur. Außerdem habe ich dadurch die Missbrauchsfälle wieder in den Fokus der Öffentlichkeit gerückt. Die geistlichen Straftäter werden bis heute nicht bestraft. Und das nicht nur von der Gemeinde St. Ludwig.« Er lehnte sich kurz über den Tisch. »Das ist ein weiterer Fall, bei dem das von Ihnen erwähnte Rechtssystem aufs Schlimmste versagt hat.«

»Warum die Vorgänge in der Gemeinde St. Ludwig?«, fragte Jan. »In Berlin gab es so viele Geistliche, die sich an Kindern vergangen haben, warum etwas aus den Sechzigerjahren, wo die meisten Täter bereits verstorben sind?«

»Weil mein Vater diese Gemeinde immer wieder unterstützt hat und sogar ich weiter Geld gespendet habe, bis im April die Wahrheit herausgekommen ist.« Seine Stimme war kurz lauter geworden. »Hoffentlich schmoren sie in der Hölle«, murmelte er noch.

»Meinen Sie die Geistlichen oder auch Ihren Vater?«, hakte Jan nach.

Wank lehnte sich auf seinem Stuhl zurück und sah zur Decke, als überlege er, wie er am besten anfangen sollte.

»Was wissen Sie über meinen Vater?«

»Überwiegend das, was man in der Öffentlichkeit über ihn erzählt«, sagte Jan. »Er war ein erfolgreicher und wohlhabender Geschäftsmann, wie schon sein Vater und dessen Vater. Wahrscheinlich hat er von Ihnen erwartet, dass Sie diese Linie fortführten.«

»Das hat er«, bestätigte Wank. »Und bis zu seinem Tod habe ich diese Rolle ausgefüllt. Aber nachdem sein Sarg in die Erde gelassen wurde, habe ich mich aus allen Geschäften herausgenommen und unsere schreckliche Familienvilla für einen Spottpreis verkauft.«

»Was war an Ihrer Villa schrecklich?«, wollte Jan wissen.

»Die Dinge, die ich dort erleiden musste«, erklärte Wank. »Dennoch geht es nicht um meine Kindheit unter einem tyrannischen, arbeitssüchtigen Mann und einer schwachen Mutter. Sondern lassen Sie mich von Lina erzählen.« Ein Lächeln erschien auf seinem Gesicht. »Der schönsten Frau, die jemals auf dieser Welt gelebt hat.« Er schloss die Augen, als stellte er sie sich noch einmal vor. »Kennengelernt habe ich sie in einem Edelbordell, das mein Vater regelmäßig besucht hat, seit meine Mutter verstorben war.« Er sah wieder zu Jan. »Die Frauen fühlten sich nicht sonderlich zu mir hingezogen, daher war das Bordell für mich, als immer noch jungen Mann, eine gute Alternative, meine Hormone im Griff zu behalten. Nicht, dass ich darauf sonderlich stolz bin, gerade weil ich jetzt weiß, wie Prostituierte behandelt werden, aber im Nachhinein bin ich für diese Erfahrung dankbar, denn so fand ich die einzig wirkliche Liebe meines Lebens.«

»Und im Jahr 2000 wurde Lina von Ihnen schwanger«, sagte Jan.

Wank nickte.

»Was haben Sie daraufhin gemacht? Versucht, sie freizukaufen?«

»Ich wusste nichts von der Schwangerschaft und ich hätte es sofort getan, aber mein Vater hat mir erzählt, Lina sei bei einem Autounfall ums Leben gekommen.«

»Sie wussten nichts von Linas Schwangerschaft?«

Wank ballte die Fäuste. »Ich habe meinen Vater immer gehasst und was er mir an diesem Tag angetan hat, ist unverzeihlich. Seitdem gehe ich regelmäßig in die Kirche und bete darum, dass er auf ewig in der Hölle schmort. Außerdem habe ich unser Familiengrab auflösen lassen, damit seine Knochen und die unserer verfluchten Vorfahren irgendwo achtlos verrotten.«

»Wann haben Sie von der Schwangerschaft und Ihren Kindern erfahren?«

»Vor vier Wochen«, sagte er bedauernd.

»Sie wussten die ganze Zeit nicht, dass Lina Christen Zwillinge geboren hat, die auch Ihre Kinder sind?«

»Louis und Elli«, sagte er leise und wischte sich eine Träne von der Wange.

»Und wie haben Sie davon erfahren?«

»Weil sie bei mir eingebrochen sind und mich töten wollten.«

Jan schwieg einen Moment. »Das war ein Aspekt des Falls, den ich nie verstanden habe«, sagte er dann. »Warum haben Ihre Kinder Sie nicht getötet?«

»Weil ich nichts von ihnen gewusst habe«, erklärte Wank. »Und sie mir das geglaubt haben.«

»Sie haben mit ihnen geredet und ein Straftäter, der für seinen Jähzorn bekannt ist, hat einfach von Ihnen abgelassen?«, fragte Jan verwundert.

»Louis hat mich verprügelt, bevor er nur ein Wort gesagt hat«, sagte Wank. »Wenn Sie meinen Oberkörper und meinen Unterleib ansehen würden, könnten Sie die Spuren noch immer sehen. Als ich den Grund für seinen Zorn erfuhr, habe ich ihn um Verzeihung gebeten und er hat mir geglaubt.«

»Deshalb haben die beiden Ihr Leben verschont?«

»Ich habe nicht um mein Leben gefleht, sondern um Nachsicht, dass ich über zwanzig Jahre lang nicht für sie da war«, korrigierte Wank. »Ich habe Ihnen den Code für meinen Tresor gegeben und Ihnen erklärt, wie sie mit den Informationen darin an die Offshore-Bankkonten meines Vaters kommen. Meine Scham über mein Versagen war so groß, dass der Tod eine Erlösung gewesen wäre.«

»Offensichtlich haben Sie Ihre Scham überwunden.«

»Habe ich nicht«, widersprach Wank. »Es quält mich seither jede Sekunde, meine Kinder im Stich gelassen zu haben. All meine Taten in den letzten Tagen hatten nur das Ziel, die Zukunft von Elli und Louis sicher zu gestalten. Und dazu gehörte die Ermordung von Krüger, Issendorff und Vaas.«

»Ich kann Ihren Gedanken nicht folgen«, sagte Jan. »Was für eine Zukunft haben Ihre Kinder, wenn sie wegen Mordes gesucht werden? Das ist etwas völlig anderes, als die von Louis zuvor begangenen Straftaten, für die er im Gefängnis war.«

»Um das zu verstehen, müssten Sie Louis besser kennen«, erläuterte Wank. »Er hat einen explosiven, leicht reizbaren Charakter und ist äußerst nachtragend. Aber wenn man sein bisheriges Leben bedenkt, aufgewachsen in Heimen und Pflegefamilien, nicht zu wissen, warum seine Eltern ihn abgegeben haben, dann ist seine Wut verständlich. Daher mussten wir dieses Feuer löschen.«

»Indem Sie gemeinsam drei Morde begingen?«

Wank nickte.

»Und jetzt ist dieses Feuer gelöscht?«

»Ich denke schon.«

»Sie wissen es nicht?«

»Ich hatte nach Vaas' Tod keinen Kontakt mehr zu meinen Kindern, bin mir jedoch sicher, sie werden von meiner Tat gehört haben und wissen, dass ich es für sie zu Ende gebracht habe. Und bevor Sie fragen, ich weiß nicht, wo sie sich aufhalten. In jedem Fall wird es ein sehr viel besserer Ort als Berlin sein.«

»Wir fahnden unverändert nach ihnen und ich …«

»Zeitverschwendung«, winkte Wank ab. »Meine Kinder verfügen über alle Offshore-Konten meiner Familie, von denen die deutschen Finanzbehörden oder Interpol keine Ahnung haben. Dazu noch die perfekt gefälschten Reisepässe mit den Tarnidentitäten und der Vorsprung, den ich ihnen verschafft habe.« Er schüttelte den Kopf.

»Lassen Sie uns zurück zu dem Feuer in Louis' Herzen kommen«, bat Jan. »Mir fehlt die Verbindung zu den drei Opfern, denn schließlich hat Lina Ihre Kinder zur Welt gebracht, bevor sie sich das Leben genommen hat, daher kann ein möglicher Eingriff in Issendorffs Abtreibungsklinik nicht erfolgreich gewesen sein.«

»Vielleicht muss ich die gute Meinung, die ich von Ihnen habe, revidieren«, bemerkte Wank. »Ich habe angenommen, dass Sie diese Lücke schließen können.«

»Ich bin immer bereit, mich zu verbessern«, erwiderte Jan mit einem freudlosen Lächeln.

»Als offensichtlich wurde, dass Lina schwanger war, hat sie der damalige Bordellbetreiber zu Issendorffs Abtreibungsklinik gebracht«, fuhr Wank fort. »Aber Lina war nicht nur unglaublich schön, sondern auch klug und willensstark.«

»Ihr gelang vor dem Eingriff die Flucht«, schlussfolgerte Jan.

Wank nickte wieder. »Ich weiß nicht viel über diese Zeit, aber Lina hat bei einer Freundin Unterschlupf gefunden, die sie bis zur Geburt vor ihrem Zuhälter versteckt hat.«

»Der wahrscheinlich nicht davon begeistert war.«

»Er alleine wäre nicht das Problem gewesen, aber er wandte sich an meinen Vater, der regelrecht entsetzt war. Man stelle sich das vor«, beschrieb er. »Der Erbe der großen Wank-Dynastie ist der Spross einer Hure.«

»Das wird ihm nicht gefallen haben«, stimmte Jan ihm zu.

»Mein Vater gab dem Zuhälter viel Geld, sodass Krüger eine ganze Schar von Schlägerfreunden bezahlen konnte, um Lina zu finden und die Schwangerschaft … aufzuhalten.« Er wischte sich mit beiden Händen über das Gesicht. »Ich will mir nicht vorstellen, was Lina in dieser Zeit erlebt hat. Ihre Freundin musste drei Mal die Wohnung wechseln und die Kinder wurden in einem dunklen Versteck am Rande von Zehlendorf geboren, kein Krankenhaus, keine Hebamme oder Arzt.«

»Das tut mir leid zu hören«, sagte Jan ehrlich.

»Um jede Spur zu verwischen, gab Lina Louis in ein Kinderheim und legte Elli in eine Babyklappe.«

»Im Zehlendorfer Krankenhaus Waldfriede?«, vermutete Jan.

»Das war die erste Babyklappe überhaupt. Sie wurde erst wenige Monate zuvor geschaffen«, stimmte Wank zu.

Jan schwieg einen Moment. Jetzt verstand er den Zorn, von dem Louis getrieben wurde. »Warum wählte Lina kurz darauf den Freitod?«, fragte er dann.

»Aus Angst vor Krüger und seinen Männern, die sie noch immer jagten und die dank meines Vaters über alle Mittel verfügten.«

»Hätte sie nicht die Stadt und das Land verlassen können?«

»Mein Vater war ein gnadenloser Mann. Sie wäre nirgends sicher gewesen. Außerdem war die Geburt sehr schwer. Irgendetwas in ihrem Körper ist … kaputtgegangen. Sie hätte wohl nicht mehr lange zu leben gehabt.«

»Warum ist sie nicht ins Krankenhaus gegangen?«

»Genau darauf hat Krüger gewartet«, erklärte Wank. »Dann hätten sie Lina gehabt und sie so lange gequält, bis sie verraten hätte, wo sie die beiden Kinder abgelegt hatte. Also brachte sie sich um. Um ihren Kindern ein Leben zu ermöglichen.« Er wischte sich wieder über das Gesicht. »Unseren Kindern.«

»Und das wissen Sie, Louis und Elli von der Freundin, die Lina beschützt hat?«

Er nickte wieder. »Aber geben Sie sich keine Mühe, Hauptkommissar Tommen. Sie werden niemals ihren Namen erfahren. Ich habe ihr mehr Geld gegeben, als sie in ihrem Leben ausgeben kann. Sie hat außerdem einen Tag vor Krügers Entführung das Land verlassen.« Seine Stimme wurde wieder gefasster. »Sie ist an einem Ort, wo es immer warm ist, fern von einer großen Stadt und all dem damit verbundenen Dreck. Und an einem Platz von vergleichbarer Schönheit werden auch Louis und Elli jetzt sein.«

»Nur werden Sie diese Freude nicht mehr mit ihnen teilen können«, sagte Jan. »Sie werden wegen Mordes und zweifacher

Beihilfe zum Mord angeklagt. Das Gefängnis Moabit wird viele Jahre Ihr Zuhause sein. Vielleicht sogar ihr letztes.«

»Ich habe bis zum Besuch meiner Kinder ein bedeutungsloses Leben geführt.« Ihn schien die Ankündigung eines Lebens hinter Gittern nicht zu erschrecken. »Das ist mir erst in dem Moment bewusst geworden, als Louis mich töten wollte. Und das Einzige, was meinem Leben Sinn gibt, ist das Wohlergehen meiner Kinder. Selbst wenn ich den Rest meines Lebens im Gefängnis verbringe, werde ich jeden Morgen zufrieden aufwachen, mit dem Wissen, dass meine Kinder an irgendeinem schönen Ort auf dieser Welt sind und das Leben führen, das ihnen seit ihrer Geburt verwehrt worden ist.«

»Mord verjährt nicht«, warnte Jan. »Ihre Kinder werden nie wirklich sicher sein.«

»Dort, wo sie hingehen, sind sie es«, widersprach Wank. »Und sie haben keinen Grund, zurückzukommen.«

* * *

Eigentlich war der Fall abgeschlossen, doch nach dem Essen begaben sie sich trotzdem wieder auf ihre Plätze vor der großen weißen Wand in Chandus Wohnzimmer, auf die Max immer die neusten Fotos und Berichte projizierte. Zoe ließ sich auf der Couch nieder und zündete sich eine Zigarette an, während Max den Laptop startete und Chandu den Tisch abräumte. Normalerweise stellte sich Jan neben die Wand, um über die neusten Entwicklungen zu berichten, aber heute hatte er keine Lust dazu. Er hatte zwar endlich wieder eine Nacht durchgeschlafen, hatte jedoch ein starkes Beruhigungsmittel benötigt, um zur Ruhe zu kommen. Trotzdem hatten ihn eigenartige Träume heimgesucht, sodass er sich genauso müde fühlte wie in den Nächten, in denen Röder die Videos der Entführungsopfer veröffentlicht hatte.

»Eigentlich ist der Fall in weiten Teilen abgeschlossen, aber ich kriege die Erlebnisse noch nicht aus dem Kopf«, begann er schließlich.

»Habt ihr Röders Schwester identifiziert?«, fragte Chandu.

Jan nickte und gab Max ein Zeichen. Ein Bild von ihr erschien auf der Wand. Es war ein Businessfoto. Sie trug ein Kostüm, eine Bluse und die obligatorische Perlenkette um den Hals. Ihre langen Haare waren zu einem Dutt zusammengebunden und sie lächelte freundlich in die Kamera. Es war nichts Bösartiges oder Abschätziges in ihrem Blick.

»Elli Malinek«, nannte Jan ihren Namen.

»Schwer vorstellbar, dass sie Röders Komplizin war«, bemerkte Chandu. »Sie wirkt harmlos.«

»Ich bin überzeugt, dass wir ohne Malinek Röder nach der ersten Entführung gefasst hätten«, bemerkte Jan. »Denn sie ist über die Maßen intelligent.«

»Wie über die Maßen?«, fragte Zoe.

»Ein Master in Mathematik und ein Bachelor in Informatik mit knapp fünfundzwanzig«, sagte Max. »Mitglied bei Mensa, seit sie zwölf ist. Bestes Abitur ihrer Schule und so weiter und so weiter.«

»Im Gegensatz zu ihrem Bruder wurde Elli von fürsorglichen Pflegeeltern adoptiert, die sie bei allem gefördert haben«, fügte Jan hinzu.

»Jetzt wissen wir, warum selbst die IT der Kripo sie nicht aufgespürt hat«, schloss Chandu.

»Wie haben sich die beiden gefunden?«, wollte Zoe wissen.

»Wir wissen es nicht, aber sie werden es von der Freundin ihrer Mutter erfahren haben.«

»Ihr Name ist Adriana Verger.« Max blendete ein Foto einer Frau um die sechzig ein, mit kurz geschnittenen grauen Haaren und einer ovalen Lesebrille.

»Wie seid ihr auf sie gekommen?«, fragte Zoe verwundert. »Wank hat kein Wort über sie verloren.«

»Das ist Max' Verdienst.« Jan deutete auf den Hacker.

»Ich habe den Namen von Ellis und Louis' Mutter eingegeben und durch alle Datenbanken laufen lassen«, erklärte Max. »Dabei habe ich einen Treffer für Lina Christen in einem städtischen Friedhof erhalten. Verstorben im Jahr 2000. Und das Grab ist von besagter Adriana Verger bezahlt worden. Über die Kontodaten war der Weg dann nicht mehr schwer.«

»Das hätte Zufall sein können, aber vor drei Wochen hat Paul Wank die Pflege für das Grab übernommen«, ergänzte Jan.

»Also ist das seine Lina«, sagte Zoe.

Jan nickte.

»Haltet mich für sentimental, aber irgendwie macht es mich zufrieden, dass Lina einen Platz zum Ruhen hat«, bemerkte Chandu.

»Du musst das Grab besuchen«, erwähnte Jan. »Ich habe noch nie so etwas Prachtvolles gesehen. Blumen überall und ein großer Engel aus weißem Marmor.«

»Wie Wank erwähnt hat, ist Adriana Verger einen Tag vor Krügers Entführung aus Berlin weggezogen«, sagte Max. »Sie hat sich auf dem Bürgeramt abgemeldet und einen One-way-Flug nach Thailand genommen. Mit viel Gepäck.«

»Vielleicht sind Elli und Louis auch dort?«

»Möglich wäre es«, sagte Jan. »Aber wir haben in solchen Ländern keine Handhabe und mit dem Vermögen der Wanks können sie sich wahrscheinlich eine eigene Insel kaufen.«

»Du wirst dich damit abfinden müssen, dass Elli und Louis nicht für ihre Taten vor Gericht kommen werden«, sagte Chandu.

»Ich weiß, aber der Gedanke fällt mir noch schwer«, gab Jan zu.

»Mit den Opfern habe ich kein Mitleid«, sagte Zoe. »Die Wank-Kinder werden es sich für den Rest ihres Lebens gut gehen lassen und darauf warten, dass ihr Vater aus dem Gefängnis entlassen wird. Es gibt keinen Grund mehr für sie, nach Deutschland zurückzukommen.«

»Sie haben erreicht, was sie wollten«, stimmte Chandu zu.

»Bis Wank wieder auf freiem Fuß ist, werden locker zehn Jahre vergehen«, gab Jan zu bedenken. »Noch viel mehr, wenn der Richter die besondere Schwere der Schuld feststellt.«

»Ich bin kein Jurist, aber unter den Umständen glaube ich das nicht«, sagte Chandu. »Natürlich wird er wegen Mordes verurteilt, aber Wank stellt keine Gefahr für die Öffentlichkeit dar. Ebenso wenig Elli. Wahrscheinlich noch nicht einmal Louis, wenn er seine Dämonen im Griff hat.«

»Das hoffe ich für alle, die seinen Weg kreuzen werden.«

Eine Zeit lang diskutierten die vier noch über den Fall, aber schließlich gelang es Chandu, seine Freunde zu einem Glas Bowle und anschließendem Karaoke-Wettbewerb zu überreden.

Als sie »Twist and Shout« sangen, waren der Stress und die Müdigkeit der letzten Tage vergessen und es fühlte sich wieder wie früher an, nachdem sie einen Fall gelöst hatten.

Und in der folgenden Nacht konnte Jan endlich wieder einmal schlafen.

Epilog

Louis presste ihre Finger fest zusammen, als sie Hand in Hand den ersten Schritt ins Meer machten, aber er ging mit ihr weiter, bis das Wasser ihre Schienbeine berührte.

Fasziniert sah er nach unten und beobachtete, wie Sand, kleine Algen und winzige Steine um seine Füße herumschwammen.

»Wunderschön«, sagte sie zu ihrem Bruder und zog ihn näher an sich heran.

Er wandte Elli das Gesicht zu und lächelte sie mit Tränen in den Augen an. »Schöner, als ich es mir erträumt habe.«

Sie schloss die Augen und genoss es, am Meer zu sein. Das warme Wasser, das in kleinen Wellen ihre Beine umspielte, empfand sie wie eine Liebkosung, ebenso den sandigen Grund, in den ihre Füße mit jedem Schritt ein wenig einsanken.

Eine Zeit lang standen sie zusammen im Meer einfach nur da und lauschten, sich an den Händen haltend, dem Klang der Brandung. Es war ein perfekter Moment.

»Es ist so anders hier«, sagte Louis leise. »So friedlich.«

Ihr Haus lag etwas abseits, nahe einem kleinen Dorf, fern der hektischen Touristenströme. Für die Lage hatten sie viel Geld bezahlen müssen, aber mit dem Vermögen ihres Vaters hätten sie die halbe Insel kaufen können. Nie wieder würden sie sich um Geld Sorgen machen müssen. Vor allem nicht ihr Bruder, der sich an das neue Leben erst noch gewöhnen musste. Elli spürte seinen sanften Puls und hörte seinen Atem, der langsam und ruhig ging, daher wusste sie, dass alles gut war.

»Louis, Elli«, riss sie eine Stimme aus ihrem Tagtraum. »Das Essen ist fertig.«

Sie drehte sich um und sah eine Frau auf der großen Terrasse, die gerade eine Schüssel auf den Bambustisch stellte. Sie trug ein leichtes Baumwollkleid, das mit weißen Lotusblüten bestickt war, passend zu dem angenehmen Klima in Thailand.

»Lass uns zurückgehen«, sagte sie zu ihrem Bruder. »Adriana steht für das Pad Kra Pao schon den ganzen Morgen in der Küche.«

Er drückte noch einmal ihre Finger und ließ dann ihre Hand los. Sie gingen über den Strand durch den feinen weißen Sand bis zu ihrem Haus. Als sie Platz nahmen, brummte Ellis Handy, das neben ihrem Stuhl lag.

»Was ist?«, fragte Adriana.

»Der Anwalt hat uns eine Nachricht von Vater weitergeleitet«, sagte sie mit einem Lächeln. »Er will wissen, ob es uns gut geht.«

»Kann die Kripo die E-Mail nicht nachverfolgen?«, fragte Adriana besorgt, während sie die Teller auf den Tisch stellte.

»Nicht, wie ich es eingerichtet habe«, antwortete Elli, während Adriana das Essen verteilte.

Louis starrte mit großen Augen auf den eigenartig aussehenden Eintopf mit dem Spiegelei auf dem Teller vor ihm. Offensichtlich hatte er noch nie authentische thailändische Küche gegessen, aber an seinem Gesichtsausdruck konnte sie sehen, dass er es gerne probieren wollte.

»Pad Kra Pao ist großartig, Bruder«, sagte Elli zu ihm und küsste ihn auf die Wange. »Du wirst begeistert sein.« Sie wussten erst seit einigen Monaten voneinander, aber es fühlte sich so gut an, es zu sagen: Bruder.

Dann nahmen sie das Besteck und begannen zu essen, während sie darüber sprachen, was sie ihrem Vater zurückschreiben würden.

Folge dem Autor auf Amazon

Wenn dir dieses Buch gefallen hat, folge Alexander Hartung auf Amazon. Dann erhältst du eine Benachrichtigung, wenn der Autor sein nächstes Buch veröffentlicht. Um dem Autor zu folgen, gehe bitte folgendermaßen vor:

Desktop:

1) Suche auf Amazon.de oder in der Amazon App nach dem Namen des Autors.
2) Klicke auf den Namen des Autors, um auf die Autorenseite zu gelangen.
3) Klicke auf den »Folgen«-Button.

Smartphone und Tablet:

1) Suche auf Amazon.de oder in der Amazon App nach dem Namen des Autors.
2) Klicke auf einen Titel des Autors.
3) Klicke auf den Namen des Autors, um auf die Autorenseite zu gelangen.
4) Klicke auf den »Folgen«-Button.

Kindle eReader und Kindle App:

Wenn du dieses Buch auf einem Kindle eReader oder in der Kindle App liest, wird dir automatisch angeboten, dem Autor zu folgen, nachdem du die letzte Seite des Buches gelesen hast.